留日小记

四月芳菲 著

作家出版社

目　录
CONTENTS

引 子

2014年3月25日，日本神户环球纪念堂内。

“K大法学研究科博士前期课程21名毕业生，请起立!”

“唰——”

就见礼堂中间的几排座位上零零星星站起来了一些人，男生们穿着西装打着领带，女生们或穿日式和服，或穿晚礼服。我穿着一身短款旗袍，个子又相对比较高，比较显眼（也许纯粹是因为自我感觉良好）。

台上，学校校长对着法学研究科的学生代表照本宣科说了一些，最后说道：“恭喜毕业!”

“哗——”掌声响起。

坐回椅子上，我突然有些不真实的感觉，不，应该是这一个月以来一直都处于蒙眬状态。“这就毕业了？留学生涯就这么结束了？”脑子里一直在回响着这样的声音。直到毕业典礼的第二天，我从教务处那里接到烫着金字、印有中（其实是日本使用的汉字）英两种文字的毕业证书的时候，听到教务处的工作人员让我把学生证返还的时候，我那个时候才真正感觉到：

我毕业了，留学生涯，真的结束了。

从二十三岁大学毕业，到如今已近二十七岁，三年半，整整四十二个月的时间都留在这个如今正樱花飞舞的国度。我曾经想，会以怎样的心情去面对留学生涯结束的那一刻，但当这个时刻真的来临的时候，我的内心只有迷茫和彷徨。我的将来是什么样的？我该走一条怎样的路？我为什么来到这里？留学东瀛，给我留下了什么？这些问题交织在一起，最后却剩下一片空白。可是慢慢的，在这一片白茫茫的雾气中，却映现出了一个又一个画面，喜悦与辛酸，欢笑与泪水，所有的点滴过往都像电影回放一样一幕幕呈现在眼前。哪怕是那些我不想记起的，那些我自认为已经忘了的，一阵大风吹过，又赫然出现在时间的沙漠之中。

I

初到东瀛心慌慌

第一章

第一天，实在不美妙

2010年10月1日，下午一点。日本关西机场。

我提着重重的行李箱，小心翼翼地来到接我的舅舅面前。舅舅高高瘦瘦的，戴着一副眼镜，面无表情。

“一会儿给你妈去封邮件，告诉她你到了。”他说道。

我怯怯地点点头。

我的舅舅是妈妈的大哥，性格沉默寡言、不苟言笑。工作认真严谨，是个纯正的理科型人才。话虽然不多，心里却自有一番考量。一句话总结，就是茶壶煮饺子——肚子里有数。据说他老人家也曾叛逆过，年轻的时候跟我外公是针尖对麦芒，但是他的反抗手段是冷暴力——这么说也许不太准确——就是在日记里说他爸，即我外公是个暴君。结果很不幸地被我外公看到，外公曾经是中国人民解放军第四野战军的军人，据说那个队伍的兵都是暴脾气，而且平时又喜欢喝点儿酒，所以，嗯哼，我现在都可以想象当时的场面是什么样，应该就应了王朔的那本书——一半是火焰，一半是海水。火焰肯定不是我舅舅，他在目睹了外公的暴跳如雷之后依然淡定地采取了非暴力不合作。由此可见他的性格。我曾经认为这种性格的男人是很有魅力的，但是在共同生活的最初阶段他的这种性格差点儿没让我崩溃。听说妈妈以前还有一个哥哥，也就是说外婆还有一个儿子，却在很小的时候夭折了，那个来去匆匆的儿子也成了外婆心中永远的痛。一直还记得外婆与他人谈及那个儿子时语气里那无法遮掩的伤痛。如果妈妈多了一个哥哥，舅舅多了一个弟弟，是不是会对他的性格有一点儿影响？也许有，但私下认为可能性不大。

跟着舅舅坐了三四个小时的机场巴士来到他住的地方——姬路，一个不是很繁华但却安静的城市，世界文化遗产姬路城的所在地，曾经热播的大河剧的主角——日本传奇军师黑田官兵卫的发家地，德川幕府第二代将军德川秀忠和那个赫赫有名的美女阿江与的女儿、同时也是丰臣秀吉的儿媳妇（前儿媳）千姬曾经住过的地方。这些赫赫有名的人物为这个宁静却美丽的小城添了些许历史的厚重感，而春天漫天飞舞的樱花则为这个历史名城添了几分浪漫气息，人们似乎可以随着翩翩起舞的花瓣去遥想战国时期的金戈铁马和贵族女子身上所穿的和服在地上拖曳出那一抹优雅——只是这是后话。我刚到的那个时候没有樱花，只有树上秋色渐染的叶子，过不了多久就是日本赏红叶的季节，只是我实在没什么心情去欣赏罢了。那个时候的我正在焦虑与彷徨中惴惴不安，正在想我怎样才能不会表现太差或太蠢，不要让舅舅不高兴。

只是还是适得其反，跟着舅舅去吃晚饭的时候完全不知道对方在说什么。我已经忘了当时的对话了，却一直记得那个时候的尴尬。那个时候我终于了解了为什么有的人会说：即使你过了日语一级你也不见得会听懂日语——更何况我还没有过一级。虽然我只是在大学的时候因为兴趣学过一些日语，也在来之前突击过一段时间（很短），却还自信满满地认为可以多少听懂一些，至少能蒙对一些。可是，想象是丰满的，现实是骨感的，看着服务人员笑语盈盈，我却瞠目结舌，只是非常简单地问我是要冷面还是热汤面，我却干脆听不懂。亏得我还跟舅舅说我能听懂一些，套用电视剧《派出所的故事》里面一句经典台词：太尴尬了。

那顿饭吃得很别扭——只是我一个人在别扭，我觉得自己很失败。虽然大家会觉得未免有些夸张，但真的是我那时候的感受。一直在父母的羽翼下长大，没有经历什么风浪，芝麻大点的小事都能觉得大如斗，这就是那时的我。虽然后来我遇到了很多比这个还要糟心一百倍的事情，但那个时候我觉得这样的事情就很让我难过，就好像上大学的时候觉得最难过的事情就是周末还要上课回不了家，在别人眼里都觉得不可思议。记得我在后来跟一位姐姐说过这样的话：人的一生中，每个阶段都有每个阶段的难关，每个时候都有每个时候的难过，所以不要总跟年轻人说：你这根本不算事，更难的是如何如何。他们没有经历过，所以也不会了解，不了解，也就无法产生共鸣，一切的说教也就没了意义。等他们亲身经历了那些坎坷，等他们咬牙挺过一个又一个难关，再让他们回头看看曾经让他们痛苦不堪的过往，他们就会由衷地说一句：这真的不算事！就比如那时候的我，已经不觉得周末不回家有多么惨绝人寰，只觉得这么简单的话都回不上来实在是羞愧万分。心里一直在想：我是不是不该来日本？是不是，是不是？

浑浑噩噩地吃完了饭，回到家，舅舅去游泳，我留在家里整理房间。说是整理房间，其实也没有什么心情，我想跟妈妈说说话，排解一下心中的压抑。打开电脑，连上网，启动skype，却发现临出国前竟然没有为skype国际长途缴费，老妈那个时候没有QQ，当然那时候也没有微信，除了电子邮件我没有其他能联系上她的方法。记得那个时候我全身都在发抖，大脑一片空白，一遍又一遍点击着联系人里老妈的用户名，苍白的十字叉表示着对方不在线，我却还是像疯魔了一样地点击着，心里希望她是因为隐身而不是因为不在。时间一分一秒过去，对未知生活的恐慌与迷茫也逐渐将我逼到死角，最后精神崩溃，放声大哭，似乎这样能把那些负面情绪随着泪水一起抛出来。忘了哭了多久，后来我想到可以通过一个朋友联系到老妈，最后到底和她老人家通了电话，然后就是挨了一顿狠批。中心思想就是：只不过因为不能跟家人通上电话你就哭得稀里哗啦，将来怎么办？其后还有一堆巴拉巴拉，也都不重要了。反正通完话关机的那一瞬间，我知道，我应该去学着怎么自己去面对一些事情了。

第二章

与K大的第一次亲密接触

虽然我曾经对自己在日本的生活能力表示过忧虑，但是根据后来的事情来看，其实也没有那么糟糕。比如说，你几乎在任何角落都能看到中文，这对中国人来讲是很有利的，就是不懂日语也能蒙个六七成——后来我妈来日本就是这么逛大街的（虽然有些字根本就不是咱们想的意思——比如说“愚痴”二字，中国人第一反应就会觉得这是“八嘎”的另一种说法，其实也确实不是什么好话，只不过它的意思是：牢骚；还有的压根儿就不知道是什么意思，比如说“丁稚”，要是不查字典谁能想到它能跟“学徒”这个意思扯到一起？以上种种，不胜枚举。）还有，日本人的服务质量没得挑，在待人接物上都颇为周到，和蔼可亲，让人倍感亲切。甭管是超市餐馆还是政府机关，甭管是小小服务员还是警察叔叔，哪怕是向路人甲问个路，你都不会看到一张硬邦邦的棺材脸。尤其是在姬路市政府办理外国人登陆证——类似于外国人用的身份证——的时候，那样的亲切与细致简直让我们这些看惯了一些鼻孔朝天的办事人员嘴脸的人受宠若惊，我当时日语还不好（虽然现在依然不怎么样，但当时更是鸡同鸭讲），很多问题都不懂，或者干脆听不懂，接待我的那个美眉也没有露出一点儿不耐烦，一遍又一遍，把语速放到最慢，温柔地给我进行讲解。我根本就不需要担心对方会摆出一副鄙视的面孔，也不用担心对方会甩出一句“不懂的就上什么网站自己查”，然后就把我晾在那里。这种担心完全就是多余，无论是在哪里，都能感受到宾至如归的感觉。至于上外面吃饭或是买东西，只要记住几句固定对话，也就八九不离十了。

我真正要担心的，是跟我的导师，当时是研究生导师的初次见面。

这里请允许我做一下小小的名词解释，中日两国虽然都有“研究生”这个词，但意思并不一样。日本的“研究生”并不是正规生，没有属于自己的研究室，即使上了课也不给你记学分，图书馆的借书卡和学生证都跟正规生不一样。中国的那种研究生，日本的名字叫“院生”，日本的大学生被称为“学部生”，各个专业被称作学部，比如说法学部、经济学部、农学部；学部生往上走一步，就是院生，院生里面包括修士——即中国的硕士——和博士，两者学习内容被区分为“博士前期课程”和“博士后期课程”（晕了没）。院生所在的地方被称为大学院，自然也要分专业，只是不再是学部，而是“研究科”，比如我后来读的法学研究科，我们的好邻居经济学研究科和人间发达研究科（这个研究科超级复杂，几乎什么都包括，我现在都不知道到底该把它算作理科还是文科）等等，但是法学又有点复杂，除了有法学研究科之外，还有一个法科大学院，如果说法学研究科类似于中国的研究生院，那么法科大学院就是为了将来进行实务法律，为了通过日本司法考试而准备的。两者教学内容不同，要求不同，层次也不同。我后来认识一个人为了在专业上精益求精，选择了法科大学院的课程，上完一节后回来一直在惊叹：不一样，完全不一样。那些学生都很すごい（厉害），上课时无论老师提出什么问题，无论指到谁，对方都可以马上回答出来，而且ペラペラ（很流利），实在让人“亚历山大”。说了一堆，不知道大家到底搞没搞懂日本的研究生是个什么东东？没搞懂？没事，你只要记住研究生等于旁听生就行了。日本还有一类人叫研修生，虽然都带“生”字，但他们跟学校可没什么关系，研修生翻译成中文就是实习员工，以工厂、餐馆、超市等工作人员为主，不要混淆哦。

这里我要再插一句，日本以前和中国一样，无论什么专业都可以去考司法考试，但是后来进行了什么改革，规定只有法科大学院出身的人才可以参加司法考。后来因为有人抗议，日本又非常“温柔”地进行了补充，其他学科的人也可以考试哟，但是在那之前要先通过一个“预备考”，只有通过这个考试，才可以有参加司法考试的资格哟亲。

那么什么是预备考？司法考试顾名思义考的都是跟法律条文有关的内容，那么预备考呢？我曾经查阅了相关资料，结果我看到了神马！除了司法知识之外，还有自然、社会、人文等一堆的杂七杂八，除此之外还有面试，考法律实务！

那么这样的考试通过率是多少呢？我先说一下司法考试的通过率，跟中国差不多，百分之二十左右；那么预备考呢？

既然只是筛选的第一步又考了那么多有的没的怎么着都得百分之三十多吧？

答案是：百分之三！还不足！

看到这个让我心碎欲绝的数字我只想仰天长啸：你确定不是玩我是吧！你确定是吧！

曾几何时，我也曾野心勃勃想要拿下日本的法律职业资格，但现实却给我当头一棒：嘿！醒醒！

插播完毕，回到正题，继续说找啊找啊找朋友，哦，不，是找老师。

说起我找老师的过程，那真的是非常非常非常（以下省略N个非常）的曲折，而根据后续的发展来看，那不仅仅是曲折，而且诡异。

说起我的老师，也就是我的指导教授，用两个字形容那就是：牛掰！K大商法学科NO.1，日本关西地区商法学科NO.1，据说还是全日本商法学科的NO.2（NO.1的是日本商法学大神，著作等身，早稻田大学教授江头宪治郎）。书店里面也是经常能看到他的书。开研究会的时候诸位老师都要问问他的意见，他做发表的时候其他人大气都不敢出。但当时我并不知道，直到到了K大以后才知道他老人家的身影有多么伟岸。指导教授是我在出国前选择的，通过K大的官方网站，看哪个老师的研究方向自己比较感兴趣，就可以给他发邮件看能否成为他的学生。当初我选择的老师并不是我后来的指导教授，而是另一位老师，根据姓名暂时称呼他为S教授。至于为什么没有选择那位牛老师，理由可能是因为当时看到他的研究内容太笼统、范围太大，我这个一瓶子不满半瓶子晃荡的人怕搞不太清楚，就想选择一个研究方向比较具体化的教授，也就是S教授。选择后通过K大毕业的表姐给那位老师去了一封邮件，很快就有了回应，S老师说：我不太了解这个学生，也没有办法很快去了解（因为当时不在日本嘛），所以无法收我当他的研究生。看了这封邮件后我并没有多大反应，因为本身留学这个事情也不是我自己的决定，是我老爸老妈还有我去世的外婆希望我能趁着年轻而且外面还有亲戚在的条件下出去多看看，而我自己则没有多强烈的“我一定要冲出国门走向世界”的愿望，所以对于S老师的拒绝也是无所谓。但是当时我绝对不会想到，命运会在那里埋下一个伏笔，S老师虽然没有成为我的入门指导教授，却是我成为院生后的第一任教授；而我与我入门教授的缘分，则用一种更奇妙的方式连在了一起。

虽然我被S老师拒绝，但是K大商法学科不止一位教授，我的表姐也希望我能多长长见识，就让我换一位老师。在K大的三名商法正教授中，她让我试试一位她在上学期间就知道的老师，也就是我上文所说的入门指导教授，研究范围广泛得让我犯晕的K教授（K教授：那说明我水平高，十项全能啊，你识不识货啊）。我看了看K大教职人员表，嗯，名字很帅气。然后就还是那个程序，发邮件问老师行不行。K老师让我写一份研究计划书给他看看，我有点蒙。肯定不能写中文的，只能是日文或者英文，斟酌了一下，也就仅仅是一下，我决定写日文版。选择了一个我感兴趣的研究主题——公司监事制度的比较，这也是我后来的毕业论文主题，找了一些资料，组织一下语言，写了一篇计划书，当时觉得还不错（等后来的后来再看看觉得简直就是垃圾）。剩下的问题就是语言关，因为我当时的日语写作水平，说是初级都是褒奖我了，所以我先用中文写了一篇，然后，咳咳，再用Google翻译进行日文版转换。大家也都知道无论是Google还是百度翻译，给出的答案都是千奇百怪，所以我又大概以自己的水平改了一下，又托表姐和表姐夫做了更专业的修正，这才给老师发了过去。没过多久，老师回信到了。上面写道：对你表妹（给我的表姐）写的计划书，我看不懂。

我苦笑。

老师还写了一些话，中心思想是因为现在日本经济不景气，升学的人越来越多，大学院也不是那么好进的，想当他的学生也不是那么简单的。反正给我的感觉就是两个字：没戏。

表姐很遗憾，爸妈很遗憾，我嘛，依然无所谓。耸了耸肩膀，哼着小曲，拿起一本公务员考试真题，复习去也！留不留学不重要，趁着还在读书，事情不是很多，争取再拿下一个证！

就在我复习得如火如荼的时候，就在刚刚做申论题有点儿感觉的时候，就在我觉得极有可能会入公务员面试大围的时候，就在我几乎忘了曾经办过留学的时候，一个远洋电话改变了这一切。

“你被允许成为K老师的研究生了！”表姐说。

我拿着电话，有些不知所措。

然后就是急急忙忙办手续，办签证，我就这么被打包空运到了日本，就这么成了K老师的学生。至于身为他的学生应该有多么自豪，这种感觉是在以后才有，那个时候我除了茫然就是紧张和恐慌，这种感觉一直延续到跟他见面。

“这个老师吧，我不太了解，有点儿怪，跟他打招呼有的时候他也不会理的。”这是姐姐对他的评价，我在脑海里勾勒出这么一个形象：一个梳着小泉纯一郎一样的狮子头，身上时刻都充满着呛人烟味的怪老头儿，无论冬夏都穿着一件褪了色的大风衣，无论晴天还是阴雨鼻梁上永远都架了一副老旧的黑框眼镜，手里提着一个沉重的皮包，面色阴沉地走在校园里（你确定你描述的不是《装在套子里的人》）。这种脑补出来的形象也是我紧张恐慌的根源。

跟老师约好了见面的时间，提着送给老师的礼物准备出发。临走前舅舅问我：

“要我陪你去吗?”

“不用。”我故作镇定。

“哦，”他一边穿鞋一边说，“其实这样最好。”

从我家到学校，在不坐计程车的前提下，最快也要将近一个小时。我说的最快情况并不是指公路交通堵塞（目前还没遇到过），而是电车线路。日本的电车线路很方便，无论是硬件还是软件，哪怕不懂日语，只要记得目的地站怎么拼写、看得懂路标就没问题，而且售票口和站台工作人员也很乐意帮助你。在国内只要一谈起日本的交通运输，都会不约而同地谈起新干线，其实新干线只是日本电车中很特殊的一种，那玩意儿是快，从关西近畿地区到东京也就半天，嗖嗖的，但那玩意儿也贵。学生可以买学生票优惠，但普通人可没这个折扣，所以很多人都会宁可选择飞机不坐新干线，因为机票比车票还便宜（咳咳，当然，这里面也没算机场巴士的钱）。平时人们上下班通常也会选择电车——自然不是新干线，一般电车分为普通、快速、新快速三种，普通是每一站都停，快速是隔几站一停，新快速隔得就更多了，但是重点站三种电车都是停的。时间上能差多少呢？以普通和新快速为例，从我们家到繁华区三宫，普通要五十分钟将近一小时，新快速仅需要三十五分钟，因为启动、停车、乘客上车都是需要时间的，新快速节省了大量的时间。但由于新快速只在大站有停留，许多小站仅仅是擦肩而过，而且新快速相比普通和快速车次较少，这就需要乘客根据情况来选择搭配乘坐，比如我们学校那一站新快速就不到，但普通和快速都有停留，这就必须要1+1混搭了。

所谓世界上没有绝对完美无瑕的事物，日本电车确实很方便快捷，也没有交通堵塞，但有时也会因为安全检查耽误那么一点时间，这就会出现电车延迟。如果要发生个什么人身事故——比如有人从站台上摔下去或卧轨——那可真是倒了血霉了，至少四十多分钟，有时候半天都没解决完，整条线路在那个时段就会瘫痪；虽然有时候也会在电车之间进行调换缓解路况，但被耽误的时间真的是很愁人。我就赶上了几次，大部分都是在晚上，那滋味，不是一般的煎熬啊。

提着重重的礼品盒，坐了一个多小时的车，我折腾到了老师的办公室门口。虽然表姐让我等她一起进去，我还是想看看自己能坚持到什么程度。将想说的话又默背了几遍，深吸一口气，我敲响了老师办公室的大门。

“失礼します。（打扰了）”说道。

“はい、どうぞ。（请进）”门里声音传来。很温和的声音，与我想象的不太一样。

推开门，看到站在办公室里的人，不觉愣了一下。

年纪有五十多岁，干净的白衬衫，笔直的西裤，雅致的眼镜和一丝不乱的头发，以现在的样貌来推断，年轻时候应该是个帅哥。

“我的打开方式肯定有问题。”我有些晕，“为什么出来的是个翩翩帅教授而不是我想象的怪老头儿？”

跟表姐说的完全不一样，我估计她是因为事情太多所以对错了号。

“どうぞ。”他指指沙发，示意我坐下。

我坐了下来，再次深呼吸，首先将礼物递了上去。

“啊，不不，我不收学生礼物的。”他连连推辞，无论我怎么说都不要。

为什么？我画个问号。

简单寒暄两句后，状况出现了。

我听不懂老师说什么了！

其实这很正常，就凭我那两句只能勉强应付打招呼，正式的会话肯定砸锅。我非要自己去试，结果搞得双方都很尴尬，我听不懂老师在说什么，老师也不知道该跟我说什么。直到表姐出现，这种要命的尴尬才结束，估计当时不只我，连老师都松了一口气。在后来的后来，跟老师再一次谈及当时，老师忍不住发笑，我也一笑而过，但在当时那种状况，我是真心笑不出来。

有一个语言通就是好，在表姐的帮助下，我还算顺利地结束了跟老师的会面——除了他不收礼物。后来有人告诉我，是因为我那个礼物看着很贵。其实也没什么，只是一套茶具，但是外包装是个实木盒子，看着比较高大上。别人告诉我：估计你老师是怕接受这个礼物就有了受贿的嫌疑。我当时也这么认为，但事实告诉我不是，因为我在后来还为他带过东西，跟高大上扯不上关系，哪怕仅仅是一盒蓝莓果干，他也坚决不要。人家说了：这是我的ルール（准则）。也许这是老师特有的风格吧。

见完老师后我到法学研究科的教务处办理相关事宜。迎接我的是个很可爱的纯日系美女（我们教务处的学生担当一直都是美女——反正我在的时候看到的都是），无论对方说什么我都回答“はい”，等出来后我问表姐的第一句话是：

“她刚才都说的是啥？”

“啊？”我觉得表姐下巴都快掉地上了，“搞了半天你都没听懂啊！”

“对啊。”我一脸无辜。

“……”

其实这种事几乎所有人都经历过，明明听不懂，但是又觉得面子上过不去，就装作很明白的样子。事实证明，假的就是假的，它真不了，不懂装懂就会闹笑话，我这个算是伪装得不错。有一哥们儿比较尴尬，他也是去见老师，无论对方说什么都回答“分かりました”（我明白了），到最后连老师都开始疑惑了。

“本当に分かる（你真懂了）？”老师实在忍不住了。

“我当时这个尴尬啊。”那哥们儿感慨。

还有一件更搞笑的：有一兄弟刚到日本，为生活所迫就想找一份打工的活儿，给招工的地方打电话，对方问道：“おいくつですか（你多大了）？”

“哦一哭呲（发音）是什么？”这兄弟开始在脑子里画魂儿，

“但是‘ですか’的意思我懂，估计就是问我符不符合条件之类的吧。嗯，肯定是这样。”结果这哥们儿恭恭敬敬回答：“はい、おいくつです！”

然后就杯具鸟。

好了，亲，语言关慢慢熬吧，你得先回家准备准备，还要参加新生入学会呢。

第三章

终于找到组织了！

到了入学会那一天，我真正领略到K大的坑爹之处。

上次来见老师的时候因为手里提着东西，所以是坐公共汽车上去的。对，上去的，这是我用的词。日本是一个多山的地方，在很多城市都能看到大山坡。神户，不，准确点说我就读的学校就是在一个大山坡上。上次虽然是从学校走下来的，但只领略了山坡的陡，其他的倒也没什么感觉。这次我轻装上阵，想着走路还不容易？本小姐最不怕的就是走路！想当初从初中到高中，从家到学校徒步往返，来来回回一个多小时；上了大学也是坚持每天竟走一小时，风雨不误。单程半个小时？不算事儿！单程一个小时的我都走过！

但是我忽略了一个最重要的问题：我平时走的都是平道，这一回，是山路。

刚开始心情还是很愉快的，脚步也是很轻盈的，结果走到一半，就有些不对劲了：这不是走，是爬啊，结结实实的爬山啊！临到学校的时候还有一个近乎六十度的大斜坡拐角，也许是我夸张了，但真的很陡！到了学校门口的时候我已经气喘吁吁，把着K大的铁门歇了好几分钟，又继续爬了两个很大很大的大台阶，才到法学研究科。我希望大家知道，日本大学秋季开学是在10月份，在中国北方10月已经是秋高气爽，要穿长袖单衣或者外套，但是在日本，依然是二十多摄氏度有时甚至近三十摄氏度的高温，所以你们可以想象我当时汗流浃背的德行。看到我们研究室所在楼第二学舍的时候，我不禁想哭，想到以后要经常爬这个坑爹的山路，我更想哭！

我这是来留学还是来减肥？我一边擦汗一边想。

算了，花一样钱干两样事也挺划算。

顺便一说，当天我还迷路了。虽然前几天表姐还带我走了一遍，但方向感素来不好的我还是迷路了。幸好路上碰到一个K大的老牌毕业生，一位很慈祥的大叔，特意给我带到我知道的那个路口，然后才去办自己的事情，让我备感温暖。这也是我后来想要留在日本，准确点儿说想要留在关西的原因。这里的人都很好，有好多次问路对方都是亲自带我到我要去的地方，就算他不知道也会去问别人帮忙查清楚。刚到K大找老师的办公楼找不到，问了一个在校学生，她虽然不知道，但也跟着我一起找，直到我找到后她才离开；还有一次是在电车上问坐在旁边的人关于车站的事，他虽然也不知道，但却特意拿出手机帮我去查；就是在超市里也一样，有一次我找不到我想买的东西，想问售货员，但是因为她在忙，请我稍等，旁边有一位阿姨，只是一名顾客，看我比较急，就把自己要买的东西放到一边，领我到那个货架前面。如此种种不胜枚举。但有人说仅仅是关西的人会这样亲切，东京人就显得有些冷漠了。也许吧，我也不清楚，我虽然也去过东京，但那是两年以后的事情了，日语没什么问题了，拿着智能手机也不怕迷路，没什么机会体会他们所说的两地的人情差。

跟着刚认识的留学生同学先去留学生中心办理相关手续，参加日语分级考试。K大还是比较人性化的，为了刚入学的留学生能够尽快融入当地环境，学会语言，无偿向留学生们教授日语。留学生们要先参加一个很小的日语测验，然后根据成绩当场划定级别，根据级别再选择自己喜欢的课程。我毫不意外地被划到了初级，但因为住得比较远，所以一周只能最多上两次，效果可想而知。当时有一件很搞笑的事，在我前面有一位南亚兄弟，日语小测验的选择题全部答对了，老师惊喜异常，满脸兴奋跟他说了一大堆日语，结果这位兄弟回应她的只有一脸茫然。

他一句也没听懂。

老师快疯了：那你怎么答的啊！

答案很简单：蒙的。

这神了啊！

突然想到初中时候就有这样的猛人，学习成绩一塌糊涂，但有一次英语考试，完形填空十道题对了九个！对我们这些学生来讲，完形填空只能用“巨恶”二字形容，即使英语很好的人也很难拿到这么高的正确率，他答对了百分之九十?!

答案是：人家是蒙的。

就当我们目瞪口呆、他洋洋自得的时候，坐在他身后一位平时英语也不太好的兄弟亮出了他的考卷，十道题，全对！

同样，也是蒙的。

我们绝倒，前一位哥们儿眼珠子都快红了：老子好不容易嚣张一把你也抢！

后面那位兄弟毫不吝啬回他一记白眼：不要以为只有你会蒙！

学得好不如蒙得好，让我们这些苦哈哈啃书本的人情何以堪?!

现在昨日重现，我只能说：牛人无处不在。

考完试以后，我们一群留学生结伴去食堂吃饭。里面有东北老乡，听着熟悉的东北腔真是信感亲切。虽然在老家的时候从来不说，也觉得很土气，但是远在异国他乡，这却成了和家乡的羁绊。乡音，乡情，成了飘零在外的游子们最珍视的东西。以前在国内还有所谓的南北之分，但是到了外面，我们都来自一个地方，它的名字，叫中国。

嘻嘻哈哈之间，认识了新朋友，当然准确点说也不能是朋友，但是多几个人说话也不错。

下午，正式的留学生新生入学会。校长（貌似是校长）做了简短的发言，就开始介绍来自各国的学生，却偏偏跳过了中国留学生，眼瞅着校长当时把其他国家的人都介绍完了，正当我们疑惑的时候，就听校长大人轻咳一声，说了句：“那么，也不用多说了，最后就是来自中国的同学们。请你们起立，让大家认识一下你们。”话音刚落，就看会场上黑压压站起一大片，估计占了总人数三分之一还要多，别说其他国家的人，就是我自己都禁不住感叹：虽然知道会很多，但是真的没想到会这么多。我朝威武！

来自波兰的留学生给我留下了深刻的印象，虽然只有两个人，一男一女，但是因为形象很出众，所以格外引人注目，那真是男的帅、女的靓。我也不怕不好意思，身为一个女孩子，而且还是个性取向正常的女孩子，我注意的肯定不是雌性动物。那个波兰小伙儿长得真帅啊！虽然现在我见到他也不见得能认得出来，(喂！你真的认为人家长得帅吗?!）但当时给我的感觉就是：惊鸿一瞥，小心脏貌似瞬间还停了那么几秒。晚上在学校给大家开的欢迎会上，我又见到了他，他代表新生发言，一口流利的日语说得比日本人还地道。见他下台落了单，我有了一个大胆的念头：身为一个新时代有知识、有涵养、有个性的女孩子，我决定跟他搭讪。这也是我活了二十三年以来，主动跟自己感兴趣的男孩子接近，而且还是个外国人。当然因为是第一次，去之前心里还是有点打鼓的，但是旁边的朋友给我打气：

你知道外国人眼中的中国美女什么样子吗？白白的皮肤，乌溜溜的黑色长发，没错宝贝，说的就是你。去吧！等你好消息哦，争取将他拐回咱华夏大地！

然后我飘着就去了，身上还背负着艰巨的任务。打招呼，聊天，不到十分钟结束。回来的时候依然是飘着的，用朋友的话说，小脸红扑扑的。我也很乐意告诉大家结果：交换了邮件地址。不过是我先要的。言外之意如果我不要的话他也不会给，总而言之就是四个大字：无果而终。结局是惨淡的，意义却是重大的，这件事好像成了我在感情问题上的一个转折点。在那之前，我几乎没有体会过什么叫心动，有也是强迫自己很快去忘却，因为那时候读书更重要，造成的结果就是我到大学毕业都没有谈过一次恋爱——这件事让我那些朋友也很惊奇，有的甚至更直接问我是不是真的上过大学——

但我从来没觉得这是一件多大的事，直到来日本才觉得如果大学的时候谈过一次的话也不会在后来吃亏犯傻；而且在这个波兰小伙儿以前，我一直认为女孩子主动去追求喜欢的异性是比较丢人的。也许是因为言情小说和狗血爱情剧的影响，我以前理想的爱情模式都是男追女（不过这貌似也是很正常），从来没有想过为什么一定要男生追女生，女生为什么就要等待。直到来日本之后，我觉得在感情上就应该坦率一点儿，对异性的欣赏和爱慕并没有什么见不得人的，而且我的年龄也正好是个恋爱年龄，更没有什么大不了的了。所以，说一句我喜欢你，其实非常容易。

但是后来我才知道，我的爱情观还是非常单纯。感情上最珍贵的就是坦率，所以它也最难得。以前我觉得爱情就是非黑即白，但其实现在的人们，尤其我们这一代，似乎更喜欢的是若即若离，简称暧昧。暧昧是个好东西，既不用负责任也能看着对方为自己神魂颠倒而暗爽不已。暧昧的原因也是大致分为两种，一种纯粹是因为好玩，另一种就是根本不知道自己要什么。但不管怎样，暧昧这种东西不分性别，不分年龄，不分动机，只要你能玩，只要你玩得起，或者说你输得起，就可以谈一场月朦胧鸟朦胧的风流事。至于最后有没有结果，你就不必考虑，反正对你来讲就是一场游戏，你大可以堂堂正正地亮出一个招牌：暧昧有理。

我曾经不懂得，吃了一些苦头。等到明白了，也不是没想过是不是也来一次游戏人间？但这个念头只是一闪而过，就马上被自己否决了。我没那个智商，也没那个精力，而且己所不欲，勿施于人，自己曾经就是受害人，何必让别人也遭受同样的罪？其实在我看来，暧昧这个东西虽然是排忧遣郁的好手段，其实就是心里极度空虚或者寂寞的产物，对于一个漂泊在外的人更是如此。在日本这么些年，我见过许多事，有的人国内明明有对象在这边却又找了人，有的人同时找了好几个人，以前我很鄙视这样的事，但是后来就见惯不怪了。一个人在外面不容易，有的时候找男女朋友不是说有多爱对方，甚至不是为了满足生理需求，仅仅就是希望有个人能说几句暖心的话，有一个肩膀可以在累的时候靠一会儿，至于结果会怎样，未来会怎样，真的不重要了。所以我有的时候很理解他们这种行为，但是我自己不会做。用我朋友的一句话：你不能因为寂寞，就觉得一头母猪都长得眉清目秀！我记得一个大哥说过这样的话：人的感情都是有限的，你浪费得越多，剩下的就越少，到最后就算等到了真正要等的那个人，你也不知道了，因为你没什么感觉剩下了。所以初恋一般都是最美好的，不只是因为那个时候最纯，也因为那个时候付出得最多。所以我觉得，与其让一些不值得的人去浪费自己的感情，为什么不好好谈一场真正的恋爱呢？

我一直这么想，我也是一直这么做的。在日本这几年，我的感情试卷终于不再是一片空白，虽然答案有的只能用惨不忍睹来形容，但也好过白茫茫一片。人的一生中，情伤是必不可少的，因为这能让自己知道什么是对的人，或者至少知道有些人就应该敬而远之，知道自己想要的是一份什么样的感情，知道了我想要的究竟是一个什么样的人，知道了什么是心动，什么是思念，什么是苦涩，什么是甜蜜。我也会吃醋，我也会嫉妒，我也会撒娇，我也会犯傻，我也会耍小性儿，我甚至也会歇斯底里。这全都是拜恋爱所赐。我开始理解那些曾经让我不屑一顾的言情剧或者爱情歌曲里的无奈和忧伤，因为我也有了一样的过往。在感情的战场上，我只是一个新上阵的小兵，冒冒失失地徒手和敌人肉搏，然后被刺得遍体鳞伤。但是好在战争不是一直都有，休战的时候就是我养伤的时候，不管多么重的伤，哪怕深可见骨，最后也会慢慢愈合。虽然愈合的过程让人备受煎熬，可是只要咬牙挺过，伤口最后肯定会结痂，这些痂结了一层又一层，最后变成一副铠甲，把自己的心紧紧包裹，该柔软的地方就留出来，其他的地方则变得坚不可摧。我曾经感慨：经历的事情变多了，人的心也越来越硬了。其实不是心变硬了，是我们长大了，那个会因为失恋而痛哭的自己，已经被我们远远地抛到过去了。再一次引用朋友的经典语录：一个随时随地要走的人，逢年过节给他烧点纸就行了。

即使如此，即使受过再多的伤，我也会勇敢地接受下一次恋情，因噎废食从来不是我的风格。我说过了，再严重的伤也会愈合，哪怕是大手术也还有拆线的时候呢，更何况情伤这个级别实在够不上手术的程度，顶多就是摔一跤。既然只是摔一跤，那还怕什么？爬起来就是了。我一直欣赏《东京爱情故事》中赤名莉香说的一句话：遇到我喜欢的人，我就跑着去追。脚扭伤了，跳着也要追；天下着最大的雨，扔下伞也要追。如果他不等我，就让他后悔一辈子！除了最后这一句，我都很喜欢。我觉得，喜欢也好，不喜欢也好，这都是人的自由，没有哪一条哪一款规定别人喜欢我我就一定要回应。所以如果是我，我就把最后一句换成：如果他不等我，我就拍拍身上的尘土，冲着他的背影大声地说一声谢谢，然后转过身，寻找真正属于自己的幸福。因此，哪怕曾经伤痕累累，在遇到自己喜欢的人时，我还是会对自己喊一句：奔跑吧！骚年！

行了童鞋，别奔跑了。感情的问题以后再说吧，现在紧要关头是你怎么尽快融入学校生活，快点成为K大正规生。赶紧稳住心神，你还有一个人要见呢。

这个人就是我的tutor。

貌似不是K大的特产，日本只要正规大学应该都会为新来的研究生（尤其是外国籍研究生）安排这样一个人。这些人是从学生中（博士生）招募的，帮助新生尽快融入校园环境，解决他们生活中和学习中的一些问题，促使新生们尽快拥有大学的正式身份。他们并不是无偿服务，而是拿工资的，是一种很另类的打工。每一个新生都配有一名tutor。跟我一起入学的人里面，有的很幸运配上一个中国tutor，交流起来就很方便；而我的tutor是一个日本人，说话声音蛮好听的日本男生。我们通过电话联系，约好了见面的时间、地点。我再一次去爬那个坑爹的山路折腾到学校，见到了我那个从来只闻其声不见其人的tutor。第一印象：应该是那种平时都把时间放在书本上的那种人——也许是那副大黑框眼镜的作用。见面打个招呼，寒暄几句，他领我去学校食堂请我吃饭。气氛还算融洽，除了一个问题，不用问，雷打不动的语言关，这个问题会困扰我很长时间。

吃过饭之后，tutor带我去参观他们的研究室。所谓的研究室，听着很气派，其实就是类似公司职员办公室里面的一个个小隔断，空间有限。虽然小，但是对于我们这样的研究生来说，只要拥有了这样一个位置，就等于拥有了一个身份，一个能够堂堂正正在K大读书的身份。现在我只是研究生，除了里面的交换生专用座可以用之外，其他的地方是没资格使用的。而且在后来，研究室门口还贴了一个告示：研究生禁止入内。我们只能到图书馆找位子了。

从研究室出来，正好碰到一个中国前辈，我的tutor火速将我介绍给他，让他给我详细介绍一下情况。我私下觉得那时候他老人家应该是松了一口气了：可算把这个麻烦丢出去了。后来我知道，法学研究科留学生很多，将近总数的二分之一，除了中国人之外，还有土耳其、韩国、越南等国家的学子。跟着tutor去研究室的时候就碰到了一个来自越南的黄同学，个子矮矮，体态微胖，亲和力蛮高的一个人。我在以后的一年里跟这位仁兄打过不少交道，因为我们都是商法学科的学生，还都上过K老师的课。不考虑其他问题，他是个很有意思的人。据说他也是他们国内某所一流大学的老师，却也不远万里来到日本求学，重新做一名学生，兢兢业业写论文和案例分析，心甘情愿地在课堂上被教授和其他学生狂虐（我曾见过不止一次，真的被虐得很惨），真心让我钦佩。他歌唱得不错，有一副好嗓子，会说一些中文或者是会唱几首中文歌，有一次聚会突然心血来潮对着我吼了一嗓子“妹妹你坐船头哦哦”，咬字儿倍儿标准，我当时就石化了。

说说这个tutor介绍的中国前辈吧，一个很和气很斯文的人，他给我介绍了很多关于这个研究室的事情。我觉得我的运气在某些方面一直不错（希望财运方面也这么好运气，吃饭时拿的发票都刮不到奖），遇到的老师都很负责，前辈们也很和气，给了我很多帮助，在这里我诚挚地表示感谢，真的是十分感激。

好了，学校情况知道得差不多了，正式的留学生活马上就要开始了。

刚开始的时候课程并不多，我曾经想去上指导老师的课，老师非常干脆地说：去了你也听不懂啊，先上语言课吧。我就沮丧地开始每周上两节语言课，不过就在留学生中心这里，认识了很多有趣的人。

第一次看到熊熊是在新生入学会，我正在发呆，就听后面有人操着东北腔侃侃而谈，那个人就是熊熊。我当时虽有心结识，但因为时间匆忙就没顾得上。等到留学生中心上课的时候，我刚进门，就见前面有一坨，对，一坨，一坨圆滚滚、肉乎乎的庞然大物就这么晃了过来。现在想想，那步伐，那身影，怎么看都是大白——哦不，他的肤色很健康，应该叫大黑，我估摸着那体重得有二百斤，个头得有1米8，再一看脸，呦呵，有过一面之缘那哥们儿。

我冲他打招呼，他一见我，也哎哟一声，拿手朝我这儿一指，我刚想拉近一下距离，就被他一句话定在原地：

“你叫啥名？”

好吧，这跟你没关系，你确实不知道我叫啥，但你也不用一开始就提高我的期待值啊。

这坨适合做兄弟。这是我的想法。

那个时候我是绝对没想到，这个人会成为我留学生涯最初阶段的温暖，甚至是类似心灵支柱这么一个人物。那个时候只有一个直观印象：丫的嘴太损了！

按理说，理科生和文科生斗嘴，怎么算都应该是文科生叫对方内牛满面，但是如果碰上一个喜欢看相声的理科生，那结果就很微妙了，反正我从来就没从嘴上讨过便宜。这哥们儿是老郭的粉丝，我以前不太爱看老郭的相声，因为觉得他老损于谦有点烦，但是因为熊熊推荐了几部单口经典，比如说《丑娘娘》《张双喜捉妖》

等，才觉得老郭这么有人气绝对是有理由的。不过虽然我也听了几部，比起熊熊来讲还是小巫见大巫，所以我依然没吵过他。

嘴巴损，嗯，看着很有手感，肉肉的抱起来感觉应该不错。我坏坏地想。所以我就找准一切机会打算来一个爱的抱抱，可是一次也没有成功，直到毕业，他老人家也没有给我这机会。

前文说过，我上的是日语初级班，本来听说课和写作课都是，但由于后来我嫌弃写作课十分简单，就自己跳到了熊熊他们所在的中级班；前文我还说过，日语课一周我只上两次，一次只有一个半小时，平时都待在姬路，进行日语会话的机会很少，上了一个学期之后，我依然被分到了初级班，所以成效可想而知。我日语真正突飞猛进的阶段共分为两个，一个是打工，一个就是成为正规生以后，这两个阶段有一点重叠，结论却是一样的：想要学好外语，就是一个字，说！

除了日语课之外，我的专业课也不能落下。虽然我现在没什么课，但还是依照老师说的买了一本公司法的书，鉴于我老师是神大商法学科的大佬，院生考试的时候肯定会以他老人家为主，所以我毫不犹豫地选择了我老师写的书，然后，自学。对，你没看错，自学，虽然日语极其无比的烂，还是一手拿着书，一手拿着电子词典，桌子上还摆着一本六法（公法、民法、刑法、社会法、产业法和条约的法条合编），一字一句地去抠，过程十分的恶心。有人说你的老师既然如此之牛为什么不去请教他？亲，你以为我不想吗？但这是大学教授，不是班主任，不是你有什么芝麻大点儿的小事都可以敲敲门就进去巴拉巴拉。想见老师你要先提前预约，最好提前几天，方便老师安排时间。等老师回信说可以了，你才能战战兢兢去见。每天都能见一次教授？孩子，醒醒吧，你老师他没这个工夫，更别说声名远播的名教授了，除了学校的课程教授、带学生，还要做研究、编书等等等等，人家没有那个美国时间跟你在那里耗。你说什么？你还想跟教授面谈说说心得体会？孩子，你可以洗洗睡了。

现在大家可以知道为什么我不能经常得到教授的指导了，而且我老师的性格，我后来也看出来了，他是那种十分重视学生自学能力的教授，不是那种手把手教你的幼儿园老师。孩子，你都多大了，还让我一点点教你？乖，自己看书去吧，老师很忙，不懂就问哦。

然后我就哼哧哼哧自己看书自己学，很锻炼人。但说实话当时我好羡慕我后来认识的一个猛人，她的老师就是在她成为他研究生之后一点点教她，给她打了一个相对较好的基础，而且这个老师还经常督促她去上日语课，“记得要去上日语课哦”这样子，让我不禁羡慕嫉妒恨。

“那就是一妈。”熊熊曾经感叹。

这个老师就是当时我想选的S老师，实在是，靠之！

我的老师，如果我不发邮件，他压根儿不怎么管我，5555555555555555555！

估计我老师看到这儿（如果他能看懂）也会不禁唱一首陶子的《太委屈》（如果他会唱）：我不是不管你，是我真的没那个精力啊亲！我除了自己要工作，手底下还有两个博士呢！而且都是要毕业的人了！各种论文、各种杂事不解释啊！

所以怎么说呢，理解万岁吧。而且我老师挺好的。

说起我老师手底下两个博士，那就是我的师兄了。一个年纪要长一些，正儿八经的“70”后，一个年纪轻一些，“80”后。大师兄（别笑，暂时这么叫）蛮亲切，性格比较稳重，但有的时候也会激进一把，这也没什么奇怪的，苏轼还能老夫聊发少年狂，千骑卷平岗呢，更何况我师兄才三十多岁，正青年。另一个嘛……

我先说说我第一次听到他的名字是一个什么场景：前文中我说道我的tutor带我去参观研究室，然后碰到几个日本同学，就听我的tutor对他们说：刚才给他（二师兄）打电话希望他来帮帮忙（我这个留学生日语太烂），他说有点事情来不了，可还问：新来的留学生？男的还是女的？

听着语气还挺兴奋。

貌似这性子很活泼啊，我想。但也仅此而已。

等到后来我因为看书有不懂的问题想问tutor，他这回又找了我后来的二师兄来帮忙做翻译。我当时不知道，坐在谈话室等他们。大概等了那么十分钟，有人推门蹿了进来。请原谅我用这个词，但当时给我的感觉就是：这个人怎么跳着就进来了？

不用我说，大家都知道他是谁了吧。

我的这位师兄，就是K大留学生中的一个传说。

性子活泼口才佳，专业知识过硬，交际广泛，留学生中几乎没有不认识他的（但他不一定认识所有人）。如果真的有这么一个没听说他的大名，这孩子十有八九是新来的。跟他聊天，话题永远是跳跃的，或者说是歪楼的，反正我是从没见他就一个话题从头谈到尾，而且内容不限，甭管是正史还是野史、国家大事还是花边八卦，甭管是小清新还是重口味、纯文学还是十八禁，来者不拒。跟他聊天，你根本就不用带嘴巴，带耳朵就行了，反正你根本也插不上什么嘴。我经常是托着下巴看着他老人家滔滔不绝一个多小时还不用补充水分，看着这楼越来越歪，话题越扯离最初的主题越远，最后那个距离可以绕着地球转两周。

非常有意思的一个人。

因为他是中国人，而且专业素养不错。所以我如果有什么问题去问我的tutor，tutor就会去找他来帮忙做义务讲解员。等到后来我tutor毕业了，我就直接端着书把他从研究室的小格子里骚扰出来，等于他那个时候成了我的继任tutor，不过依然是义务服务。写到这里突然觉得我好对不起你啊师兄，什么时候来我老家我请你吃饭啊。

说起法学研究科的休息室，对于我们来讲就是一个小沙龙。每天午饭和晚饭时间是最热闹的时候，学生们三三两两拿着午餐来到休息室，一边聊天一边用餐，对于忙于毕业的学生来讲，这更是难得的休憩时间，大约一小时之后又要回到无涯的学海之中，也是很痛苦的事。既然是法学研究科，谈论的话题自然大部分是跟法律有关系，最初的时候我很讨厌这样的话题，一个原因是因为觉得每天接触最多的就是法律，休息时间聊的还是法律，一个主题一年三百六十五天从早到晚，你们不觉得烦吗？所以我很钦佩其中一位前辈，我叫他浩哥哥。这位哥哥可以说是一开始就让我记住了，因为他长得很像我喜欢的一个新闻联播主持人郎永淳，都是干干净净、斯文秀气、彬彬有礼、温文尔雅的，很对我的feeling（话说这两个人来自同一个地方，莫非那里的男人都是这种感觉？嘿嘿嘿）。没错，我刚开始是有那么一丁丁想法的，但是很快我就知道他有女朋友而且是要结婚的那种，所以立刻就抛开所有的歪心思，转变成了绝对的欣赏和崇拜。这位哥哥虽然是半路出家，不是纯正法律系毕业，但是专业素养也不错，而且学识渊博，也很喜欢历史，涉猎广泛，性格和蔼亲切，有如沐春风之感。曾经有一位学姐在聚会上对其他女孩子嗲嗲地介绍：来，给你们介绍我们法学研究科最帅的前辈。可见魅力不小。总而言之吧，这位哥哥，长相好，性子好，学识好，除了一点——有女朋友了。我毕业的时候，人家大胖儿子都好几个月了，着实让人，咳咳！

好了，从帅哥哥转回刚才的话题，我不愿意谈论法律话题的另一个原因就比较不好意思了：能力不够。我虽然是法律系毕业，也拿了一个法律职业资格证，但我的兴趣从来不在法律这东西上，当初选择专业是父母的决定，我想选历史但是考虑种种原因就没选。司法考试是因为两年的复习，来回背诵法条强迫记忆才勉强通过。选择商法也是家人做的决定，我感兴趣的是刑法，但是一是因为胆小——大学时候刑侦科的案发现场照片差点儿没把我恶心吐了——二是因为刑法只能在一个国家用，它的通用性不是很高，所以也放弃了。法律不是我的选择，商法也不是我的第一意向，所以我的学习积极性相对其他同学而言并不是很高，我自己也承认这一点。有句话叫兴趣是最好的老师，这话说得十分在理；有兴趣就有动力，有动力就会带动自己向前，而我的兴趣几乎就不存在，所以我学得就很压抑，效果也不佳。直到现在我也是懵懵懂懂，所以在他们聊法律问题的时候，我除了没兴趣之外还有就是觉得自己很差劲，这就导致了自卑。所以他们在聊天的时候我一般不是发呆就是做自己的事，把自己游离在这个圈子外围。但是这些对我来讲其实没什么好处，我只是在逃避而已。朋友小百合一句话把我点醒：越听不懂越要参与，否则你永远也听不懂。差距就在那里，你躲开了就没有了吗？你只会距离他们越来越远！

小百合是我的好朋友之一，一个蒙古族女孩，比我大了一岁，可爱娇小，性格开朗，还有一副好嗓子，一直想挑战《青藏高原》，只可惜日本的卡拉OK里面没有这首神曲。她也是继熊熊之后第二个让我觉得暖心的朋友。我考院生的时候她已经转到了京都大学，但依然保持着频繁的电话联系。记得有一次她听说我很少去跟老师联络，当时就急了：你干吗不去啊，多跟老师联系啊！这话我跟你说了好多次了你从来不听！虽然我在挨训，但还是觉得很温暖，因为这个人是在关心我的，我感觉得到。

因为小百合一句话，我也是醍醐灌顶，以后再讨论我就强令自己留下听，听不懂就学，学会了都是自己的，就算被人鄙视了也不吃亏。

第四章

离家的孩子

从此我就开始每周去两次学校，每周要爬两次坑爹的山路。有人就会问了你不会坐公交车吗？莫非那里没有？公交车是有的，我第一次去的时候坐的就是公交车，而且K大是个大学区，几乎每辆车都到K大的正门，可以说是十分方便。原因在我这里，我是真的不愿意花那个车钱，一次二百日元，真心舍不得。有人说二百日元其实很便宜，但那是在日本待惯的人，对于一个刚来的人，每次看到这些价格就会不由自主换算成人民币，那个数字就很恐怖了：我坐一次公交的钱可以在国内打出租了！然后就死活没让这两个硬币蹦出来。上文中提到过的，那个见到老师一直回答“我明白了”那哥们儿曾说：在国内，别说公交了，打车都没觉得算回事；在这儿，想想都心疼，坐一次公交心都在滴血啊！其实这种心态很正常，在国内都是父母给零用钱，只要不是太奢侈，钱没有了父母还会给，用不着为这个发愁，所以也不知道啥是节俭。等一个人过日子了，即使父母给了生活费，那也是有数的，在没有打工之前，只能一分钱掰成两半花，节省再节省。曾经有人做过这么一档事：几个小伙子去超市买东西，为了省钱，去了最便宜也是最远的一家，走着去的。买了一堆之后，几个人扛着一堆东西，里面还包括一包十公斤重的大米，一路倒了好几回手，费了九牛二虎之力拖回了他们住的地方。我在上文说过，我们那地方主要是山路，到处都是大斜坡，从学校到那家超市，步行要45分钟，这是快的。他们住的地方比学校还要远，貌似在另外一座山上，具体位置因为没有去过我也不清楚，但结果我是知道的，就是这几个猛人大晚上把大米拖回去之后，第二天谁都没起来床，浑身酸痛。有人说至于吗？几个人打辆车分担一下不就行了？但那个时候的我们，不知道未来会怎样，能不能成为正规学生都是未知，刚开始语言都是半斤八两，也不会那么快找到打工的地方，所以我们只能用各种近乎自虐的方式来省下每一分钱。我也是即使再热的天，即使口渴难耐，即使看着自动贩卖机里的水眼睛都绿了，我还是会咬咬牙，步行几十分钟回家喝凉水去，这也得益于日本的自来水是可以直接饮用的。只不过对我来讲节俭不是自虐不是痛苦，而是一种习惯。这得益于我的父母，记得从小他们就告诉我要勤俭节约，有零花钱就存起来，所以我的小储蓄罐总是满满的，虽然不是很多，但那个时候只要摇一摇小罐子，听听那声音，就会觉得好开心（财迷）。上小学五年级的时候爸妈开始每个月给我定量的零用钱，告诉我那个除了零食钱之外还有交通费，上了初中发现我可以走着去学校的时候，交通费也就省下来了。慢慢的我有了自己的存折，存折上的数字也就一点点（真的是一点点）多了起来，考上大学之后第一年的学费，就是我拿着我从小到大攒的零花钱交的，虽然交完以后存折就空了，虽然已经过去很久了，但还是很有成就感：咱的学费是自己交的！虽然只有一年！但是，哇咔咔！后来上大学的时候，学校每个月会给学生的饭卡里面打30块钱，我除了第一次和中间一次往里面充过钱，就再也没充过。到毕业饭卡结算的时候硬是从卡里扣出将近五百块钱来，拿到钱后牛气烘烘给老娘打电话：老妈，你闺女请你老两口儿吃饭！

我一直以为节俭是一种美德，并深为自豪，但有句话叫矫枉过正，任何事情都得有个度。我就因为这样的事吃了小小的苦头，然后在父母和朋友的连敲带打之下开始反省、改正，这都是后话了。

顺便说一句，日本的茶饮料是不加糖的，相对于中国那种打着茶字招牌甜得要死的糖水，我更喜欢这样的原汁原味。当然这也因人而异，就像我妈她就比较喜欢国内的甜茶，只能说每个人的口味都是不一样的。

我前文曾经说过在留学生中心上课会认识很多有意思的人，对我来讲这也是建立自己交际圈的一种方式。后来我们有了一个QQ群，通过这个群落又认识了更多的人。我们除了在上面聊天扯淡之外，还会进行一些信息交流，比如说哪里房子出租、哪里在招打工人员，就职活动的时候就会有很多就职建议，其他还有奖学金考试信息等等，可以说是十分便利；而且群落里面都是神大的学员，各个学科都有，这就使得互通有无变得更加快捷。除此之外我们还会在上面召集朋友去吃饭、唱歌之类，组织各种活动，这也为我们寂寞甚至有些压抑的留学生活增添了不少乐趣。

对我来讲，学习生活就是每周去上两次日语课，其余时间也就是拿着书本自学专业课，也就是那么简单，或者说是乏味——当然这是最初的想法。对我来讲，除了学业上的困难之外，还有一座大山让我喘不过气。

“你到底要放在哪里啊？”有几分不耐的声音。

“抱歉。”依旧是怯怯的。

跟一个严肃、沉默寡言，而且基本上没有什么笑容的五十多岁的男人相处会怎样？

答案是两个字：崩溃。

对我舅舅，我曾经的印象是非常好的：他是外婆的骄傲，我也一直听着他的故事，对这个早早就留学日本并在异国他乡站稳脚跟的舅舅十分崇拜。在留学之前，我曾经两次来过日本，一次是十三岁上初中的时候，一次是二十二岁大学四年级的时候；第一次是纯粹跟着外婆来玩，第二次就是为后来留学来探路了。来的时候感觉都很好，直到第二次从日本回去之后，出了一件事，好像是因为要办留学手续出具什么资料，但是有个信息我就找不到了，所以我就问了他一下。然后，当晚，他在跟妈妈通电话的时候说：

“这孩子的电脑里都存了些什么？一点儿有用的也没有吗？”

我在一旁，咬紧了嘴唇。

后来我又知道，其实在我第二次去日本的时候，他老人家就有一点儿意见了。

“也不出去跟别人交流，每天就在家里用电脑看电视剧，还是英文的。这样语言怎么能进步？”

我苦笑。

自此之后，我就想努力改变他对我的看法。但越在意就越容易出错，有的时候我不会也不敢去问，怕显得自己很笨，但这样更糟，出的错更多。而这种情况出现的原因，他老人家直到很久以后——真的是很久以后——从我妈妈那里听到的，他才明白：原来是这么一回事。在那之前，我本来就有点儿怕他，后来就更怕了，怕的表现是：几乎就不怎么敢跟他说话。每日我们的交流少得可怜，互动什么的几乎就没有，对话的次数一只手数得过来，有一次我统计了某一天我们的对话，一共三次，分别是：

“早安。”

“吃饭了吗？”

“晚安。”

这三句话都是我在说，他老人家除了第二句嗯了一声以外，其他都没有回应。字数统共加起来，不超十个字。刚开始我觉得非常别扭，后来就习惯成自然，我们相处的场景就是除了吃饭在一起（还得是周末）之外，其他的时间都是他忙他的、我忙我的，而且他在客厅我回房间，一个屋子被分割成两个世界，几乎没有交汇点，如果电视不开着，鸦雀无声。我老妈对我们这种交流方式也很无力，但她没有办法改变什么，这种事除了当事人之外谁也说了不算，难道你还能强押着我们去说话？而且我们有一个共同点：倔强。还有一个共同点：一旦对某人形成了印象，就很难改变。两两相乘，雪上加霜二次方。

直到后来，我慢慢地开始了解他这个人，他真的是一个话虽然不多，但是确实能够把事情看在眼里、记在心里的人。天然的性格原因和生活的艰辛使他不太容易去表达感情，但并不等于他没有感情。他其实非常细致，有些事情他不会立即去说，是因为他希望我自己去发现问题，如果我发现不了，才会指正出来。而且他能够急人之所急，我现在还在使用的电子词典，就是他看我刚到日本却只有一本大砖头字典的时候一声不响给我买的，同时还给我买了一支录音笔，让我上课能够记录老师说的话，回家以后慢慢听。让我感动的是2011年夏天的某一天，我想从沙发底下翻一条毛巾被，但那时我是生理期，十分不舒服，搬了一下沙发以后觉得吃不消，就想放弃，这个时候在旁边吃饭的舅舅走过来，搬开沙发后把毛巾被递给我。我当时就觉得很感动，越发感受到他那冷硬甚至有些不通人情的外表下的细腻。后来关系就慢慢变得柔和了，现在交流上基本没什么问题，想想当时那日复一日令人窒息的沉默，貌似真的是很久远的事了。

第五章

考试不是你想考，想考就能考

转眼间到了2010年的12月，我在神大学习也过了近三个月。眼瞅着2011年院生报名就要开始了，就在我也做好了“虽然十分没有底气，但大不了就是引颈受死”的准备的时候，一个天雷把我狠狠劈了一下：我没有应试资格。

嘎?!

应试条件之一：需要提供相应的，能够证明你日语沟通无障碍的证明。比如，日语能力一级、二级等。

我没有这东西。

据说在我前一届还是不需要这个的，结果从我这里开始有了新规定。

我说：我勒个去！我都洗干净脖子等着挨砍呢，你倒是给我一刀痛快的啊！

老天爷说了：我勒个去！就你那小细脖子根本不用刀，风一吹就身首异处有木有？你让我砍神马！把脖子变粗一点儿再跟我过招！

胳膊拧不过大腿，即使很悲催也要再等一年，这个期间就要苦逼地复习日语考试。教务处说了：虽说我们这里没有等级规定，但大部分人都至少日语二级以上，你是不是也得差不多一点？顺便说一句，我不是一个人去教务处的，因为心情不好，我把熊熊折腾到了我们法学部。我们一起爬了两个大台阶，结果就是他发誓以后再也不进法学研究科的大门。顺便再说一句，问询完之后我跟他去了他们打篮球的地方，我没有想到一个体重向两百斤大关进发的人身手也可以这么敏捷，三分球也可以这么准，真是让人瞠目。然后我就开始反省，一个不吸烟、不喝酒、爱好运动、头脑灵活、体格健壮、性格开朗、成熟与幽默并存的男人，是不是可以拿来做男朋友呢？但这个念头只是一闪而过，虽然电视剧里的狗血剧情告诉我们：恋人从朋友做起是多么多么得好巴拉巴拉，而现实这个大神却用一记又一记的如来神掌残酷却干脆地反驳：鬼扯！如果感情破裂的话你失去的就是两个人有木有！

此话不提，回到我要复习日语考试的阶段。虽然最有说服力的是日语能力考试，但是那个时候还没有开始报名，而且为了以防万一，熊熊建议我先报考另一个考试，Jtest，类似日语托业。那个两个月一次，次数多，可以多参加来获得自己理想的分数，我觉得不错，所以就先复习这个。虽然原则上来讲这个东西应该要比日语能力稍微简单一些，但实际上从我的角度来讲并不是这样。Jtest的题型类似英语托业，也是由简到难，简单的不提，就说难的那一部分，会有很多实际生活都很少用到的词语、谚语出现，如果不对日本的文化生活包括历史有很深了解的话难度系数绝对超过5.0。不信？好，咱试一下，请从选项里面挑一个合适的词填入横线以内：

株価は___登り。A：兎　B：猫　C：鰻　D：馬

倒数五个数：

5，

4，

3，

2，

1！

答案：C。猜中了吗？不管你猜没猜中，反正我是没猜出来。我的答案是第四选项“馬”，寻思着那东西不是跳得高吗？人家是怎么解释的呢？鳗鱼这玩意儿主要的生活环境，比如说产卵啊什么都是在上游，不论是什么情况都会一直向前或者说是向上冲，哪怕前

面是瀑布呢都能力争上游。所以日本人就用这个东西来形容物价、股价等一直向上升的状态。我当时看着这四种动物无语问苍天，这是神马东西啊！又不是赵忠祥给你解说你玩什么动物世界啊！那个时候我突然想起了一个很古老的笑话：说是几个外国留学生参加中文考试，有一道题让从己、已、巳、乙这四个词里面选一个，留学生们有的发疯，有的直接晕过去，有的干脆拿尺子量那个出头的长度。我觉得我看日本谚语的感觉跟他们相比虽不中亦不远矣。我当时发狠地想：等姐有了能力了，姐也去出中文考试题，听力测试不用双节棍，那个太难为人了，咱作为礼仪之邦做人要厚道，放《爱在西元前》或者《忐忑》就可以了；阅读理解咱就从类似QY写的言情小说或于大妈编的电视剧里面摘，挑最磨叽、最狗血的几段来考，也不出太难的问题，就考考中心思想和下文推断就足够了；而选词填空也不要出太复杂的，比如说：

骑（　）看唱本——走着瞧。A：马　B：牛　C：羊　D：驴

我就不信他们第一选项能选最后一个。

但是学什么都不是白学的，我复习这个考试我也学会了很多跟日本文化有关的词语，有的时候跟别人对话就小秀一下；看日本电视剧，尤其是时代剧和大河剧（即古装剧和大型古装连续剧）也很有用。有一次看《公主们的战国——江》的时候，男主对女主还想着自己的前夫很不满，他的老师（或是义父？记不清了）就用了一个词形容他：焼餅を焼く。词义是吃醋，嫉妒，正好我复习的时候看到过，所以就明白了他想表达什么意思。这里做一个插花：这里的“焼餅”不是咱们中国人常吃的烧饼，“餅”这个东西在日本就是年糕，不要一看到“焼餅”二字觉得亲切就问人家是椒盐还是加糖的。

总而言之呢，现在除了复习专业课之外，还要系统地学习日语，准备日语考试。虽然过程能让我吐血三升，但是能学到东西也就稍稍抚平了我那颗脆弱的小心脏。每天除了学习之外就是琢磨：我今天晚餐做什么呢？越来越像一个家庭主妇（有一次突然意识到这一

点让我顿时生了一种青春易逝的悲催之感），厨艺也大有长进，虽然从外形和味道上都还有有待进步的空间，但也能对付出一桌菜了。有一次做了一个蒜香小鸡腿，给我舅舅留了三个，看他最后米饭都吃完了，小鸡腿还有一个，就在我估摸着这个得剩下的时候，只见他老人家一筷子扎了进去，把那个也挑碗里了，我当时扑哧一下笑了。突然也就一下子明白了为什么包括老妈等有些人会喜欢做饭，看着别人喜欢吃你做的菜是一种很享受的事。遥想当年大学上英语课，我们老师让我们用英语介绍一道菜，好友猫猫斩钉截铁：那必须是鸡蛋炒一切！然后我跟她就开始抢柿子炒鸡蛋——那是我当时唯一会做的一道菜，虽然经常会炒硬或者炒煳；现在，柿子炒鸡蛋？冗談しないで、私は初心者じゃない（开神马玩笑，那么初级的菜也好意思拿出来说）！

第六章

打工，痛并快乐着

啊，差点儿忘了，除了这些还要忙一件非常重要的事。

打工。

其实我从刚来日本没多久就开始有这个想法，起因是因为有一次和一些人在群里聊天，就是上文中我提到过的留学生QQ群，开玩笑的时候有个人说了一句：这么大了还让父母给零花钱？虽然他只是一句带过，但说者无意，听者有心，我就感觉心里咯噔一下。自那以后就想着什么时候也去打工什么的，不想成为他所说的“还让父母给零花钱的成年人”，但因为那个时候日语真的很不好，所以也没有去尝试。等到后来知道我无法加入2011年的院生大军的时候，我就下定了决心去找工作，要不这一年怎么办呢？而且如果将来考上的话，就要每天去学校学习，这样的话肯定不能住在姬路了，来来回回四个小时谁也折腾不起，而且交通费也很可观，所以那时必须在附近租个房子，房租据说一个月平均也要三四万，所以从现在开始就要努力攒钱（虽然以前也没怎么花钱）。而且还有学费、生活费等等，都是要花银子的。

从那之后我就开始留意周边的饭馆或超市、药妆店之类有没有招人启事。留学生打工主要是集中在饭馆、超市或便利店，其中以饭馆居多，因为那里相对而言时薪会多一点，到了晚间十点以后会更多，而且工作时间比较固定，只要能吃得下苦，一个月十万日元也是不成问题的。但是很累，非常累，留学生因为语言问题最多的就是刷盘子，因为不需要怎么交流也没什么技术含量。试想一下连续站五六个小时去洗一堆似乎永远洗不完的餐具，那场景真的只能用“悲惨”两个字形容——只是试想一下，我当时还没开始做，等后来真正开始劳动的时候才知道事实远比想象的要恶心得多。与饭店相对而言，超市的时薪虽然会少一些，但是却很受欢迎，尤其是在晚间工作的人，他们可以把超市卖剩下的便当（盒饭）免费带回家，这就省了不少饭钱。有一次一哥们儿下班的时候提了两大口袋盒饭，想想省下的菜金，着实让人羡慕不已。如果你有体力还可以牺牲睡眠时间，可以申请去做派遣。他们会把你派到宾馆去打扫卫生，或者去宴会上帮忙布置会场、送菜品。只不过宴会服务员并不是那么容易，正式上岗之前除了要交一定的费用之外还要接受一个小型特训，派遣机构工作人员会教给你如何端菜、倒酒，然后选择一下你可以工作的日期就可以上班了。这个给的钱多，一小时一千以上，管一顿饭，但是真的很累，想想你要至少五个小时不停地忙碌，满会场地跑，如果身体不好的话着实干不下来。但是中国人能吃得了苦（所以能存钱，所以才会引起他人嫉妒），我曾被介绍去做过派遣，工作人员百分之八十以上都是中国人，大家交流全是用中文。我平时也算是可以撑得住的，但那几天身体条件不佳，跟着他们从下午三点做到晚上十一点，第二天就开始发烧。之后我告诉派遣公司想稍微休息一周，对方很不高兴，可能他们觉得你没有这金刚钻就别揽这瓷器活儿吧，以后就再也没有找过我。宾馆服务生也不容易，有同学在宾馆做派遣，跟我们开玩笑说其实打工很轻松，打扫房间的时候你都可以借着床睡上一觉。我们当时都当笑话听，但后来我想，打扫房间过程中都可以睡着，这要累成什么德行啊。

除了这些地方之外，对于女孩子来讲教教中文也是不错的选择，但是这份工作虽然时薪很可观（最次也要一千五百日元），后来经前辈介绍我也找到一份教中文的工作，学生大部分都是老爷爷，除了个别极品之外都很亲切，有时候还会得到礼物（有一次得到一袋橘子，甜甜的橘子哦）；但是时间不固定而且次数少，指望靠着这个来担负日常开支根本就是天方夜谭。而且不仅如此，有的时候还会受到来自学生的骚扰，对，学生的骚扰。我在后来就遇到过一个，经常发邮件问我要不要和他去旅馆体验苍老师等代表作里经常出现的场景，我忍无可忍之下跟他说学校很忙不会再教他中文了，就此将他拉黑。

在日本打工的留学生除了时间上的限制（一周二十八小时），并没有行业上的规定。其实，还有一些地方，时薪更高，比如说游艺厅，比如说风俗店。前者也被称为柏青哥店，也就是日本电视剧里出镜率很高、男女老少咸宜的弹珠机，运气好的话能赢几十万甚至几百万，但更多情况下是会输几百万；后者又被称为“水贩卖”，即陪酒，这个时薪更高，大街上有的时候就会有人给女孩子或者主妇发传单，上面显示一个小时会拿将近两万日元。但是留学生在这些地方打工必须偷偷摸摸，一旦被抓住除了被遣送回国没有第二选择。而且除此之外对健康和人身安全也大有影响，比如说在游艺厅，环境嘈杂，噪音严重，长此以往听力会有损伤，而且杨基（不良青年）之流甚多，出了什么事哭都没地方。水贩卖更不用说，除了日夜颠倒之外，成天被香烟和酒精包围，你敢说你不会早衰？我后来打工的地方有一位常客，是一个做水贩卖的姐姐，当然来的时候肯定不是一个人来的，号称与我同岁，可她的肤质真是不敢恭维。

但是找工作也不是一帆风顺的，虽然招人的地方不少，但找工作的更多，日本高中生也是可以打工的，除此之外一堆的家庭主妇待业在家，可以说是僧多粥少。对于留学生来讲，除了没有相关经验之外，最大的困难依然是语言问题。我在刚刚找工作的时候连连碰壁，都是说不了几句对方就说：不好意思，日语不通的人我们这里是不要的。到后来我慢慢熟悉了电话问答的流程，才开始可以去店里面试。我还记得第一家面试的店面是日本一家有名的快餐连锁（为避免广告之嫌我就不打名字了，但是味道不错，价格也公道），面试的时候有些激动更有些紧张，虽然最后还是没有得到录取，但心里还是很感激这家快餐店给了我初次面试的机会。

我的第一份工是在一家高级日本料理店，离舅舅家步行二十分钟，离姬路车站大概十分钟。店面很小，满席才能容纳十一人，经营者是一对夫妇，家里还有一对年幼的儿女。因为太太要照顾小孩还要照顾生意有些忙不过来，就在townwork（日本的招工广告集汇杂志，貌似是半月刊，很久不找了有些忘了）上登了招人广告。我当时只是带着试试看的想法，没想到真的录用了。自那之后我就在这家小店里面打工。虽然刚开始还是因为语言问题有一些小麻烦，但慢慢就适应了。

我工作的这家小店虽然很小，但是每天顾客不断，主要都是老主顾。来这里吃饭必须提前预约，菜品是非常正宗地道的日本料理套餐，而且是高级套餐，最便宜也要五千日元以上，多则上万；菜品摆放雅致精美，味道也很好，餐具的选择也很讲究，价钱自然也不菲。刚开始工作的时候老板跟我讲：李桑，我这里的餐具都不便宜哦，如果打碎了的话，虽然不用你赔，但是我也会很心疼的。说完还做了一个哭泣的表情，我笑着点点头表示记住了。这也许就是中国菜与日本菜的不同了，中国菜尤其是北方菜，看重的是味道和量，北方叫菜的码够不够大，讲究的是实惠；至于外观摆放餐具选择神马的，那都是浮云，套用我们高中物理老师的一句话：别整那没味儿的事！而这在注重细节的日本人看来简直就是难以接受，日本近代美食家兼陶艺大师鲁山人就是其中的代表，他认为美食和精美的餐具密不可分，所以他个人推崇中国明代的美食，因为他认为那时中国的陶瓷工艺可以用登峰造极来形容，明代以后就是“不复有美食矣”。个人虽认为这位大师很偏激，因为即使不看明代以后那些璀璨的食文化，单看珐琅彩和粉彩在当时中国的盛行也会觉得鲁山人的评论有失偏颇，但这也看出日本的食文化与中国的不同。我的主要工作虽然是餐具洗涤，但有时也会做做菜品的摆放，餐具带着花纹的那一边该冲向哪里，果品要怎么摆才好看，紫苏叶子该用几片等等，极其讲究。在这里我要插一句话，日式料理套餐虽然每道菜看着都不多，可能也就几筷子的事，但是一个套餐里面有七八道甚至十几道菜，即使每道菜都不多，但从头到尾吃下来也可以让你觉得满腹，不会有那种“花了那么多钱但没吃到什么”的感觉。至少我们小店里面的套餐是这样的，每个客人都是乘兴而来，满意而归。除了正规的餐饮服务之外，我们店还出售便当，当然也是高级便当，一般都是成箱出售，生意很好。

我一般是晚上，准确点儿说是傍晚开始打工，因为那个时候老板娘要去接孩子回家，以后的活就交给我了。因为没有经验，所以刚开始是实习，时薪八百五，干满一百个小时后变为时薪九百，而且都管饭。老板和老板娘人很好，对我细心教导，老板娘教我怎么穿和服，这是这里的工作服。老板做菜手艺一流，不愧是专业料理学校出身，性格开朗，脾气也好。一双小儿女天真烂漫，是个很幸福的四口之家。我的主要工作除了传统的刷盘子之外，还要负责客人的饮品，我也因此认识了日本的各种白酒；除此之外，店内环境打扫、餐具的摆放等杂活儿也是由我做，简而言之，老板娘不在的情况下，除了灶台的活儿不归我，其他的活儿差不多都是我的，不过这也没什么可抱怨的。当时除了老板就我一个打工的，我不干谁干？事情多又杂，忙起来也是能累弯了腰，尤其天气一热，身上厚厚的和服着实让人透不过气，更是难受。但这些都可以忍耐的，老板夫妇人很好，客人们也都很亲切，知道我是留学生而且是新手，即使我犯了一点小错误也都很宽容，做得好还会给我鼓励。有一个客人只要一来就会跟我学几句中文，很有意思；而且大家都很规矩，不会出现其他人会遇到的毛手毛脚的情况，我还是很幸运的。

某一天出了一个小事故，我当它是小插曲：那天我正在后厨帮工，老板让我把炉灶的火调小一点，我调完之后觉得锅可能有点问题，就低头去观察那个锅。但我没注意到的是：我离炉灶的距离有点儿近。不一会儿我就闻到一种奇怪的味道，好像是什么东西烧焦了，一低头，当即吓得七魄丢了六个半：我辫梢的头发已经变煳了！我急急忙忙冲到水池边一个劲儿狂冲，然后拎着湿淋淋的头发眼泪汪汪地向老板哭诉。老板正忙着，看到我惨不忍睹的头发，嘴巴里也能放下一个鸡蛋，赶紧塞给我一把剪刀让我去处理。我尽最大努力将它修剪整齐，左看右看确认不会像狗咬了一口之后才又开始干活儿。这件事后来被朋友甜品王知道了，他毫不客气地对我给予了幸灾乐祸的嘲笑。

甜品王是个上海小子，因为极其爱吃甜品所以才为他起了这样一个外号。跟他认识是在一次留学生新年聚会上。大家做自我介绍，轮到他，只见他推推眼镜，慢悠悠地说：我叫某某某，专业是什么什么。就在我们都在等下文的时候，这位仁兄看看我们，说了两个字：没了。

我们当即绝倒。

后来经过接触，觉得这孩子虽然性格诡异了一点儿、嘴巴毒了一点儿、唱歌时候选的曲子古怪而且麦霸了一点儿，虽然身为上海男人厨艺但据说差了一点儿（据他女朋友所说好像只会做咖喱，真是太丢上海男人的脸了，这样的优良传统怎么能不保持呢），但是人很好，心很细。记得有一次大家一起去唱K，坐在我两边的两个女生，一个是小百合，一个是后来的同学白白，这两位大姐合唱中岛美嘉的《雪之华》，其间各种飙高音，我坐在中间被双风贯耳，叫苦不迭。甜品王同学看我如此痛苦不堪，就叫我去他那边坐，可算是让我暂时脱离了苦海。

只是他真的好爱吃甜品哦。初次相识那个聚会，光杧果布丁他就很王霸之气地吞了六个，其他的还不知道。据说后来有一次他们去吃自助，他一个人狂扫了那里的奶酪蛋糕，估计其他人撕了他的心都有。聊天的时候也经常会说“哪里的抹茶牛奶比较便宜”“今天布丁大减价”之类的，甜品界百分百不掺水的吃货。因为他家附近的超市经常打折，所以每次传来的消息都让我羡慕嫉妒恨；终于有一天，我可以华丽丽地嘲笑他了，因为在那一天，我的老板娘给了我一份巧克力。

那天是2月14日，情人节。

在国内，我很喜欢情人节，因为我超级喜欢巧克力，只要超市有巧克力打折我就走不动路。以往每年这个时候我都会怂恿老爸去给老妈买巧克力，老妈对巧克力一般般，所以大部分都会进入我的胃袋。到了日本后才知道，就如漫画里所描绘那样，在这一天，女孩子是无法从男孩子那里得到巧克力的，相反，女孩子要亲手制作巧克力送给自己的真命天子。在这里我要说一下，情人节的学名叫圣瓦伦丁日，关于它的由来有不止一个版本，虽然都与爱情有关，但意义又不仅仅局限于男女之间的爱情，中国翻译称情人节，仅仅是情侣的节日，将它的真实含义大打了折扣。而在国外，圣瓦伦丁日是个全民节日，不仅是恋人之间，朋友之间、亲人之间包括师生之间也可以共同欢度佳节，日本也是一样，女孩子们除了给心上人的巧克力之外，还会为知己好友、为家人做意义不同的巧克力。当然拿了巧克力的人也要有所表示，在3月14日——白色情人节这一天，他们要准备回礼送给2月14日送巧克力的人。小伪就曾经在白色情人节那天买了一盒巧克力当回礼送给一位东洋妹妹，当时还被我嘲笑没有新意。既然来到日本，我也入乡随俗一把，亲手做巧克力——送给舅舅和朋友。

做巧克力看似很有难度，其实家常做的话也很简单，身为懒人的我又在其中选择了最简单的方法，步骤分为五步：一切碎二融化三添加四装模五冷却，具体过程请自己百度；材料也很初级，就是超市里最便宜的纯黑巧克力和生奶油等。日本的巧克力很好吃，哪怕是最便宜的也足以让人惊喜。对我来说最难的是完成后的包装，因为日本关西地区的2月不似我老家的2月，天气已逐渐回暖，冷却后的巧克力放在常温中久了会很快融化（熊熊说这是因为巧克力纯度很高的缘故），为了防止它们变成一坨，我在袋子里放了一个冰袋，但还是无法阻止它们成为连体婴。后来我总结经验，装巧克力的袋子比较小，挤在一起的巧克力彼此散发热量自然也加速了融化。第一次做巧克力我只给了三个人，舅舅、百合和熊熊。舅舅因为一直奉行着低脂肪、低糖分的健康饮食，所以对高热量的巧克力无可无不可，甚至有一点儿避忌；百合很开心；熊熊那个BC，拿过巧克力后看了一眼，然后——全部倒在嘴里，一口吞掉！我眼睁睁看着我的心血被他这么糟蹋，欲哭无泪。他还嫌仇恨值不够高，边嚼巧克力边说：下次多做点，这点东西都不够塞牙缝的。

下次？做梦吧！3月14日一个回礼都没收到，我好桑心，再也不做了！

其实主要原因就是自己嫌麻烦。而且还核算了一下成本，发现巧克力打折与自己做的价格差得不是很大，就眼巴巴地盼着巧克力折扣季，或者是等到3月14日以后去超市看有没有半价以下的，可以拿回家解解馋。

回到打工的话题，其实在料理店里打工的日子还是很快乐的，除了店长有时候会问一些无厘头的问题。

比如，某天店长突然跟刚到店里上班的我说一句：李桑，雷侯。

嗄？我在原地定了五秒钟才反应过来：这是广东话。翻译过来就是：李桑，你好。

OMG！店长会说外语?!

看着我一脸惊诧的表情，店长很得意：这是我在电影里学的，像吧。你们中国人都会说广东话吧？

我的回答是：呵呵。

托电影和电视的福，国外的人民群众对咱们中国人都有一些奇怪的观念。比如日本动漫中只要有中国人出现，那必须每天是旗袍上身，个个都是功夫高手；只要是中国菜肯定有饺子；每个中国人都会骑自行车。我的老板就因为我不会骑自行车而十分惊异，还问我：你真的是中国人吧，真的是来之前一直都在中国生活的吧？

我：……

我的导师K教授也有类似的疑惑，在毕业前夕的一次聚会上，他说了这么一件事儿：有一次他去北京参加某个学会，在他印象中中国的京城应该是满城尽是两轱辘——即自行车，新闻里报道中国也是这么表现的。结果等他到了北京以后，顿时傻眼了：我靠！自行车呢？说好的黑压压一片的自行车呢？NHK，你们把我骗得好苦！

其实这算好的，有些人对中国误解得更离谱。后来认识一萌妹子，她曾到一姐们儿家里做客。那姐们儿也是中国在日留学生，跟男友一起住，男友是邻国友人，见自家媳妇儿的闺蜜要在这里过夜，拿出了已准备好的备用牙刷，说了这么一句话：我们国家的人每天要刷两次牙的，你们中国人很少刷牙吧？一定要保持口腔健康巴拉巴拉。

你才不刷牙，你全家都不刷牙！妹子在心里扎小人。

其实很多外国人对中国都有或多或少的误解，要让世界认识真正的中国，还需要更多的时间、更多的精力。

日子就这么一天天过，我也慢慢熟悉了这种半勤工俭学生活。我还记得第一次领到工资的时候，我捧着装着钱的信封乐得屁颠屁颠的，小心肝兴奋得一个劲儿乱蹦，估计那心率得上180。乐呵呵地捧着信封跑到银行去存钱，大概存了六万，然后给老爸老妈打电话说咱也是拿工资的人了，老爸老妈大概一算：靠，这熊孩子打工一个月赶上咱们两个人合起来的工资，这日子没法过了。我每周大概打三次工，每次六个小时左右，这样挣了六万，所以我在上文说如果能吃点苦一个月十万入账也不是不可能。

不过世上从没有白给的午餐，我这个六万月薪也不是容易拿的。每天下午五点上班，到了店里慌手忙脚换上和服就得先打扫房间，然后奔向后厨刷洗厨具，有时候老板还会让我去帮忙择菜、搬货什么的，等所有的事情都收拾利索，客人们也就陆陆续续到了。菜品什么的都是预约好的，不用另点，但是酒水就要问一下了。问明之后我去准备饮品，老板那边也把前菜（开胃菜）准备好，等我把它们端上桌。在那之后我的工作就是不停地刷盘子，还要留神听客人们要不要添加酒水，要的是ソーダ割り（兑苏打水）还是水割り（兑水）、烧酒还是乌龙茶等等，一心二用。等把最后一位客人送出门之后，大约是在晚十点，碰上话痨的客人大概得待到十一点，然后再一次刷洗厨具清理灶台，吃晚饭（老板做饭很好吃，会给我们烤牛肉或者生鱼片，味道很好）。等把衣服换好打卡下班的时候，大约得夜里十一点或十二点，深夜一点到家也是时有发生，好在日本治安不错，恶性事件发生的概率不大。一两天这样还可以，但是如果连续几天就有些吃不消。我记得有一次一周连续七天天天有工作，最后一天还是个大型宴会——就是店里都坐满了，老板娘把孩子扔在家里过来帮忙都是手忙脚乱。回到家里之后我坐在地上就一点儿不想动了，想到隔一天还有工更是觉得疲惫，但是为了生活费，还是咬牙挺着。记得刚开始因为不适应这样的生活导致生理期紊乱、精神不济，后来倒是慢慢习惯了。所以说国内的一些人一提到留学生就跟有钱人画等号，也许留学欧美的人是这样，但是在日本留学的人鲜少有富二代。我周围的大多数人还是要靠着努力打工，每天累得半死来为自己赚生活费。像我这样只有一份工还是轻松的，熊熊他们都是两份到三份，而且有些人家里是举债供他出国读书，就是为了让他能趁着年轻多见见世面，所以这些孩子的生活压力要更大。我听说有人到日本之后第一年几乎没怎么念书，先拼命打工赚钱为家里还债，等钱攒够了再说上学的事，令人心酸。留学欧美的人也许不是富二代就是权二代，但留学东洋的孩子有不少人的家境并不乐观。有一次我们出去买东西，看到超市里面有卖星巴克咖啡的大礼包，有个男生说这个可以让他带回去送给家人，我当时嗤笑：满大街都是星巴克好不好？

那男生微微一笑：在我们村里，没有这个东西。

我抿抿嘴唇，低下了头，自悔失言。

我们是留学生，但是我们首先是学生，我们没有钱为自己买房，买不起豪华跑车去泡妞，不会大把大把地在名牌服饰包包上面撒银子，买到一件几百日元的衣服我们也会开心好久，买菜只挑便宜的买，面包便当我们也会等到晚上九点以后去买半价，哪怕坐公交也要精打细算。我们是留学生，在异国他乡，我们要学会的首先是怎样去生活，不让自己食不果腹、衣不蔽体、露宿街头，然后才是去享受生活。所以对我来讲，留学生活教给我最重要的一件事就是独立，学会用自己的双手来照顾自己，即使再辛苦，哪怕头发烧焦、双手因为刷盘子脱了一层皮，也是必须承受的，我要忍耐。

但是有些人提出了反对意见。

我舅舅他是赞成我去吃苦的，他认为以前我让家里照顾得太好了，经不起风浪，吃些苦头不是坏事，所以对于我打工这件事他是点头的；但是什么事情都要有个度，在他眼里，对于当时的我来讲打工只是一种体验，与这个社会亲密接触的体验，如果为了这种体验每天累吐血也是得不偿失的，尤其刷盘子这种没有技术含量的工作，不会让我有得到什么可学的东西。而且我经常大半夜回家，虽然回来的时候他房间的灯都是灭的，但是他一直没好好睡，直到听到我回家了才彻底放下心，这也导致了他白天精神也不太好（这是后来知道的）。直到有一天他终于向我摊牌，指着前一天晚上我因为精神恍惚而没有锁上的大铁门让我好好想想这份工作存在的必要性。我虽然心有触动，但是也没有动辞职的念头，不仅是因为每个月挣工资很有成就感（真的很有成就感啊，自己去存自己挣的钱很牛×有木有），而且也是因为这是我当时为数不多的跟日本人交流的机会之一，打工挣钱之余还可以练习日语，一举两得。但是没过几个月这个理由也渐渐不复存在：老板又找了一个人，这个家伙可以和他一起做料理，还可以和客人聊天，我的活动范围也就逐渐被限定在厨房里。耳边听着外面的笑声，我在厨房里刷着没完没了的碗，心里边却已经开始考虑舅舅的提议。直到6月，距离我开始打工已经有小半年，我要准备日语二级考试和夏天的院生考试，因为精力有限，我向老板提出了辞职。虽然这个小店给我留下了很多美好的回忆，虽然老板和客人们都很好，虽然我在日本过的第一个生日是老板帮我庆祝的，我还是离开了。后来我也在别的地方打过工，却再也没有第一家小店给我的温暖感觉了。直到如今我还心存感激，有时也会回去看看，带点家乡的特产，跟老板他们聊聊天。如果在其他地方我只是个打工者，在那家小店里，我觉得我是这个大家庭的一员。

第七章

院生考试，想说爱你真的不容易

2011年9月，虽时值初秋，但天气依然炎热。我看着刚刚打开的日语N2合格通知，不由得松了一口气，即使站在烈日之下，竟也觉得秋高气爽，也算是应了那句话：心静自然凉。

再有几天就要参加院生考试了，在那之前语言能力证明必须拿到手。虽然二级之前已经有了一个JtestC级（相当于旧日语二级），但多一个证在手还是更稳妥，更何况这是日语N2，可以说是权威机构认证了。

顺便一提，Jtest我考了两次，第一次虽然总分够了C级，但最后一道大题没有达到分数线，导致整体都不及格。当时我捧着成绩单欲哭无泪，拿起电话拨给熊熊号啕大哭，水漫金山之后还得擦擦眼泪继续备战下一回的考试，总算是达到了C级（而这件事的影响就是以后我再给熊熊打电话说心情不好，他第一反应就是：你又什么考试不及格）。虽然这个成绩在别人眼里也仅仅是不过尔尔，但对我来讲已经足够，我只是需要一个证明参加考试罢了。后来备战N2，除了要多一层保障之外，更是觉得以后也需要这个东西，国内也认它，将来找工作的话也算是加分项，虽然也不会加多少。

但即使有了语言能力证明，我的报考过程也是一波三折。

时间要倒回两个多月前，我报名参加院生考试的时候。教务处审核了我的资料之后问道：

“你的大学成绩单和毕业证明呢?”

“啊？”我挠挠头，“那个我刚入学的时候就交了啊。”

“那次是你要当研究生，这次是你要参加院生考试，不一样的。”她说道，“你要再交一份，上面要有你们学校的印章。”

我有些蒙，这个你让我上哪里弄去？我毕业大学在国内好不好！

“那个，”我抱歉地笑笑，“那些东西有是有，但要从中国往这边邮寄，要费时间的。您看能不能允许我晚几天交报考材料呢？”应该可以的，是吧。

“这个嘛，”她微微一笑，“这些事情是你应该提早问询和准备的，你现在以花费时间为理由要求延迟提交，很不合适呢。”

咔嚓！石化。

“那，我……”这可怎么办！

“你可以选择EMS邮送。”她提议，“这样能快一点，还能赶上报名。”

无奈之下，我给老妈挂了电话，通过发小的父亲和在大学里面念研究生的原室友得到了加盖公章的成绩书和毕业证明，然后再火速通过国际快递邮送过来，将将在截止日前赶上了报名。后来我问了别人是不是他们报名也要如此麻烦，结果人家都说：那些东西不都是在入学的时候就递交了吗？你们那研究科真是坑爹！

“你给我看着，等我考上了我就要在教务处门前唱国歌！起来，不愿做奴隶的人们！”我在QQ咆哮。

“你先考上再说。”对方凉凉地说。

这个在网络那边吐槽的人叫小伪，比我早一年入学，虽然跟我同岁也是我前辈，只是我从来没这么叫过他。小伪肯定不是真名，这个外号的由来是因为他曾经的QQ签名是“新时代伪娘”，所以我才叫他小伪，虽然我从一开始就知道这位大爷跟“伪娘”这个词儿一点儿也沾不上边。跟他第一次见面是在篮球场上，就是因为心情不好熊熊把我领去看他们打篮球那次，我在旁边看着，看到有个穿着绿色篮球衫、梳着很文艺范儿发型的人上场没多久就下来了，坐到场边一个劲儿地揉小腿，那个家伙就是小伪（后来我知道这家伙经常一上场就很生猛，结果因为猛大劲儿了导致小腿抽筋，然后就下场休息，周而复始、连绵不绝）。只是那个时候我的注意力正集中在球场中的一坨肉身上，对于这个文艺青年只是扫了一眼而已，真正认识他是在我们的QQ群里，有一个语言犀利、擅长吐槽经常把人噎得说不出话的活跃分子。我一看：矮油，还是我们法学研究科的！可要认识一下拜拜码头。然后就添加了好友，就这么认识了。但即使如此，平时的交流也仅限于群里，很少有私人交谈，真正熟识是从日本东北大地震那段时间开始。我平时在群里也算是活泼型，出镜率很高，但因为那个时候已经开始打工并渐渐忙碌，上网聊天的时间也就不怎么有了。直到有一天，我在某个白天看到他给我的留言，就很奇怪地问他有什么事。

“没什么，”他淡淡地说，“只是我们都很奇怪，平时非常活跃的那个女生最近怎么不说话了。”

我：“……”

然后就有一句没一句开始聊天，没想到一聊就将近两个小时。我没想到这个平时说话毫不给他人留情面的家伙原来也蛮有意思的，话题很多，故事也很丰富。其实聊天这回事，不用每个人都是talking专家，以两人交流为例，只有一个人说，另一个人负责听就可以，就好比相声表演中的逗哏和捧哏，君不见电视上那些谈话节目，主持人扮演的都是倾听者和提问者的角色，你见过有几个人说的比嘉宾还要嗨的，那到底是谁访问谁啊？我跟小伪的交流就类似谈话节目，他说，我在听的同时给予充分的回应，在适当的时候提出自己的观点，然后引出下一话题，就是这么简单。但是跟小伪聊天必须忍受他的脾气和毒舌，好在我早就有心理准备，脸皮也在搭讪波兰小帅哥之后变得不那么薄，并一直告诫自己新时代的女性要大度一点，否则极有可能没聊几分钟就把他拉黑。

除此之外，我能忍受他的一个主要原因是因为他是一个不错的人。嘴巴虽然坏，但心肠好，如果求他帮什么忙他会尽力去帮你。我在复习日语考试的时候，就是他给我送过来很多复习资料，有什么不会的问题也会给我讲解。如果遇到我心情不好求关注的时候，他也会用自己独有的方式给我开解。总而言之就是一个刀子嘴豆腐心的大男生。法律基础很扎实，底子很好，我是一个半吊子的人，对于这样的强人都会很佩服。而且他说话很有特点，语言犀利精辟，经常语出惊人。

“我跟我爸妈说：如果让我出国进修，那就意味着此后几年我要合理化啃老。”

“合理化啃老？”我挑挑眉，看着身旁这个高高瘦瘦、肤色健康、发型文艺、走路痞子风十足、衣着毫不讲究（据说经常穿着来自他老爸的衣服）、眼神看似颓废但时常有精光闪过的上海大男生，想了想，不禁弯弯嘴角，“这词儿有意思。”

那天是我请他吃饭，我向他承诺Jtest考试通过我就请客，原话是这么说的：

“通过了我请你吃饭，小伪。”

“好啊。”

“那就说定了。”

“我只是随便说说。”他补充道。

“没事，”我笑，“我也只是客气客气。”

但是我还是请他吃了饭，车站附近的肯德基，他拿着汉堡一边啃一边说你的这个日语成绩啊还是不行，分数太低巴拉巴拉。我也笑着接受，他的嘴巴之犀利我早就习惯了，再说人家说得也对，我的语言确实还是一个大问题。记得以前他问我哪里是弱项，我想想：

“阅读和写作吧。”我不确定地回答。

“……那你有行的吗？”估计他的眼镜滑到鼻梁上他都懒得推：对面这个女生实在是拎不清啊！

我：“……”

说得也是哈。

除了语言证明之外，报考院生需要重新提交一份研究计划书。

鉴于以前那一份被K教授评为“完全不知所云”，所以需要重新构思一下，只是写完以后请哪位前辈指点一下呢？大师兄为了毕业论文快崩溃了，二师兄也是各种忙碌。在研究室看了一圈，我对着正在埋头苦读的金姐姐展开了自以为最纯洁的笑容。

金姐姐是个朝鲜族姑娘，记得第一次看到金姐姐，是研究室门口的一个擦肩而过，当时我的眼前一亮：哇！面容清秀，个子高挑，身材好好，气质端庄大方，美女哎！

然后就惦记上了（我不是蕾丝啊喂），然后就通过其他前辈认识了。她是个非常非常好的人，为人亲切和蔼，后来我在课堂上做案例分析报告时候，也是她给了我几份前辈写的资料方便我借鉴。我很喜欢这位姐姐，可能是因为她身上温柔那一点很有妈妈的感觉，所以每次去研究室拜访时都会看看她在不在，聚会时也很喜欢跟她撒娇，搞得有一次越南黄同学脸色都变了，跟我说：这样（黏糊）不行。我当时还奇怪呢，后来才知道，在国外除了恋人之外，同性友人是不会这么发腻的，像国内闺蜜之间时不时上演“来，亲爱的咱们啾一下”这类的桥段在别人眼里是很诡异的。记得有一次我跟小百合一行人一起去车站，因为她比较娇小，所以习惯性挽着我的胳膊，而我也习惯被人这么挽着，但在别人眼里这个姿势就成了“依偎”，结果后面就有人大呼：喂！两位姐姐，这样不行！

喂！你扯远了！你的研究计划书怎么办啊！

嘿嘿，那个，金姐姐，你看，你这么温柔大方又善良，专业知识还这么过硬，帮妹妹一个忙呗？平时学习那么累，看看菜鸟写的东西也当中场休息不是？

金姐姐欣然应允，我就乐呵呵地去查资料写东西。虽然入学时间尚短，但计划书什么的自认为应该能写得出来，认认真真查了书，冥思苦想了几天，终于写出了一份所谓的计划书，急吼吼地交给了金姐姐。没过几天金姐姐给我打来电话，告诉我两个字：不行！

“你这写得不对啊，研究计划书不是这么写的，我跟你讲啊，你应该……”我记得很清楚，金姐姐打电话的时候已经是晚点，那个时候她还在研究室，大概整理出我计划书里的问题后立刻就对我进行电话教学；我记得很清楚，她的手机运营商是AU，我的手机运营商是Softbank，不同运营商的两个手机通话是收费的，那天通话时间长达半小时以上，光话费就得几千日元；我记得很清楚，那年虽然不是金姐姐的毕业季，但身为博士生的她也是每天围着书桌打转，这样的她还要抽出时间看我那堆乱七八糟的东西。在金姐姐的指导下，我完成了我人生第一份比较像样的研究计划书，这份恩情和感动，我铭记于心。

不管怎么说我的语言证明还是拿下了，计划书等报名资料也交上去了，就等着考试了。怎么着也复习一年了，问题应该不大，是吧。

但老天爷又一记响雷劈了过来：做梦！

终于到了考试那一天。

我穿着从表姐那里借来的制服，再一次翻开了不知已经翻了几遍的教科书，心却一直静不下来，坐立不安。

深呼吸深呼吸，我叫不紧张。我一遍遍告诉自己。

正在做心理建设，监考老师走了进来。紧张气氛陡然升级，本来就鸦雀无声的教室变得更加令我窒息。

我握紧了拳，看着监考老师给我们发装有考卷的档案袋，不由屏住了呼吸。

“开始考试！”

“唰——”我们统一打开了档案袋，取出试卷。然后，我愣住了。

面向留学生的院生考试分为笔试和面试两部分，分别在上午和下午进行；笔试中又分为专业知识和语言两大块。专业知识分为案例分析和针对某个法律问题的小论文，语言则是选一个比较热门的社会话题让我们作文，借此考查我们的写作能力。题型我在考试之前就已经了解，我觉得我都复习到位了，对，我觉得是这样。但是，“我觉得”这个词有时候真的很可怕，“我觉得我都复习到位了”，

“我觉得这件事情会这么发展”，“我觉得别人跟我是一个想法”等等，“我觉得”都很美好，而现实却对我发出了嘲笑：你觉得？哈！你算老几？

在那天，那个时候，面对着那张考卷，我再一次听到了由空中传来的狂妄笑声。

为什么，这上面的题我都不知道怎么答呢？我脑中一片空白。

我明明把主要部分都看了，就留了一些边边角角，为什么它这次就考了边边角角？还有这案例是不是在哪里见过？哦，公司法的案例集，可是我都没怎么看啊！说来可笑，我还是从一个后进来的同学白白那里知道要看案例集的，那个时候距离考试已经很近了，浮光掠影之间我能记住什么呢？一瞬间脑中乱成一锅粥，指甲在手心里嵌了几个深深的痕迹。直到今日，时隔近三年，我也依然清楚地记得当时的焦躁、局促、不安、沮丧和悲哀。

可是即使是这样，我也不能交白卷啊。提着笔，手一直在抖，牙齿咬着手指来转移心中的不安，想到哪里写到哪里。记得南怀瑾先生曾经在《论语别裁》里面有这么一番评论：有人一谈写文章就觉得很紧张，认为这是一件很正式的事，反而写不出来；其实你就把它当成放屁好了，放到哪里就写到哪里。真是幽默犀利，只是当时的我着实笑不出来，就算真把它当成了放屁，我这也不是像《大话西游》里孙大圣那轰翻一群妖魔鬼怪、惊天地泣鬼神的终极豪华版，顶多就是小作坊倒腾出来自产自销的级别，放完之后也是不好意思做几个给力的动作，很牛气地说：现在你们满意了吧！跌跌撞撞答完，不，是放完之后，成果真的是惨不忍睹，连我自己都不知道自己在写些什么。

其实那个时候，就已经注定了我的结局。只是我还抱有侥幸心理，希望在下午面试的时候能好好表现，但老师们并没有给我这个机会。据说老师们有这么一个不成文的规定，面试的时候越和颜悦色，结果越糟；反之如果提出的问题很难或者是苛刻，甚至能把小姑娘弄哭的那一种，那恭喜你，先别忙着哭了，你被录取了。我那一天遇到的情况是：老师们都很和蔼。不用我说大家也知道我会怎么样，只是当时不明就里的我认为可能还有希望，其实心里已经知道不行了，但还是死死抓着那一根稻草不放，给自己一点儿心理安慰而已。

但稻草终究只是稻草，它成不了浮木。从学校回到家里我痛哭一场，觉得自己真是太糟糕了，从小到大我的成绩虽然不是最好的，但也极少出现不及格的成绩，在学习上没怎么让家里人操心过，结果今天在这么重要的考试上砸了锅，心情已经不能单单用“懊丧”两个字形容了。怎么讲呢，有一种楚霸王乌江边上自觉无颜见江东父老的感觉，虽然还谈不上拔剑自刎的程度，但也是觉得愧对父母、愧对舅舅、愧对外公外婆的在天之灵。而且我已经定了9月末回国的机票，本以为虽算不上衣锦还乡也可以喜气洋洋，但现在只能灰溜溜卷着铺盖，哦不，还没到卷铺盖的时候，反正就是狼狈地回去见父母朋友，怎么有脸见他们啊等等，所有的负面情绪交织在一起，使自己变得更加消沉。从考试结束后到回国那段时间，笼罩在我头顶上的乌云一直就没有消散过，虽说父母也在不断地开解我，但心中的疙瘩却总也解不开，除了浓浓的负罪感还觉得面子上过不去，反正就是两个字：压抑。

半个月后，我没有在学校的录取人名单上看到我的考号，虽是意料之中，但希望被打破的感觉真是很糟糕。带着沉闷的情绪收拾好行李箱，我就这么踏上了回乡之旅。虽说已经决心再考一次，但“心情不好”这四个字依然无形地写满我全身，估计那个时候如果挑背景音乐，《二泉映月》应该是最合适的。

在从姬路开往关西机场的巴士上，我认识了一位东北大姐，很漂亮，性格开朗，自来熟。她是由海外婚姻中介嫁到日本的海外新娘之一，通过跟她聊天我也知道了海外新娘这一特殊群体：一些怀揣着美化幻想，认为外国遍地是黄金的年轻姑娘，在中介的花言巧语下，认识了一些外表看似风光其实是来自偏远乡下的外国人，仅一个月也有可能是短短数天就决定了自己的终身大事，草率地做了海外新娘，到头来可能是一场空。据这位姐姐所说，她认识的海外新娘中，有得了抑郁症的，有嫁过来之后发现实在过不下去离婚，为了养育孩子不得不进夜店陪酒的。跟她们一比，这位大姐算是幸运的，她老公虽然也仅仅是在乡下工作，但对她还不错，知道妻子爱喝啤酒就时不时搬回一箱让“女房”（老婆）喝个痛快，收入也不错，长相也还算端正。大姐平时也在工厂打工，每月挣的钱大部分都寄回了家里贴补家用。

“没办法，”她说，“外国人都无法理解为什么我挣的钱要给对方父母花？好在我还能挣钱，平时我就花他的，打工的钱给我家里人。”她跟我讲，她家里父母看病、盖房、买家具、哥哥嫂子支摊子、外甥上学，几乎都是靠她供，而且都成了习惯，动不动就伸手要钱。

“怎么能这样呢？”我脱口而出，“那不成了……”“寄生虫”三个字我实在没好意思说，毕竟是人家家里的事。但在我接触的人中就没遇到过这样的，我的外婆身患重病，心里一直为给儿女添了麻烦愧疚不已；而像这样的我是实在没遇到过，儿女确实有赡养老人的义务，但不是任你们榨取的提款机啊，而且她的哥哥嫂子那么大人了都是干什么吃的！

“妹妹，你要这么想，”大姐笑得爽朗，“我的钱啊，早晚都是给我家人的，不给他们花给谁花呢？再说我现在境遇还不错，就没必要可计较的。”

“这样啊。”我也笑笑，但心里却不能平静。我想起曾经有人跟我讲过，现在在日本夜店里也有很多来自中国的姑娘，陪酒卖笑。我在打工的时候就遇到过一次，两个五六十岁的老头儿各带着一个年轻漂亮、浓妆艳抹的女子，其中有一个女孩就来自我的祖国。席间这几个人在那里打情骂俏，有一个老头儿还时不时在邻座女子丰满的胸前揩油，看得我一个劲儿反胃。那个中国女孩子知道我也是本国人，还跟我打招呼。我虽然笑着回应，心里却十分想把手中的茶杯扣在她脸上。

丢人丢到姥姥家了！我愤愤地想，为了钱自甘堕落到这种程度！

但是后来我觉得我可能想错了，因为这里面很多人都是迫于无奈，试想如果能有一份正经工作谁会做这种有辱门楣的事呢？虽然日本性开放，但中国还是很忌讳这样的事。那些女孩子日夜颠倒，陪着那些客人夜夜笙歌，承受着同胞的白眼，挣取一份在别人眼里看似可观的收入。可是这钱在手里还没有捂热乎，就得赶忙给家里寄过去，弟妹要上学、兄姐要结婚、父母要治病、家里要盖房子，几乎所有的重担都压在了那一副娇小身躯上。她们平时虽然挣得多，但生活却很朴素，饮食方面很多时候都只用自来水和泡面充饥。就这样，把用身体和尊严换来的血汗钱都给了自己的家人，只为了他们能在家里过得好一点。眼前这位姐姐虽然比她们好了太多太多，但没有什么感情基础就把自己匆忙出嫁，难道仅仅就是为了那不切实际的繁华？我突然又想到刚来日本之前，在机场与父母依依惜别，眼泪汪汪的时候，前面有一位大姐插嘴说道："妹子，有什么好哭的，出国是享福的。"

我吸吸鼻子，想这位大姐可真乐观。结果后来才知道她是弄错了，她以为我是去嫁人的。

"您是去那边打工？"反正闲来无事，就跟她聊会儿天。

"不，我在那边嫁人了。"

"啊，这样。"心里却画一个问号，嫁人？那刚才你在机场里上演十八相送的那个男主角是谁啊？心里顿时明白是怎么回事，小小地鄙视了她一下。但现在想想，每个人都不容易。

是啊，每个人都不容易，比起她们，考试不合格算得了什么呢？又不是没有重考的机会，我犯得着这么自怨自艾吗？人就是这样，即使自己难受，但看到有人比自己还难受的时候心情立马就平衡了。所以说如果考试之后有人跟你抱怨说他自己考得很烂，你一定要说你比他考得还烂，不，最好的方法就是全面否定他的说辞然后进行深刻的自我贬低："怎么会？你太紧张了，你平时那么用功不可能没有好分数的。不像我，我那么#￥+%&@……"

如果你说了：没事，下回再努力。

坏了！

你觉得自己很体贴是不是？人家在心里狂扁你呢！

下回？你怎么不下回?!

第八章

回家，休整！

上了飞机，我跟那位姐姐因为坐不同的座位，彼此留了联系方式就分开了。那时还没有直飞哈尔滨的飞机，要从沈阳办理转机入境手续。结果就有了一个小插曲。因为办理转机手续时需要携带全部的随身行李，同行的有一个去往哈尔滨的日本旅行团，其中就有人把行李落在了飞机上。机场工作人员喊了好几遍问是谁的行李，奈何鸭子听雷，对方听不懂中文，工作人员不懂日语。我看她实在为难，便用日语替她问了一遍。很快就找到了行李所有人，工作人员向我表示了感谢，我也成为了这个旅行团的临时翻译，直到哈尔滨国际机场我们才分别。看着别人向自己感激地说着谢谢，自己也觉得很有成就感。

出了机场，看到了老爸老妈，与亲人相聚的喜悦暂时冲淡了心中的阴霾，尽情地享受来自家人的温暖。要说回到家第一件事，那必须是：吃！把在日本吃不到，或者很少吃到的东西全部吃回来，大不了回去再减肥！

要说中国菜实在是闻名遐迩，而且遍布全球各个角落，日本的中华料理也是比比皆是。但是在我看来，所谓的中华料理不过是披了一层中华外衣的日式料理，完全是按照日本人口味来做的，比如说连我这个对辣味过敏的人都可以吃的麻婆豆腐等。其实这也无可厚非，入乡随俗嘛，但有的就有点莫名其妙了，比如说在日本一提饺子，基本上都是煎饺，日本叫“焼き餃子”，我们那里叫锅烙，一般家里做锅烙都用的是吃剩下的饺子，日本这边基本用的都是新鲜的；水饺不是没有，但很少，不知道日本人出于什么心理对它敬而远之。有一次跟他们去一家中华料理店去开新年派对，里面有一道菜叫：哈尔滨水饺。身为哈尔滨人，我都不知道水饺被冰城冠名了，难道是因为我们那里有一个老字号？搞不懂啊。不过比起“哈尔滨水饺”，“天津饭”更是让中国人摸不着头脑，大学食堂里面经常见到的盖浇饭为什么要和天津挂钩？记得打工的时候老板煞有介事地问我会不会做天津饭，我嘴角不由自主地抽搐了一下。而且，貌似在日本眼里，高级的中国菜就是咕咾虾。有一次认识的日本人在手机里搜出一张照片说这是很高级的中国料理，我一看就是裹了一层番茄酱外加一点起司的虾仁，顿生一种无力感。另外，馒头这种东西虽然在超市里经常能看到，但却不是北方人印象中的开花大馒头，日本的馒头是带馅儿的（但据资料显示，最原始的馒头就是带馅儿的。馒头是由诸葛孔明发明用来祭河神的，是代替祭品首级的道具，虽然是道具，但也要做得像那么一回事儿，亮哥虽然号称卧龙但也不是真龙，而且县官不如现管，河神品级再低，你再牛×也是一介凡人，也不能不拿豆包当干粮），有的是豆沙，有的是肉（还有一种口味叫比萨口味，味道实在诡异），类似于北方的豆沙包和包子（不过中国南方地区貌似还是按照古法管包子叫馒头，比如上海南翔小笼包店门前挂的招牌上写的就是南翔馒头店），但日本的馒头，尤其是肉馒头，是典型的皮厚馅儿少，每次咬它们都有一种回到大学食堂的感觉：我买了一个带褶儿的馒头，里面竟然还有料，实在是太幸运了！

另外，日本人不吃猪手；羊肉在超市里面几乎看不到（据说是有，但我没见着），更别说像国内坐在路边豪爽地撸羊肉串儿了；排骨贵得要死（国内也不便宜），而且除了节假日平日还都是小盒装，看着十分之憋屈；韭菜一小把就得将近两百日元，如果想做韭菜馅儿饺子那会大出血；而且水果都好贵，尤其是桃子，西瓜也不便宜，有一次我跟甜品王说我在吃西瓜，他回了一句：真奢侈。把我噎得差点儿没撞墙。总而言之吧，回到国内觉得还是咱们家里好啊，用先回国度假的人说的话：西瓜我论麻袋装！物美价廉，品种丰富，针对这种情况不付诸行动实在是对不起自己，排骨、羊肉、东北大油豆齐上阵，就连以前没看在眼里的馒头都浑身散发着神圣的光辉：哎呀呀，那圆滚滚、白胖胖是多么可爱啊，嗷呜——

在这里我真的要再一次吐槽日本的饮食，虽然我并没有说日本的料理不好吃，事实上日式料理清淡爽口，很对我的口味。但日式料理除了来自西洋的油炸食物天妇罗之外几乎不怎么用油，这也意味着他们的料理手法相对于中国来讲较少；而且种类也很匮乏，高级一点的就是寿司（还不是回转寿司）和刺身，日常一点的就是饭团、炒面、乌冬、日式鸡蛋饼——日本叫好み焼き、炸鸡块等。有一次去参加一个美食节，满眼尽是炒面、乌冬、鸡蛋饼，看得我十分腻烦。可以说在饮食文化上，日本人的想象力除了“贫乏”二字我找不出其他词来形容，这一点从日本肯德基、麦当劳这些快餐的菜单上就有体现，对比中国肯德基菜单的不断更新而且花样百出，日本就显得有些可怜了。关于这一点，也许日本人也是心知肚明，所以他们与其在花样上绞尽脑汁，更把精力投在食品的细节上面，比如说我前文提到过的摆放，还有就是对新鲜度的追求。提到日本都会想到生鱼片，这个东西在日本叫刺身，其实刺身不只包括海产，有一次我竟然吃到了鸡肉的刺身，很新鲜，也很有嚼头。跟我一起吃饭的日本朋友说，日本人因为喜欢吃生东西，所以对食材的选择和新鲜程度极为苛刻，超市里盒饭当天做当天卖，营业结束后剩下的盒饭要不给打工人员拿走要不就全部扔掉，绝对不会有第二天打折再卖的事情。所以他们只要在新闻上看到有关中国食品安全的问题就会大惊小怪；也因为这样的保护，他们的肠胃都比较敏感，如果到国内不太讲究的路边摊吃了什么东西，就等着一整天他们上吐下泻吧。

与贫瘠的料理呈明显对比，日本的点心，无论是和式还是洋式都是出奇的精致。有一次电视里介绍一家有名的点心店，店铺里摆放着插着松菊的盆景，精美别致，结果人家店家介绍：那根本就不是植物，是食物。所有的东西都是由点心做出来的！真是让我大开眼界。不只是这样的高级点心，在日本，即使是最便宜的点心，它的包装也是很讲究的。每次看到它们我就不由想到有一次在国内买点心，还是家乡的一个百年老号，除了月饼以外所有的点心都是散装，我跟服务员说想要个小包装，这位大姐直接给我甩出一个两斤装的纸盒，上面印了两个很有乡土气息的年画娃娃。

我无力地看看它："我要小盒装。"

"这个就是。"服务员看都没看。

"那买的点心怎么办？"我更加无力。

"想要什么拿塑料袋给你包上就好了。"她满不在乎。

我看看那些油汪汪的点心，没有一点让我购买的欲望。日本和果子之所以驰名世界，除了味道上的讲究，也同样注重美观与外包装，但却不是像以前中国那些天价月饼华而不实的包装，而是很好地用外观烘托了点心的质感，让人吃着舒服，看着舒心。而国内尤其是北方更讲究的是实惠，虽然符合北方人的特点，但要走向国际市场，或者说迎合现代人的口味，那就差了不是一星半点。还是以家乡那个百年老店举例吧，说句不好听的话，如果它不是国有企业，就这么一个营销方式，被淘汰是早晚的事，就是可惜了我最爱吃的那个小面包。有道是什么样的将带什么样的兵，什么样的老板就会有什么样的企业，据说这家老店的股东最关心的是能不能分红、分多少红，至于其他，根本就不是他们关注的范围，可想而知这个企业将来会是个什么德行。

第九章

我的外婆

10月份的哈尔滨，天气已渐渐转凉，这一点我在江桥上感受尤为深刻。

回国后不久，我就跟着父母到江桥上祭奠我的外公外婆，虽然在日本明石海边也曾经祭拜过，但是对我来讲十几遍也不嫌多的。

将手中的菊花一朵朵抛在松花江的浪涛里，听着父母在旁边念叨着“你们的外孙女回来看你们了，你们在天上也要保佑她”等等，心里莫名的酸楚，虽然也想说些什么，但是却怎么也开不了口。

说什么呢？考试失败落榜，决定重考？真是丢人！

真没必要，是吧。但很对不起诸位，这真的是我那时最真实的心理感受，考试失利对当时的我来讲就如一副沉重的精神枷锁，紧紧地扣在我身上，如影随形，有的时候甚至让我喘不过气，这种感觉在看到外婆照片的时候尤为强烈。

我是外婆带大的。

小的时候体弱多病，据说一出生就被怀疑是白血病而被医生判了死刑，外婆不信邪，成天将我抱在怀里，悉心照料，才有了现在的我。这些事都是后来大人告诉我的，我最初的记忆，就是黏在外婆身上，挽着她的胳膊，唱着“摇啊摇，摇到外婆桥，外婆叫我好宝宝”。外婆是广东人，家里曾经是当地的大家族，资产颇丰，家教甚严，在这样的环境下生长，可以称得上是大家闺秀。外婆兄弟姐妹甚多，我记得她在世的时候，经常有来自广东的长途电话打到我家，一接电话，只要那边说“磊侯啊”，就知道是找谁的。现在想想真是后悔，为什么不趁着那个时候学学广东话呢？虽然不算外语，也是一门很给力的语言有木有！华侨很多都是从粤地去往国外的有木有！学会广东话走遍全球都不怕了有木有！我悔啊，肠子都悔青了！

外公外婆是在海军部队里认识的，当时驻扎在海南岛，外婆是部队里的文化教员，能歌善舞。因为那个时候中苏友好，苏联歌曲和舞蹈形式也在中国流行，外婆也熟知一二，在与外公的婚礼上，外婆就唱了苏联歌曲，还跳了传统的俄罗斯民间舞蹈。只不过据我外婆后来回忆，当时她的心情是很灰暗的，因为她并不太想嫁坐在旁边的那个人。那个时候，尤其是部队里，婚姻就跟后来大学毕业工作一样，都是包分配的，自由恋爱不是没有，但很少，大部分都是组织安排，用电视剧里的一句话：首长让我来照顾你。至于感情基础啊，爱情神马的，用当时的话讲那是孟什维克的东西，不应该过分追求，组织安排你跟谁结婚，服从就是了，不要说多余的废话。外公外婆就是这么被安排的，据说是外公一眼就瞄上了这个样貌清秀的妹子（外婆回忆此事的表情有点小得意），然后开始找一切机会接触，觉得了解差不多了就打报告强烈要求结婚。只是他这边觉得没问题了，女方那边还没啥反应呢，还不知道怎么回事，就被领导叫去谈话了：哈哈，来了啊。那个姑娘，你多大了？参军有几年了吧，你的表现一直都很好，忠于职守，是个好同志。咱中国有句老话，男大当婚女大当嫁，身为革命同志，我们也肩负着把革命火炬传承下去的使命。现在就有一位好同志，他……

噼里啪啦说了一堆，看似是商量其实就是命令，一个年轻姑娘就这么被打包了。即使心中有再多的不满和不情愿，也说不出一个不字，尤其是一个家庭出身并不好的人。

但是，就这么嫁给一个粗鄙的家伙，尤其是脾气暴躁到全军上下没有人不知道的家伙，真真是不甘心啊！不能拒绝，闹闹脾气总可以吧。姑娘心里这么想，而且也这么做了，婚礼现场，用哀怨的声音唱了一首《山楂树》，战友们提出抗议：大喜的日子唱那么悲？来一首欢快的！

欢快你妹！如果那时候有这个词姑娘一定会在心里这么骂，但即使心里骂着，还是换了一首《红莓花儿开》。

这日子可怎么过？新娘子郁闷中。但她没有注意到，除了她之外，还有一个人心中也很苦闷。

外公是山东人，脾气暴躁，但是性格豪爽，直性子，爱喝点小酒，好交朋友，我记得小时候家里经常宾客盈门，大家聚在一起觥筹交错，海阔天空。虽然是个齐鲁男人，但厨艺不错，妈妈经常说外公拌的饺子馅儿无人能及，她到现在都还没有到那个水准。饺子馅儿我虽然不记得，但是我对他老人家调制的饮料还是记忆犹新：一到夏天，冰箱里放了好多小瓶子，里面装有五颜六色的果汁饮料，喝起来能甜到人的心里面，还不腻人，这种味道只在外公做的饮料里面才有，外面卖的即使再高级的饮品也没有这种感觉。我一直不知道怎么形容这种香甜的味道，直到后来来了日本，闻到了金木樨的香气，突然就想起了那些色彩缤纷的果汁，想起了那香甜的味道。我一直认为，一个会做饭，而且对这方面有讲究的男人，不能说是心细如发，也至少不是粗枝大叶。对于新娘子的不满，新郎官一开始就察觉到了。这个媳妇儿是他求来的，很喜欢的；只是对方似乎对自己不太满意，这可怎么好？怎么让姑娘开心起来好好跟自己过日子呢？新郎官瞬间怀揣着满满的鸭梨。

我外婆后来说，婚礼举行没几天，外公把她叫到了附近的小树林，向她表明心迹，简单概括就是：我对你是真心喜欢，跟组织安排没啥关系，咱就好好过日子吧，我会好好对你的。我说得很简单，但据当事人（外婆）回忆，外公当时情绪很激动，还掉了几颗英雄泪。听到这儿，我回头望了望照片中那英姿勃发的年轻人（那时外公已去世数年），再回想一下他老人家发脾气时那吹胡子瞪眼睛的形象，不禁抖了一下。但这次单方会谈（主要是外公在说，外婆只是听）的效果还是不错的，外婆认为这个婚姻虽然太突然，但貌似这个人比自己想象中的好，还挺有意思，反正都结了，那就安生过日子呗。

就这样，两人开始了相伴数十年的生活，一起在海南从军，一起转业到东北，经历了“文革”，也看到了改革开放，苦也吃过，甜也尝过，就这么风风雨雨数十年。后来外公生病，外婆一直照顾在他身边，衣不解带。外公去世的时候，我才十岁，还记得那一天，一个上午，外公在他人的搀扶下去了一趟洗手间，出来以后突然就这么倒在地上，就再也没有站起来。我眼睁睁地看着他倒下，看着他被送到医院，然后知道了他过世的消息，一时还没有反应过来，谁能想到早上还在听我给他讲故事的人就这么走了呢？等意识到外公再也不会回来的时候，我开始号啕大哭。虽然我那时候还小，但我也知道这个脾气暴躁的老人是很疼我的，在他患上了老年痴呆症之后，他几乎忘掉了所有人，却还记得这个在他身边长大的外孙女。我现在还记得他调制的饮料，还记得他喜欢在躺椅上看武侠（我们家成堆的武侠小说都是他的收藏品，而且都是定价几元钱的老版书，从金庸、古龙到梁羽生，应有尽有），还记得他喝着小酒，吃着外婆腌制的小咸菜时那怡然自得的样子。

外公去世以后，外婆病了一场，伤心是一个原因，还有一个原因就是心静了。这话说得别扭，听着也很不是滋味。我这么解释一下吧，外公生病的时候，虽然老妈老爸也是随时候命，但照顾外公最多的肯定是他的老伴、我的外婆。那是二十四小时形影不离，就怕有什么闪失，心里时刻绷着一根弦，外公去世了，这根弦也就断了。有经验的人都知道，人如果长时间处于持续高度紧张状态，会不自觉地给自己心理暗示（我不能有事，不能生病，尤其是现在，绝对不是时候），不断地加强心灵支撑，身体好得也跟钢铁侠似的；一旦放松下来，人们会松一口气，想着这下世界安静了，终于能歇歇了，同时心理支撑会瞬间崩塌，早已超负荷的身体也就再也撑不住了，随后而来的就是铺天盖地的一场大病，就如那时的外婆。

相伴数十年的老伴儿去了，外婆虽然难过，但没有消沉太久，擦干眼泪，把精力投在子女和小外孙女身上。平时帮忙做做家务，有时会烘焙外孙女喜欢吃的面包，闲暇时候就写写日记，里面记载了外孙女从出生开始的成长记录。外婆喜欢唱歌，哪怕干活的时候都有歌声环绕，最喜欢唱的一首歌是歌唱家朱明瑛的《大海啊故乡》，还唱给来家里做客的日本朋友听。一双儿女还算能干，唯一需要操心的就是小外孙女了，对这个在自己膝下长大的小姑娘，她是保护、再保护。记得上初中的时候，有一天一个男同学挂家里电话问点事情，外婆一听是找我的，就让我去接电话，等我一接，男同学先问我：

"刚才接电话的是谁啊？"他问。

"我姥姥啊。"我答。

"啊，"他犹豫一下，"好凶啊。听我说找你的，直接来一句：那你等着吧！"

"哈？"

事后我问外婆干吗对人家那么凶，外婆白眼一翻：他要是女孩子我也不说什么，一个男孩，可不得提高警惕？

我无语。

那个时候我绝对不会想到，这个对给自己外孙女打电话的男生气势很足的外婆，这个喜欢唱歌的外婆，这个一直在教导我们"多团结一个人，就多团结一分力量"的外婆，这个一直坚强乐观的外婆，会那么早离开我。

记不清从什么时候开始，外婆的肾脏功能出现了问题，开始卧病在床。医生说，得这个病就是在熬，什么时候精力熬没了，也就彻底解脱了。家人想尽了一切办法，四处求医问药，却还是没能阻止生命在这个老人身上一点点流逝。看着她一点点消瘦，我们无计可施，只能尽可能地延续她的生命。我们也想过换肾，可是医生说外婆的年纪偏大，如果进行手术也是在加速她的死亡，唯一让她能尽可能活下去的办法就是人工透析。我曾目睹了透析的过程，看着那粗大的针头毫不留情地刺破外婆苍白的皮肤，扎入那脆弱的血管里，看着那猩红的血液汩汩流出，我跑了出去，站在门后，紧握双拳，指甲嵌进肉里，告诉自己不许哭出声，眼泪却是怎么也止不住。

可即使这样，外婆还是坚强的，即使遭受病痛的折磨，她也没有让我们看到她痛苦的样子，因为她怕家人会更加难过。她觉得愧对家人，觉得自己的病对家人来说是一种负担。有一天，她对妈妈说：

“我给你们添麻烦了。”

“妈，你说啥呢。啥麻烦不麻烦，不都是一家人，病肯定能好，没事啊。”

老妈笑嘻嘻地回答，背过身去，潸然泪下。

你没有给我们添麻烦啊，外婆。倒是我们这些小辈，一直牵动着你的心，尤其我这个不成器的外孙女。记得高考结束后，填志愿期间，你拉住我的手，跟我说：姥姥不希望你去远的地方，如果一旦有什么事，姥姥都见不到你。你唱起在我小的时候给我唱的《你是我心中的一朵玫瑰》（大概是这个名字），我在你的歌声中泪如泉涌，拉着你的手说哪里也不去，就留在这里陪你。那个时候，你是不是已经听到了死神的脚步声？想再多看看家人，多看看这个在你身边长大的外孙女？

我们全家人都已经做好了准备，包括我。但是没想到，那一天，会来得这么快。

我还记得那一天，2006年9月26日，那是我成为大学生以后第一天上课，我提着行李，走到外婆床前，拉拉她的手，说：“姥姥，我走了，你要好好的，我周末回来看你。”那个时候的她，已经连说话的力气都没有了，只是用那双亮得出奇的眼睛看着我。

应该没事的，我想，我周末就回来了。

谁也没有想到，那一天，竟是永别。当天下午，外婆被送入医院，抢救无效，永远地闭上了眼睛，离开了她挚爱的家人。陪在她身边的是她的家人，除了一个远在重洋的儿子和刚刚成为大学生的外孙女——也是她最放不下心的两个人。

看着她一直睁着双眼，妈妈说："妈，你放心，我一定把他们照顾得好好的。"

在那一刻，外婆应该是放心了吧。

记得外婆曾经说过一句话：什么时候看着我家外孙女上了大学，我也就能合眼了。我们都说别说这不吉利的话，可谁能想到它能一语成谶？可笑我那个时候还蒙在鼓里，每天给家里打电话，还问：姥姥怎么样？

你姥姥啊，她挺好的。妈妈回答。

我不知道妈妈是以什么样的心情来回答的，电话这边的我无法看到那边的她。但当我在葬礼上看到追着母亲棺木哭喊的她，看到每年忌日在双亲遗像前哭泣的她时，突然想到，那个时候放下电话的妈妈，应该是泪如滂沱吧。

外婆去世那天，还是母亲的生日。真是一个悲哀的巧合。

我知道外婆去世的消息，是在周末回家的时候。我一个人背着包坐车往家走，老爸来电话，说要来接我，我说不用自己就能回去。

我去接你。他说道，口气不容我拒绝。

到了车站，他接过我的包。

爸跟你说件事，他说，你要挺住。

我一愣，瞬间明白了。

姥姥没了？我问。

不用他回答，我知道答案是肯定的。

跟着爸爸回家，路上我很平静，平静得让自己都觉得不可思议。

回到家中，走到外婆屋内，习惯性地向床上看去，空的。

回头看看墙上，外公的旁边多了一个人。

她走了，这个疼了我十九年的老人，这个抱着我长大的老人，这个给我写成长记录的老人，真的走了。

我哭了一场，很短。为什么会这样？也许是因为早就做好了心理准备的关系吧，我是这么想的。可是当我后来每次提起她都禁不住泪如雨下的时候，我知道我错了；当我梦到她都会哭喊着不让她走的时候，我知道我错了；当我后来听到一首日文歌《厕所中的女神》，当我听到歌手唱到祖母去世，她失去了一直在爱护她、支持她的亲人的时候，我情绪失控，痛哭失声，那个时候我知道，我大错特错。

我欠外婆太多太多，我欠她一次眼泪，在心里留下一道伤，我不知道这道伤什么时候能愈合，但我知道每次触碰它的时候都痛彻心扉。其实在我心里，她一直没走，就在离我不远也不近的地方默默地守候。就如同歌里唱道：

> 怀里　有你紧拥的温度，眼里　有你微笑和痛哭
> 心里　有你说过的故事，梦里　你在回家的路

外婆，放心，我们都很好，爸妈很好，舅舅很好，我，也很好。

只是，依然会想你。

还好，梦里，还能看到你。

第十章

天空飘过几个字儿：那都不是事儿！

所以，本来想争口气告慰老人家的在天之灵，结果供品却是一个鸭蛋，让我怎么有脸面对两位老人！

可是，再丢人也还得生活啊，路还是得走下去。擦干眼泪，在国内休整了一个月，又踏上了回日旅途，继续为了成为院生而折腾，不是，拼搏。

回到日本后，我拿出了当年复习司法考试的方法，将教科书里面的要点整理归纳，做成一个表格，尽量简明扼要，一目了然，看起来十分方便；同时吸取了上一次的教训，让自己的脸皮呈指数增厚，每周至少一次跟老师沟通交流，向他汇报自己的学习情况。对了，为了保证每周都能跟老师见一次面，我还选择了一门他面向学部生（大学生）开的讨论课，虽然很受刺激（那些孩子真是厉害，至少知道自己去思考，有的甚至敢挑战权威，正确与否暂且不论，但这样的方式却值得我去学习和思考：我在大学听课的时候在干什么？只会一味听老师在讲台上噼里啪啦地讲，却没有主动去思考为什么这么讲，完全没有自己的想法，这是不是应该去反省），但这也变成了我前进的动力：如果得过且过的话，连这些小屁孩都不如了！说得夸张一点，就是以崭新的面貌面对下一次挑战。这对我来讲，也是对K大院生考试的最后一次冲刺。并不是没有勇气，而是如果这一次还考不上，就算下下一次考上了，也是二十六岁才入学，两年以后毕业我已经二十八岁，眼瞅着奔三张的年龄，还没有工作经验，就业形势会更加严峻。想到这一点，就不能不仔细盘算一番。人生有几个四年？女孩子的青春又有几年可以消耗？拼死了就这一次，考不上就回国，一了百了！

即使说得如此潇洒干脆，但终究还是意难平。细想一下，辛辛苦苦一年半，最后竟是一场空，如果就这么狼狈地回去，还是不甘心啊。

“有什么不甘心的呢？”坐在对面的朋友放下手中的香烟，拿起一串蜜汁烧烤，“你现在这种状况，又有什么可抱怨的呢？想想我当初北漂，一个人在北京四处碰壁，接近走投无路，给朋友打电话蹲在街头失声痛哭，那是什么滋味？咱也是学校的好学生啊！结果到了外面才知道只有自己把自己当回事，就算我真是一根葱，谁拿我蘸酱啊？”她自嘲地笑笑，“你这点事儿啊，屁都不算。”

回日本前，跟一个一直在北京奋斗的好友一起吃了饭，我把我的烦恼告诉她，被她毫不留情地鄙视。除此之外，她还兴致勃勃地给我列了一个表格，让我记下我在日本一年半都有什么收获。我想了想，扳着手指说道：

自己可以独立处理一些事情，虽然还不成熟；

学会了做饭，虽然手艺还有待加强；

日语可以交流，虽然对方说快了自己也蒙；

对日本的公司法有了一定的了解，虽然这“一定”是多少还有待商榷；

结识了新的朋友；

情感问题上逐渐摆脱幼稚期；

视野更加开阔，真正开始了解外面的世界等等。

看着我一条条如数家珍，朋友莞尔：看，你也不是一无所获。

我稍稍有些明白了。就算将来真的再一次落榜，即使就这样回国，在这一年半我所学到的，也足以让我去回味；这一年半留学过程中所得到的经验教训，也是我人生旅途中无可替代的宝藏，无论过去多久，它也会在时间的尘封之下熠熠生辉。因此，无论最后结果如何，我也要告诉自己，带着微笑去面对。

我想我爸妈也会很坦然，无论什么结果。前提是我确确实实在努力。

其实我爸妈心态一直很好，整天笑呵呵的。记得一些叔叔阿姨曾问我爸妈：你们两口子真行哈，闺女在身边待了二十三年，说扔就扔出去了？我妈回答得没心没肺：那可不？二十多岁的人了，该出去锻炼锻炼了，要不一点儿成长都没有。我爸也跟着呵呵。其实我知道，他们也就是嘴巴比较硬，尤其是我老爹，我临去日本前几天，有一次他多喝了几杯，回到家坐在沙发就开始哭：闺女要走了！她一个人在外面可怎么办啊！

儿行千里母担忧，在父母眼里孩子永远都是那个需要他们担心的孩子，尤其是女孩儿，相对而言，攻击系数和防御系数都比较低，遇到的危险也要比男孩儿更多也更凶险，这也是我老妈经常说的一句话：你要是个男孩子我随便你去哪里，但你是个女孩子。女孩子一个人在外时候总要更小心些，但有的时候也会有些小插曲。

“小姐，现在就要回去了吗？要不要一起去喝一杯？”

“对不起啊，我没时间。”

看着对方识趣地离开，我在心里竖起了三个手指。第三回了，第三回遇到这样的事，虽然不是什么好事，但也能稍微证明一下自己还是有那么一点儿吸引力的。前两次都是大叔，这次则是骑着自行车的小哥。有人说哎呀风气不太好啊不安全啊，其实一夜情神马的别说在国外，就是国内也是跟喝白水一样平常，实在不用大惊小怪，尤其日本还是个，咳咳，某些方面比较开放的国家。

某一天，我去家附近的健身俱乐部等朋友，看旁边书架上有读物，便拿了一份报纸来打发时间。刚开始那几页还比较正常，时政、经济、体育、娱乐，跟国内报纸也没什么区别，就在我看得直打哈欠的时候，一张黑丝美女大写真瞬间给我打了一针强力鸡血：哇！大尺度哎！身上三点仅险险遮住了下面一点，看人家这身材，够辣！

我什么时候能有这个size，要是——不对！我突然反应过来，拿着报纸来来回回翻了好几回，确认这是正常报纸，而且是全民公开的正常报纸，顿时就惊了：这日本的报纸忒火暴了，暴到毁三观了都！宅男福利太好了有木有！不仅漫画有各种肉弹乱飞的成人级（上班族经常看，而且看得非常淡定），连新闻都有成人专区啊！连出版物都如此，更别说日本特色驰名海内外的特产——AV女优了。老人家可能会觉得有碍观瞻，但是在日本人家可是轻松生活各种曝光无压力，不仅是娱乐节目的人气常客（摄影师每次还会特意在人家非常丰满的地方来个几秒钟大特写，看得我好心塞），还可以竞选议员！薪水优渥出名快，是日本女性心目中的好工作之一，甚至有女教师转行去做这个——当然做了这个就不能为人师表了。现在，AV女优已经冲出岛国走向世界，在海外四处走穴吸金，受到广大宅男热情洋溢的追捧，身体力行地拉动着日本出口总值。我一前辈还曾在国内某大型成人用品展上为一位知名AV女优做翻译，羡煞研究室内一帮苦命兄弟。

除了文化产业之外，服务业也为日本的GDP增长做出了巨大的贡献，即上文提过的水贩卖，相比国内的扫黄运动的红红火火，日本该服务业可谓如火如荼，而且日本人也没有把这个当作一回事，包括那些家庭主妇，认为这无非是一种娱乐。日本有一名将近百岁的滑翔运动员（大概是滑翔），某人气节目为了他做了一次专访，我当时各种感动觉得满满正能量，结果镜头一转，这位老爷爷带着主持人跑到夜总会里与漂亮美眉打情骂俏，我差点儿没喷了屏幕，再看看电视里，无论是当事人还是嘉宾都是神色如常。在大名鼎鼎的新宿歌舞伎町，各色PUB的专车随处可见，上面印满了该店的当红明星——有男有女；夜幕落下，歌舞升平，走在歌舞伎町街头，就会有人向你手里塞广告，我就接了好几张，上面各式眉清目秀小鲜肉，有时候在新宿站周边也会收到这种小广告——我可没去啊，人家是好孩子，而且里面据说卖的酒水是市价的好几倍，适合土豪而不适合穷学生。在日本男人眼里，夜总会除了是娱乐场所之外，更像是一种身份地位的象征。就如同一朋友他老板的感慨：中国男人真幸福啊，三十多岁房子、车子、妻子什么都有了（谁说的），日本男人这个年龄段才刚刚开始；但是我们不担心，我们知道经过努力，即使人过中年，也是有各色小姑娘蜂拥而至的，比如PUB里面的妹子是多么水灵啊。由此可见一斑。

虽然日本这些方面束缚度比较低，但是管理还是比较系统化、正规化，除了当街发发小广告招人之外也不会强迫去做什么，跟国内一样，日本对未成年人卖春也是严厉打击，而且治安相对较好，对女孩子来讲还是很安全的。我想说的是下面这三类人，去日本的妹子们可要小心一点。

A. 变态狂

这里的变态狂专指露阴癖患者，即在女性面前露出生殖器官，在对方的尖叫声中获取心理快感的人。这种人在中国也能碰到，但据同一研究室漂亮MM美美描述，她的前辈曾特意提醒过她们这些女孩子们要小心这种人，可见日本这种情况还是比较常见的。也可以理解，想想日本这个民族的性格特征就是忍字当先，心情不好就在小酒馆里泡着喝闷酒，没有良好的沟通方式，长期心理压抑，那结果自然是：不在沉默中消亡，就在沉默中变态。对付这种人，千万不能惊慌，你越害怕他越开心，你落荒而逃他会追着你跑，所以美美的前辈就告诉她们：如果遇到这种人，稳住心神，指着他那个说："太小了！"让他羞愧奔逃而去。而白白则告诉我们一个生猛的例子：某日，白白的好友坐电梯，发现里面有一个用一件大衣把自己裹得严严实实的人，正纳闷间，就看此人突然面向自己敞开了大衣，里面那并不壮丽的风光一览无余。大衣男本以为面前这个美眉会花容失色，却见她以一种很专业的眼光仔仔细细上上下下打量着自己（该女学医），然后一脸严肃地说道：我跟你说，你这是病，得治知不知道！到达目的地后出了电梯门飘然而去，连个回眸都没给人家，至于大衣男有没有找块豆腐撞死那就不得而知了。

据大学刑法老师所讲，此变态行为可能会在某条件下从骚扰变为性侵犯，但那是在处理对策极其不佳的情况下发生。如果应对有效，除了会让自己恶心一下之外倒也没什么人身伤害，连针眼都不会起。所以请各位姐妹们掌握好应对方法，在心理上让他们断子绝孙！

变态狂，出现频率：一般；应对招数：华丽丽地鄙视；危险指数：三颗星；恶心指数：四星。

B. 痴汉

提起日本，宅男们就会流着口水想到AV；提起AV，最常见到的人物就是痴汉，也就是色狼，通常出现在电车上，即大名鼎鼎的电车色狼，通常下手的都是衣冠楚楚的中年上班族。似乎很多日本女性都遇到过这样的货色，出现率很高，但我是一次都没有遇到过，可能是因为我的外表跟痴汉中意的娇弱可爱形象不沾边，也可能是因为我乘坐地铁的时候几乎都有座位，没有给这些怪蜀黍机会。（啥意思，你还盼着能遇到痴汉？）据说那些痴汉做这些事也并不一定真的有那种需求，很大一部分是因为释放工作压力。讽刺的是，虽然日本也对这种事情诸多防范，甚至还在上班高峰和下班高峰时间单独设立了女性专用车厢，但有的时候，女人是自愿成为受害者的，原因是她们也需要释放平日的压力！当然这种情况还是比较少，绝大多数都是敢怒不敢言，面对这种情况，就该拿出点气势来，直接一巴掌扇过去，看他敢怎么样！萨苏老师曾在书中介绍过一个狠招，那就是随时随地带个图钉，感觉不对就往后一按……

痴汉，出现频率：较高；应对招数：揍他丫的！危险指数：三颗星；恶心指数：四星半。

C. 跟踪狂

比起痴汉，跟踪狂在海外没什么知名度，但我认为他的危害远比痴汉要大。如果有喜欢日本推理电视剧的亲，应该会看到跟踪狂因为思恋却求之不得而杀害年轻女子的情形。这并不是夸张，事实上在日本，跟踪狂杀人事件并不少见，一般情况是男子对受害女性进行各种骚扰，包括电话、信件等等，女子不堪骚扰后向警察局报案，但是一般骚扰行为要上升到刑事犯罪是需要很多客观条件的，如果达不到条件，一般的处理方法就是警察找到该男子教育几句了事。但是一般来讲，能干这种事儿的心理都不怎么健康（健康的话也不至于这么猥琐），警局一回游结束后十有八九会把这笔账算在女方身上："我这么爱你，你却让我遭受这么大的耻辱，我绝对不原谅！"怀揣着这样想法的人一般都会走极端，伤害他人的同时也把自己送入犯罪的深渊。日本也曾讨论过这个问题，但也没有很好的解决方案，因为犯罪的界限不是那么容易定的，而且人家也可以以自由恋爱为由进行自我辩护，受害女性只能打碎牙齿和血吞。对于这种情况，除了提高警惕，做好自我防护，小心小心再小心之外没什么别的方法。身边的朋友也有遇到这种事情的，幸好都有惊无险。美美曾遇到过一个跟踪狂，但是她没有惊慌，而是非常牛掰地找上了这个跟踪狂，请他喝咖啡，跟他聊天谈心，成功解决了这个潜在危险。不知道这个方法可不可以成为姐妹们的友情提示呢？

跟踪狂，出现频率：较高；应对招数：十万分小心加高情商，如果会几招女子防身术就更安全了；危险指数：五颗星。

以上为女孩子在日本可能会遇到的几种情形，在这里就算为姐妹们做个贴心提示。不管遇到哪一种，记住首先就是沉着应对，冷静思考对策，危急时刻可向警察求助。

第十一章

异国他乡的春节

“我说，醋怎么还没有买回来?”

“这馅儿怎么和的，你到底放了多少水啊?! 这么稀!”

“面粉！面粉不够了！一会儿还来人!”

“菜不用炒得太早，饺子还没有包好呢。”

今天是大年夜，农历三十儿，等到第二天就是2012年了。在这个中国传统节日里，留学生们聚在一起包饺子做年夜饭，这是每年的例行活动，日本人不过这个节，那就中国人自己把年味儿过出来。除此之外，有的时候在元宵节大家会滚元宵、端午节会包粽子，估计再学学的话，中秋节都能做月饼。

类似这样的活动，都是我们大显身手的好时候。谁说“80”后娇生惯养？看看我们哪一个不是在后厨冲锋陷阵？厨艺精湛的就去主持大局，手艺一般的就去打打下手。我本来是在切韭菜，结果被一大连姐们儿薇薇赶到一边打鸡蛋，原因是她嫌我切得慢，而且质量还不怎么样。看着她熟练地在案板上上演“铎铎奏鸣曲”，我只好灰溜溜地捧着几个鸡蛋去一边待着了。除此之外还有负责搞怪的，那边厢熊熊举起一坨面团，摆好造型，让一众好基友给他拍下来：“赶紧给我拍下来，我给我妈传过去，告诉她我也会和面了!”刚拍下一张，后面有人端了刚包好的一帘饺子声嘶力竭：“胖哥，让开！我这儿快端不住了!”

今天的聚会是在离我们学校不远的一个留学生宿舍楼举行的，

这也是我们的常驻活动场所，除了地方大、设备齐全、活动空间充足之外，更便利的条件就是这里有我们的革命同志安营扎寨，只要他在这里一天，这里就是我们的根据地。聚餐安排在晚上，但不少人下午就到了。我和熊熊是前后脚，等大家的时候一对一玩了几把三国杀，在老天终于开眼让我完虐了对面那个死胖子一把之后，其他人也陆陆续续来报到了。因为时间还早，所以我们继续在桌面上演三国混战，就在此时我拿出了早已准备好的一袋瓜子，毫不意外地看到周围同人眼睛发亮。要知道对中国人来说瓜子在日本绝对算是宝贝，日本人不吃这个，据说他们拿这个喂鸟；但在中国这个可以说是居家旅行闲聊消遣的必备大杀器，人气旺、出镜率高。去别人家做客，只要对方拿出干果招待，肯定里面还有一把瓜子。随着中国旅日人员逐渐增多，有些商场也会针对中国人进一些货，里面就包括瓜子，只是量小价高，留学生都不愿意去花这个钱。我这个也是家里寄过来的，正好今天聚餐拿来一包助助兴，结果没多久就被瓜分得一干二净。这里面湖南妹子小湘最可爱，刚开始我让她也拿一点，她说她不吃，她男朋友阿城也说她从来不吃这个。后来见我们一个个嗑得挺香，小姑娘眼巴巴地看了一会儿，推推她家男人：

“我也要。”她努努嘴。

“你不是不吃吗?”阿城愣了有那么几秒钟。

“你给我把里面的瓜子仁取出来我不就可以吃了嘛。”妹子在撒娇。

“那你可以自己嗑啊。”这语气明显很无奈。

“我不会。你给我嗑，我也要吃。”

“……”

喂！你们够了！忍笑忍得很辛苦造不?!

等房间渐渐变拥挤了，大家收拾收拾开始包饺子。经过一阵锅碗瓢盆噼里啪啦乱响，这边水烧开了，看着饺子哗啦啦下了锅，过年的感觉一下子涌了上来。等到几盘饺子上了桌，大家举起手中的酒杯（一次性塑料杯，很多里面装的都是饮料），共迎新春佳节。

“祝大家在新的一年里，心想事成，万事如意!”

“干杯！”

将杯中物一饮而尽，不用别人招呼，大家自动开始对桌上的菜肴下手，几分钟不到，一盘饺子见了底。看到这一景象不禁回忆起熊熊叙述他某天请客吃饭：他做的菜，第一次见到它是在锅里，第二次则是在照片上，然后，就太监了……

酒足饭饱之后，大家三五成群地聚在一起闲聊。刚刚参加完就职说明会的超人童鞋跟周围人吹嘘自己当年当公务员时候是如何的俯首甘为孺子牛，正说到自己甘为公仆、无私奉献、为人民服务的时候，旁边有人幽幽说道：“哦，那人民满意吗？”

“……当然满意了，那有什么不满意的……”被噎得当机数秒的超人童鞋立刻忙不迭说明，我们却为这一神吐槽暗笑不止。

这个刚刚虐完人，在一边慢悠悠喝饮料的家伙是汪童鞋，来自大连，身高191厘米，因为这个海拔，我跟他说话的时候不得不仰着头，每到这个时候我都很不切实际地想到一个词：高山仰止（话说我们东北的男孩子的身板真不是盖的，目前所看到的平均身高180厘米，最低177厘米，真心给力啊！）。身材高高瘦瘦，戴着眼镜貌似很斯文的样子，但怎么看都会联想到漫画里面镜片反光的腹黑男。虽然一直强调自己是急脾气，但在我眼里就是慢性子，无论做什么都是慢条斯理。喜欢看书和拍照，但大部分都喜欢被拍而不是拍别人，略微有些水仙（不明白的请翻看希腊神话）。看似冷酷实则闷骚，最擅长冷幽默，喜欢在人得意忘形的时候捅对方两刀让人郁闷不已。有一次谈到希腊神话中的特洛伊战争，我们一致认为罪魁祸首不是那个金苹果，而是帕里斯这个二货他选错了人，三个女神中他选择了最没有实力空有美貌的爱神阿弗洛狄忒，情夫阿瑞斯倒被称为战神，可是在神话故事中出场率极低，几乎就是个打酱油。我印象最深刻的就是他在特洛伊战争中的表现，从战场负伤回来后被爱人扶回营地，遭到赫拉、雅典娜等众神的嘲笑，更连同阿弗洛狄忒被雅典娜毫不留情地一脚踹飞，可见武力值多么令人泪奔。我说如果是我，我就会选择赫拉，丫就是个悍妇，而且是个十分有魄力、十分有权势的悍妇。别看宙斯是众神之王唯我独尊，但在赫拉面前就会矮一头。而对付这个花名在外、风流债无数的丈夫，赫拉绝对是拿出雷霆手段，当着面教训自己的情敌，可谓毫不留情。对此，宙斯是连屁都不敢放，只能眼睁睁看着小情人受尽折磨，最后是不得不向老婆承认错误之后才放了这个可怜的姑娘。而且作为一人之下万人之上的女神，手中的权势肯定是非常的有分量。有她罩着，不敢说鼻孔朝天脸面与天空平行，那也必须能横着走了。相对我的选择，汪童鞋选择了雅典娜，因为身为智慧兼女战神的她无论是智商还是武力值都是可圈可点的，有了她至少打架神马的就不用怕了。对此我提出反对意见：就算雅典娜再能打，她也架不过群殴。爱神虽然是废柴，但赫拉肯定饶不了你们。

“没关系，”他自信满满，“我可以拐她到阿拉伯地区，西方世界不好插手。”

我无语，那时候脑子里就想到这么一出戏：当特洛伊遇到天方夜谭！

就在我进行脑补进行得很嗨的时候，他又说了一句：“对了，你有雅典娜的特质。”

“哦？”我立刻来了精神，“是吗是吗？那个智慧女神？好开心好开心！”

“不，我说的是女战神那个特质，”他凉凉地补充，“尤其是打牌的时候体现得尤为明显。”

“……滚！”

跟熊熊从头损到尾不同，汪童鞋嘴毒在于：趁其不意，出其不备，以迅雷不及掩耳盗铃之势攻其软肋，然后摆出一副无辜的神情看着对方身心受创无语凝噎，放心，肯定不是他凝噎。

但据说这么一个性格的人也曾发过脾气，地点是在三国杀牌桌上，有人没搞清楚状况导致汪童鞋被围歼，郁闷至极的汪童鞋索性甩牌回家。但这也可以理解，三国杀高手，一直挂着坏笑的腹黑影帝阿城都曾因为类似的原因拂袖而去，可见玩不好这个游戏真心是害人害己。总而言之，汪童鞋是个好人，因为家离学校比较近，后来也成了我们的根据地之一。

聚餐结束后，我们用一场K歌结束了当天的活动。那天我还有一个发现，就是包括我——很多外国人，无论平时说话多么大嗓门的人，只要语言系统一转化成日语，声音立刻变得又轻又低，语速也变快了。记得有一次我去超市买菜，边走边用SKYPE跟远在中国的好友栗子通电话，这时看到苹果很便宜，便用日语向店主询价，买完之后恢复跟栗子的通话，就听电话那头栗子嘿嘿一笑："你说日语时声音嗲嗲的。"那时候我才意识到我还有这毛病，而后就是聚餐这天阿城向K歌厅服务员要饮料，看到一个七尺高东北汉子很轻柔地说要蜜瓜苏打水，我不禁抖了又抖，暗叹日语真的很神奇，铁打的汉子也能cos小家碧玉。

因为家住得比较远，我在KTV待了一会儿就回去了。跟朋友告别后，转身离开，心里却变得很空，就好像一场华宴，无论怎样的觥筹交错、歌舞升平，曲终人散后看着满地狼藉，除了疲惫之外还有抹不开的哀愁，希望快乐时光永存，但又知道天下没有不散的筵席。得到了却又消失，还不如一开始就没得到，至少不用承受因为巨大落差所带来的纠结和挣扎。等车的时候，看着电车由远及近，看着那亮得刺眼的车灯，突然很想哭。寂寞，真是太寂寞了，这种感觉一直都有，自从我来到日本之后就有，如影随形，无时无刻不准备向自己袭来。有时候你觉得它消失了，可是一转身，发现它就在某个阴暗的角落里面冷冷地看着你，那种感觉让人喘不过气。也许是因为担心这次的院生考试，也许是因为对未来的迷茫和恐惧，它造访得更加频繁，让我更加压抑。当时我甚至想：如果考不上，这会不会是我最后一次在日本跟大家一起过春节？事实证明这确实是最后一次，不过是因为其他原因。我想到前一段时间发生的事：

"你不打算办研究生延期了是吗？"

"是的。"

放下电话，心中有些忐忑，我也不知道这样做对不对，但既然已经做了决定，就没资格后悔。

放弃研究生延期，意味着如果再一次落榜我就几乎只剩下回国一条路。虽然也可以选择其他学校继续奋斗，但我耗不起，签证能不能办下来也是一个问题。所以我选择放弃，这也意味着我要背水一战，这一战，不成功，则成仁。

去找老师谈这次考试的事，老师也问了研究生延期的事，听说我没有办，他说道：

“是这样啊，那你要努力考上才行啊。”

听着这无关痛痒却又很实际的话，我微笑点头：“是这样的。”

跟老爸老妈说完，他们发了脾气：“这么大的事不跟家里说一声？你多给自己半年机会就不行吗！”

不行。我回答得斩钉截铁，但只有我自己知道指甲已经嵌进肉里。

不管了，是死是活就这一次，破釜沉舟！

吸吸鼻子，控制一下情绪，我进入了电车车厢。不管怎么样，过不了多久就要考试了。既然已经把自己逼上绝路，索性就一冲到底，哪怕真的撞到南墙了，头破血流也不失是给自己的一个无愧于心的交代。一场筵席的结束，从来都是另一场欢歌的开始，就算真的离开，我也要告诉自己，带着洒脱的笑容，漂亮地谢幕。

第十二章

院生，终于等到你，还好我没放弃

转瞬之间到了2011年和2012年的冬春交际，又一次到了奔赴刑场的时候。临出家门前，再一次整理了身上的制服，这身衣服是回国期间托妈妈朋友的朋友做的，价格比商店卖的便宜一半，而且还很合身，能显出腿型，干练中又透出几分性感，我很满意。但是我那个时候还不知道这套让我满意的制服将来会给我带来不小的麻烦，当然这都是后话。看了看天气，虽然已经有转暖的趋势，但春寒料峭，还是有几分凉意，但是想想上一次考试，大夏天的（还是最热的时候），我穿着厚厚的制服爬山去考试，衣服全都粘在了身上，差点儿中暑。跟那次相比，这次算是天时地利，但能不能应着孟老爷子把人和也给齐活了，还得靠自己。

同样的考场，同样的监考老师，考试前再一次做了心理建设，抖擞了一下精神，带着谭嗣同奔赴菜市口去舍生取义的心情准备挨这第二刀，当时脑海里还真的蹦出谭嗣同名言的——后半句：死得其所，快哉快哉。也算应景。

铃声响起，考试开始。

作文，小论文，案例分析，一二三，123，abc，逐字逐句逐条，我飞快地在试卷上书写我的答案。这次的状态要比上一次强出很多，条理清晰，至少我知道自己写的是什么，虽然有一些瑕疵，但跟标准答案差距也不大，算得上是很有进步。记得上一次考试结束后，我的一位学姐跟我说：你要让老师看到你的努力、你的进步。

我想这一次老师应该看到了。

下午，面试，我是最后一个。等待的过程真的很煎熬，我一边告诉自己放轻松努力做深呼吸一边却忍不住骂娘：凭什么把老娘放最后一个！前面的人怎么那么啰唆！弄得旁边的同学像看精神病一样看着我。

在我第N回“亲切友好”地问候考试负责人及其家属的时候，工作人员终于喊到我的名字了，这一声无异于天籁，却也让我心灵里一激灵：是时候开刀问斩，哦，不是，开卷问考了。

深呼吸，敲门，进入教室，行礼，坐好，开始面试。

从第一个问题就感到与上回明显不同，首先由我的老师发问，从案例问题开始逐步挖掘，问题也越来越难，虐到我回答不出来的时候，老师用一句“你对这个概念学得还不精”来结束了对我的第一轮考验后，把接力棒交到另一位老师手中，开始了第二轮全武行。等三轮完虐结束后，我已经头重脚轻，飘出教室意识到考试结束后，我心里开始七上八下：这个，到底能不能过啊？

此后那几天心里一直不踏实，跟朋友翻来覆去就这么几句话：能不能过啊？你说能不能过啊？你就不能肯定回答能过吗？谁想要第三次啊！到底能不能过啊！把人家都弄烦了，后来一位“牛人”出了一个主意：你去问问你老师用不用现在看书进一步学习，不就能套出来了吗？我觉得这是个不错的主意，精神抖擞地去依葫芦画瓢，结果老师用一句“现在一切还未定”来打发我，让我无力感顿增：老师你咋不按套路出牌呢？郁闷之下跟熊熊诉苦，人家嗤之以鼻：你当老师跟你一个智商？就你那点小心思谁看不出来啊？抖这小机灵来了，水平忒烂了！

“谁给你出的主意！”

“超人。”我委委屈屈地回答。

超人同学是我们留学生群的一个奇葩，首先长相上就让人过目难忘。记得刚来日本在群里跟大家聊天，一个同学发了一张一起出去玩的照片，几个人记不清了，只记得其中有一个穿着篮球衫、戴着大墨镜、头发因为数量的稀少只能向一边撇去的中年男子——至少那个时候我是这么认为的——这个就是超人同学。我问道：

“超人你多大年龄？”

“你猜？”他回道。

看了一眼照片，估算一下，我肯定地说道：

“你得过三十了吧。”

我觉得我说得没错，虽然那个时候有人在上面发了一堆的省略号，我还没发现异常，而且超人同学也回了这么一句：

“你蛮聪明的嘛。”

至少当时我没觉得这是反话，如果各位亲当时有人看了那张照片也不会觉得这是反话，虽然当我知道正确答案之后才意识到对方在打这区区六个字的时候有多么的咬牙切齿。

有人实在忍不住要来揭晓正确答案：“超人年轻过，他真的年轻过。”为了证明这句话还附有照片一张，照片中的人虽算不上青春勃发但至少头上的植被覆盖率还是很高的。我看了一下超人同学的专业，跟计算机有关，突然想到一个大哥，那位仁兄在从事现在的工作（同样也是跟计算机编程什么的打交道），以前头上也很茂密，短短几年过后——地中海了。

看来这位大叔也是这么苦命。心里怀揣着对这位“长辈”满满的同情，我看了一下他的资料，只见生日那一栏写着：87年某月某日。

“……超人？”

“唉？”

“你87年的？”

“啊，你看到了？”

你妹！谁呀，是谁呀，刚才在那里看笑话，还说什么“我觉得这个小姑娘很有前途”，给我赶紧洗洗去死吧！

此后又来来回回小吵数回，可称得上不打不相识，后来大家又经常在一起玩，也算是认识了。后来发现，此君不愧为上海人，把上海人的细致发挥得淋漓尽致。安排一次旅游，他计划出多种路线，还将下雨和晴天分开考虑做出两种方案，路费什么的更是算得门儿清；打工的时候，把老板说的每句话都记得清清楚楚，甚至还精确到哪一天，十分利于秋后算账。可能也是因为这种特性，使他在日后求职中大放异彩，成为一个传奇。当然这都是后话，至少现在，我开始因为这个主意对他的智商产生极大的怀疑。

既然被顶回来了，那就等吧，扳着手指头开始熬日子。等到2012年3月8号，在这个极富意义的日子里，我们法学研究科终于要发榜了！听着很盛大，其实就是在告示栏里贴一张纸，上面有录取者的考号。要看成绩首先就得保留好印有考号的准考证，记得上一次我因为没带准考证忘记考号而焦头烂额，这次就算不带也无所谓，非常好记，六位数，后三位是：222，加上前面还有一个2，一共四个2在那里，要多醒目有多醒目。记得刚拿到准考证看到这个考号我就很崩溃：这他娘的是什么数字？能不能给我一个吉祥点的！结果朋友蹦出一句很精辟的回答：冥冥自有定数，一切都是缘啊！这么符合你的数字这是老天在告诉你一定能成，加油哈！

我："……"

记得那一天我不敢去，还把熊熊给骚扰去了，说是我一个人不敢看，如果因为受刺激过度而昏厥他那个身板应该能把我背下去。他虽然很无语，但看在朋友一场的分上还是陪我来了。途中我还问：熊熊，如果这次又没过怎么办？

他看都没看我一眼：凉拌！

战战兢兢走到告示板前，我看着上面印有考生考号的纸，半晌，我转过头。

"熊熊。"

"干啥？"

我张开双臂："抱抱。"

"……滚！"

"小气，庆祝一下都不行？"

四个2，要多醒目有多醒目的四个2，在那张薄得不能再薄的纸上熠熠生辉。

我曾经想象过自己考上之后会有多兴奋，是喜极而泣还是拉着朋友一起庆祝？可实际却是都没有，没有兴奋，甚至没有喜悦，仅仅是松了一口气，而之后却是无措和茫然。下个月就以院生身份开始学习了，我该如何去做？怎样才能做好？新一轮战争即将开始，却发现自己连护具和武器都没有挑好，不能不令我紧张。我成为了正规生，这个曾经让我铆足了劲去拼搏的目标现在的分量比那张告示板上的纸也重不了多少。我成为正规生，这不是结束，而是一个开始，一个月后，号角又将吹响。不论我精神百倍也好，懵懵懂懂也好，我都得拿上锋利或还没有磨好的大刀，走向又一个未知的战场。

Ⅱ K大的学生

第十三章

正式生的准备工作

我终于要有属于自己的书桌了！哇卡卡卡！

前文说过，除了极个别情况，非正式学生是没有权利使用研究室的书桌的，所以那时苦逼的我们只能灰溜溜地在图书馆冰冷冷、硬邦邦的书桌上啃书本；但是一旦成为院生，那就是翻身农奴把歌唱，那贴在门上的针对研究生的告示对我们来说就是一张纸啊一张纸！

研究室座位安排要在新一届院生会议结束后进行，在那之前我先去了一趟已经不知去过多少次的研究室拜拜码头，跟各位前辈打打招呼：那个，各位哥哥姐姐们，以后两年小妹要在这里驻扎了，虽然咱们都挺熟了是吧，但还是请多多关照哈！哎哟，老木你坐这里啊，浩哥哥也在哎，那我离你们近一点好不啦？平时就常来常往的，靠近一点心里有底啊！

在研究室转了一圈，心底选好位置，心满意足地去开会了。听一个类似学生会会长的人物和颜悦色地讲解完相关注意事项，大家就浩浩荡荡地去巡视法学研究科两个研究室。要论大小面积的话，两个研究室差不多，但是研究生上课的话都会集中在一个二号教学楼，也就是我经常去的研究室所在的学舍，所以很多新生都选择了这里，这就不可避免地会出现座位选择的撞车，不过好在座位很充足，稍稍调节一下就好，大家也没有什么意见（反正有意见跟我也没有关系，我相中的座位又没有被抢……）。

抚摸着滑溜溜的桌面，坐在舒适的靠背椅上，将书桌灯开了又关。嘿嘿，这地方是老娘的了！以后我也要在这里摆满书和资料，我也要挂上自己喜欢的小东西，我也要在书架上堆上喜欢吃的小零食，我也要穿着拖鞋在这里到处走，我也要……

PIA飞！亲，别闹！还有正事没办呢！

乌拉拉乌拉拉要开学了，交学费找房子找老师啊。

钱不是万能的，但没钱万万不能，上学更是如此，无论你在哪里上学都是要交学费的。在日本念研究生其实并不贵，以K大法学研究科为例，一年大概五十七万日元，折合一下四万人民币，比起欧美那令人惊悚的留学费用不能不说是温柔可亲啊。成为正规生以后除了学费之外，还要交纳一笔入学金，大概有三十万日元，不过这个只交付一次，是在正式入学时交给学校，不像学费每学期都要交，平均分摊给四个学期也还算好。而且成为正规生以后，我们可以向学校申请学费减免。学生们会时刻盯着教务处的信息板块，看到可以申请的告示后就去学生中心拿资料填写，在境况那一栏把自己写得要多可怜有多可怜，父母工资那一栏的数字要多心酸有多心酸，恨不得一个个都去COS小白菜，哪怕其实是土豪，都把自己弄成苦情励志剧的主角。我在这里说这些绝对不是讽刺，因为这等于骂我自己，我也这么干，就没有人不这么干的。这年头谁跟钱过不去啊，父母辛辛苦苦挣的钱为啥不给他省点儿？那句话怎么说的，有便宜不占就是那啥。

其实学校对咱们这些小伎俩一清二楚，看着这些学生一个个咬着手绢在面前诉说悲惨身世，负责人可能都要睡着了：每年都这么几句话，能不能有点新意啊亲！你这写得都太假了吧，什么每个月不堪重负，你手里拎的那个包就得好几万吧，拜托你演戏注意下细节OK？道具很重要有木有（这还真有类似的事，据小伪讲他在律所实习的时候，碰到一位大姐打离婚官司，要走的时候小伪跟她说了一句话得到了大律师的赞赏：明天出庭的时候，换一身旧衣服，别化妆，还有把首饰全摘了。我当时就乐了，打离婚官司一为孩子二为钱，既然没孩子就可劲儿地要补偿金、赡养费，你这打扮得跟圣诞树似的哪个法官愿意给你这个台阶)！但事情有意思就在这儿，一边在撒谎，一边明明知道对方在撒谎，这学费减免也能到手——反正我是每个学期都有减免，我认识的人几乎就没有不减免的。其实学校和我们，说是一个愿打一个愿挨也许不太恰当，换一个词，互利互惠。怎么说呢，学校靠这个拉生源，学生一多，那政府的经费，是吧。通常情况下是半免，也就是每学期学费减免一半；如果你有另一半也在读书，就会得到全免（但这种情况下另一半是一分钱也不免的，所以还是半免)。据说以前即使单身也有可能得到全免，但近来日本经济不景气，留学生数量又直线上升，僧多粥少，理解万岁吧。只不过虽然学费是可以减免的，但入学金你必须一文都不能少。我到现在都不能理解它这个入学金收取的意义，记得有一次上宪法讨论课，几名同学就“入学金收取的意义”和“我们有没有权利要求返还入学金”这两个问题讨论了半个多小时，听得坐在前面的老师嘴角一个劲儿地抽，估计他心里在想：给你们学费减免已经很不错了，入学金还想不交，有没有人性啊你们！但在我们看来，这笔钱真的很莫名其妙，我们已经交了学费为什么还要我们交纳“保证我们上学”的入学金呢？在我看来，这只不过是“建校费”一个好听的说法。算了，一文钱难倒英雄汉，学校需要建设嘛，反正已经给我们省了不少钱。

除了学费减免之外，成为正规生的另一个好处就是可以申请奖学金。日本的奖学金大致分为地方性奖学金和财团性奖学金，有的时候学校也会单独设奖学金，奖学金从月额几万到十几万不等。每到开学初前后，学生们就时常去自己学区的告示板和留学生中心的告示板附近转悠，看有没有哪个奖学金在招募，有的话就马上记住编号，跑到教务处去拿资料。奖学金之所以金贵就是因为它不是人人都有，一堆人应募，可能只有几个人，最多不过十几人中选（一般情况下是全校之内几人或十几人，但我见过狠的，全国范围内只要一人！哇靠），这些中选的人还有可能是按照年级或者是国籍根据一定比例来分配的。每个奖学金都有这样那样的条件来限制人数，比如说要通过日语一级的，面向理科生的（理科生中只面向某个学科的），只要新入学的，只面向家住某个地区的学生的等等，还有就是面向中国以外的学生的，这就比较无奈了，因为中国留学生实在太多了。在奖学金的问题上，身为留学生的我们一般都是全面撒网，只要有，就去填资料，哪怕是年额，没错，是年额只有十万日元的也不放过——有毛不算秃，身为穷学生还要啥自行车啊！

把填写好的资料交给教务，或者是寄到指定地点之后，就要等着对方给你回信通知你入了大围，一般情况下都要再进行一轮面试，有的甚至是两轮才能决定你能不能拿到这笔钱，当然也有不用面试直接入选的，不过这种情况很少。面试一般是集体面试，就是几个人一起面对主考官，好处就是在别人回答的时候自己可以想想怎么去答，有个缓冲的时间；不好就是对比比较明显，孰优孰劣立刻能看个明白，挂掉的危险性较高。考官会问各种各样的问题，但不会太难，一般就是“为什么来日本”“专业是什么，你的研究内容是什么”“毕业之后的打算”等等，在大家日语水平都差不多的情况下，就考验你的语言组织能力了。当然极品是无处不在的，据我一学姐讲，她在竞争奖学金的时候，跟她一起竞争的一姐们儿在面试时泪洒现场，哭诉自己学习的艰辛和生活的不易，听得别人心里一个劲儿翻白眼：大姐，你红光满面的哪里跟苦情戏女主角挂上号？眼泪说下就下，I服了YOU！

一般情况下，如果大范围地撒网，入大围的几率还是蛮高的。但是不能全选，在成功进入下一轮的几个奖学金中只能选择一个继续前进，其他的就要暂时放弃。这就比较危险了，因为谁也不敢保证自己选的就一定能成，所以要考虑很多情况，比如说等待的时间、招募人数、入选比例等等，最后选择一个对自己最有利的来搏一把，能不能成就看实力和运气了。通常情况，如果不是RP太低，到最后都能捞到一个奖学金，而且一领就是至少一年，有很多都是按照留学时间来计算的，比较在意的就是钱多少的问题了（有一个财团奖学金，月额不是十八万就是十五万记不清了，反正很高，拿到的话虽称不上土豪也足以让人羡慕嫉妒恨）。综上所述，结合上文提到过的学费减免，日本也算是尽可能地为留学生提供经济上的支援，给留学生减轻负担，再加上允许留学生打工，只要不是太奢侈，一般情况下生活都是没有太大问题的。这一点也让留学美国的朋友抓狂，因为在美国留学是不允许打工的，如果偷偷打工被抓住了，签证就会降低好几个档次，一些基本福利待遇就享受不到；奖学金极少，一般都是一次性，奖金也不多，有一次他拼死拼活得了一千美元，感激涕零，给自己留了两百之后剩下的都寄回了家里，本以为会得到老妈的褒奖，结果被母亲大人一句“怎么那么少？你是不是全花了”给噎个半死。至于学费减免，亲，奥巴马童鞋亲切问候你：你还没睡醒吧！

但说实话，虽然本姑娘很容易动感情，很容易同情别人，但也不会浪费时间和精力为留学美利坚的同学掬一把泪：亲，你们留学之前都是要家里出具财产证明的，没有雄厚的经济实力人家压根儿都不正眼瞧你。你一个土豪在我这个贫农面前内牛满面唱莲花落，调都不知道跑到第几个十万八千里了！

不过身处异国他乡都不容易，不论身在何处，都向你们致敬。

“你觉得这个房子怎么样？”

“呵呵。”我歉意地笑笑。

别误会，咱没那闲钱去买房，咱是要租房。话说既然成为正规生，有了自己的研究室，刚入学就是装也得装一会儿好学生，你得时常去研究室吧，如果还住在舅舅家光每月车费都能租一个房子了。而且一个人住会有自己的空间，跟朋友出去玩也不用担心末班车的问题，好处也蛮多。虽然要自己交房费和水电煤气费，但是我一向节省，而且还打工，再加上每个月舅舅会定额给我一笔零花钱，零零总总加起来也足够交付房费学费和生活费。算盘噼里啪啦一打，决定去找房子单独住。

这里面还有一个小插曲，有一次在群里跟大家聊天，有个专门研究昆虫的家伙问我：你还住在亲戚家啊？我说：是啊。他发了一堆省略号，说了三个字：皮真厚。

我勒个去！我在心里对他狠狠比了中指。

其实当时我已经决定搬出去了，他这句话也没刺激我多少，但就是：不爽！

算了，不理他，接着说找房子。

我是3月份，确切地说是出结果之后才开始找，说实话那个时候有点晚，因为再过一个月新生入学，大家都在那个时候找房子，房价肯定也是水涨船高。其实我也可以早点定下来，但那个时候我不知道结果是什么样，别忘了如果再次落榜我是要打道回府的，所以虽然也问了几家，但都因为定不下来而不了了之。但现在结果下来了，那就赶紧找吧，我是拿到结果当天马上就去的房屋中介。什么？你说为什么不住学校宿舍？亲，要是能住上的话还用你说吗？早就卷铺盖搬家了！学校是有宿舍，价格也便宜，环境据说也不错，但是宿舍就那么多，想住的人却是只增不减，你知道每年申请的人有多少吗？你知道有的是需要抽签决定的吗？你知道要住个宿舍还需要面试来查你祖宗三代并问你“你从何来要到哪里去”吗？你知道宿舍只能住一年，到期后如果申请不上还是需要搬家吗？现在你知道有多么坑爹了吗？

综合考虑了我到目前为止的运气指数，还是找房子吧。

无论在哪个国家，学校附近的房子都不便宜，这里也不例外。最便宜的房子月租金四万，平均是五六万。有的房子看着不贵，让人马上就有下手的欲望，别急亲，极有可能他还要礼金和押金，一般是那种装修得比较好、设备比较齐全的房子会要，可能是怕房客搞破坏吧；如果你跟几个人合租了一个小别墅——这里叫一户建，月租可能平均到每个人头上并不多，但一开始要你付的礼金可能就有几十万，着实不是一个小数目。但还是那句话，便宜有便宜的原因，贵有贵的理由，高房租的房子条件一般不会差，住得也舒心。如果是那种价格很便宜的房子，那你就得掂量一下了，也许是地处偏远、交通困难，也许是房屋结构不佳或者光照不足，总而言之有这样那样的毛病。和式榻榻米屋子一般都很便宜，夏天还挺凉快，风铃、西瓜、凉扇、蚊香很有日本氛围，但冬天你确定你要睡在地上？我当天跟着房屋中介的人看了两套房子，一个是山路十八弯，我绕了两圈就不知道东南西北了，如果有小摩托——这边叫原付——的话会方便很多，二手的小摩托价钱也不贵，但对于一个连自行车都不会骑的人来说这绝对是一个S级任务。一个是没有阳台，有人可能会觉得这不是事儿，但是亲，请你告诉我夏天你怎么处理垃圾？日本这边垃圾分类处理，可燃垃圾和不可燃垃圾都要装在不同的袋子里，一般做法是积累几袋垃圾之后扔到特别的袋子中，再放到垃圾回收处，如果没有阳台的话你是让我把垃圾堆在屋子里招来一堆的苍蝇蚊子在这儿开party吗？还有你知道日本这鬼地方有多么潮湿吗？洗完衣服难道就想这么晾在屋里吗？那样的话不仅干得慢房子也会发霉的。什么？你说拿空调去吹？OMG！你太油菜花了！你也太有钱了！

其实我曾经想过合租，而且是男女混租，所以一直盯着熊熊他们住的房子。一个一户建，一人一个屋可以住五个人，房租根据房屋面积大小而不同，但也不超过三万，便宜的话可能也就两万左右。价钱很诱人，所以在刚来日本的时候我就跟熊熊商量能不能让我一个屋子，结果这死胖子就是一个劲儿摇头：不成不成，你一个小姑娘跟我们大老爷们儿住一起像话吗？而且大夏天的穿得都挺凉快，来回出入啥的多不方便啊。你看看有没有哪个女生要合租的，你跟她凑合凑合。

但我觉得，如果都是合租的话，男女混租比较对我口味，为嘛呢？一般情况下，男生的心胸要比女生宽广那么一眯眯，有事也不会跟一个女生斤斤计较，不会因为你多用了水、我少用了电之类的鸡毛蒜皮引起纷争，住得虽然也许不能一定舒心，但至少不闹心。而且熊熊那个房子的住客我认识一半，相处起来也不会费多大劲儿，而且我认为应该会蛮愉快的。至于方便不方便的问题，除非这群货有裸奔的癖好，否则我一个小姑娘都不计较，你一个大老爷们儿计较个毛线！什么？危险系数？这个嘛，他们危险不危险我确实不知道，但是我知道我长得不危险，而且很安全，所以也没必要担心。最后加上租金很便宜，我动心了，所以开始对熊熊使出磨人大法，弄得他十字花满头开，最后万般无奈之下终于松口——如果还没有人入住的话就让我搬进去。就在我等了又等，马上就熬到最后一刻要拍手庆祝的时候，一个小子搬了进去。据说那哥们儿只看了那房子一眼，然后就麻溜利索地交了一个月的租金，爽快得让我咬牙。

犹豫一下你能死啊！

就当我找房子找得焦头烂额的时候，天使降临了。同学白白听说我在找房子，问我：我住的那个地方有人要搬走，你有没有兴趣去看看？

必须有啊！

白白住的地方是个女子公寓，房客几乎都是我们大学的女孩子，留学生占了很大一部分。距离我们研究科步行需要二十多分钟，也要拐几个小弯，虽然也有一点距离，但比起往返四个小时这绝对是小意思，打个比方，如果那个是长征，这个顶多是军训教官带我们绕操场跑四百米，根本没法比啊。附近有超市，还有一条据说东西卖得很便宜的商店街，生活便利；交通方面，除了公交车站以外，距离最近的电车站步行也就十五分钟，远一点儿的半个小时，很方便；有个病痛什么的也不必着急，离住的地方不远（距离白白家步行三分钟）就有一个大医院，设备齐全分工细致。总而言之，环境清幽，适宜居住，所以有很多有钱人选择在这里安居，就我走这一路上，除了高档公寓两三栋之外，道路两旁还有很多或高档或雅致的别墅，女子公寓对面就有一处豪宅，据说那家车库里不止一台法拉利，着实让人眼红。

除了以上种种，这个地方还有一个最大的特点：看似安静平和，其实卧虎藏龙。什么？不不不，国际章在这里没有根据地，我说卧虎藏龙是因为，这里距离日本最大的黑社会总部也就咫尺之遥！要说我还不算近的，我有同学据说正正好好住总部对面！据本人口述，那个总部真的很大，防备森严，大铁门极具气势。再据本人口述，那是她刚刚搬到那里，正在收拾房子，突然接到一个电话，她就拿着手机在门外接电话，却没有注意到对面的人已经盯上了她——貌似她那天穿了一条黑裙子，表情还有点气急败坏；在人家的地盘，还正对着别人家，大声对着手机叽里呱啦，怎么看都像是码人准备寻仇。如果不是她朋友注意到这一点，脸色惨白地将这货拉回屋，估计就……

有人就会问了：那这个地方这么危险，怎么还有那么多人住啊？那我先问一个问题：在你们印象中黑社会是什么样的？

文身刺青？能引发颈椎病的大金链子？打架斗殴？西瓜刀对砍？那是古惑仔。

记得曾经在萨苏老师写的《与鬼为邻》一书中看到，日本的黑社会集团，除了民风剽悍的九州地区依然还有拿着大片刀砍得血肉横飞的“习俗”之外，其他地区的人都是彬彬有礼，一个个西装革履，打扮得像企业白领，就是收保护费也是客客气气的。当时我以为这多少有夸张的成分，到了这里才知道萨爷诚不欺我。研究科一个前辈非常“有幸”地跟一个黑社会头目住楼上楼下，时常早晨在电梯里与他face to face，那位仁兄虽然长相凶悍（据说脸上还有伤疤），但肯定会很有气势地说：“おはようございます（早上好）！”虽然刚开始还被这很有王霸之气的招呼弄得背后发凉小心肝乱颤，但时间久了也就没什么了，因为人家真的很懂礼节嘛。日本黑社会是：你不惹我，我也不会去招惹你。没事就去撩猫逗狗的那是小流氓，像他们这种“高大上、有规模、有层次、有水平、纯粹的”黑社会组织是不屑去做的，他们会因为卖春、贩卖人口、贩毒等等事情被社会谴责，但平时真的很安静，不仅不惹是生非，还会去做好事。比如据说就是这个最大的黑社会总部门口有一块醒目的牌子：我们从来不雇佣童工，不贩卖人口（你确定?），也不乱扔烟头；比如黑社会会跟警察合作维护社会治安、惩治罪犯；比如说在日本大地震的时候帮着建房子……

“大河向东流啊，天上的星星参北斗哇——”

脑海中这个旋律一直囧囧有神地回响着。

据说前一段时间某暴力组织招网络方面的人才，想把自己的官方主页（是的你没听错他们是有官网的，其实也很正常，每个组织都有自己的旗下产业，现在这个网络社会你见过有几个企业没有网站的？开神马玩笑啊）弄得更加人性化一点，更加亲切一点，更加……总之就是让人看着耳目一新觉得这个集体是多么温暖和谐圣母马利亚啊。但是，大哥，就算你戴上Hello Kitty的面具人家也知道你们到底是做什么营生的，有意思吗你真的觉得有意思吗……

停止吐槽，单说他们对地区和平稳定做出的“贡献”（甭管是有意还是无意）也是不容忽视的：谁敢在老虎的地头上撒野啊，想不想为黑社会事业添砖加瓦了！头头儿们都安分守己，小喽啰们自然也得猫着，有他们在，这里的治安好得不得了啊！

到了白白住的地方，上下一看，共三层，一层是房东的住屋和车库，二三层就是房客们住的地方，非常典型的アパート。这里要插一朵花，日本的楼房建筑大体分为两种：楼层比较高，房屋居住面积大，分为多个屋子的叫マンション；楼层较矮，居住面积小，一般是一室一卫，适合单人居住的叫アパート。从价钱上来讲，マンション居住条件肯定更好，但价钱也要贵出很多，对于留学生来说，没必要那么娇气，又不是拖家带口，住アパート就绰绰有余。跟着白白到了要搬走的那一家，房客是个非洲姑娘，原本也在我们学校读书，但因为各种原因要回家了，房子就空了出来。我一边听着她用英语给我介绍这个房子，一边打量着这个房子，越打量眼睛越亮：

矮油，房子很大哦，有二十平方米，一个人绝对够住哦；矮油，厨房还被分出来了，灶台也很大，适合练厨艺哦；矮油，浴室很干净很整齐哦，颜色暖暖的让人很舒服哦；矮油，壁橱很大很大哦，可以放好多东东哦；矮油，冰箱、洗衣机、炉灶、空调都是房子自带，自己可以不用去买哦；矮油，据说房东很好很亲切，就是第一次院生考试结束开车送我去车站的老爷爷哦；矮油，房租才四万哦，这个面积这个距离很合适哦，原本是要礼金的，如果熟人介绍就只交房租就可以喽！

两个字：满意。满意到我当天就跟白白说：这房子我要了。当时她的表情有一瞬间的石化，等把下巴合上以后，她也说了两个字：好快。

我倒觉得没什么，房子确实不错，租金也很公道。但我考虑了所有的问题，就单单忘了一件：朝向。我去看房子的时候是傍晚，那位黑美眉还拉上了窗帘，正值3月份，天气转暖，真的没注意到光照的事情，这是客观原因。主观原因是我从心里也没觉得这是一件多大的事，但再过九个月，这件“没多大的事”将会让我叫苦不迭，这是后话。反正当时我很开心，告诉白白跟房东爷爷打好招呼就乐颠颠地去找熊熊他们玩去了。

随后我就去留学生中心，请学校做了担保人，然后带着一堆资料去房屋中介，签了合同，绑定了银行账户，然后带着伴手礼去正式拜访房东。老爷爷很亲切，虽然已经八十高龄，但却很“元気”（有精神）。他给我详细介绍了我的邻居，告诉我一些注意事项，提醒我要跟煤气和水电公司办开闸，并约好搬家那天会来车站接我，让我备感温暖。

这里我要插一朵花，众所周知，日本是个老龄化国家，也是名副其实的长寿国家。在我看来，老龄化国家并不稀奇，但长寿国家就很不容易了，因为一个人要想长寿，除了日常营养之外，还要有充足的运动和良好的心情。我在日本生活了四年，我眼中的日本老人，是很悠闲的，或者说是幸福的（当然也有困苦的，我指的是我接触到的那些），似乎没有什么让他们操心的事情，他们只做好自己的事就好。这个所谓自己的事，不是为儿女和孙子辈操没完没了的心，不是去外面打麻将，也不是去跳广场舞。日本的老年人生活很充实，学习，健身，每天不亦乐乎。游泳馆里会经常看到老爷爷老奶奶在水中嬉戏。学中文的人中老年人也占了大多数，学习的劲头一点儿也不输于年轻人。日本每周日有个综艺节目，每期去不同的城市，然后在这个城市里挑选二十组选手上台演唱，唱功好不好无所谓，重要的是要有特色，在节目里唱歌的很大一部分都是老年人，五六十岁不算什么，七八十岁很常见，九十高龄也不少，就是见到百岁老人也不必大惊小怪。高尔夫球场上也经常有老年人活跃的身影，都是自己开着车来，健康得令人叹息。我刚到日本那一年，舅舅领着我去拜访在他留学时对他诸多关照的保证人夫妇，晚饭一起吃的海鲜套餐，那也是我第一次见识到日本料理的精致华丽。两位老人家已经七十多岁，文质彬彬，很有修养，保证人太太更是打扮得体、举止优雅。席间谈笑风生，两位红光满面，精神饱满，怎么看也看不出是已经七旬的老人。晚餐结束后，两位回家去为第二天的教会活动做准备，我和舅舅也坐上了回姬路的电车。在等车的时候舅舅说了这么一句话：

“同样都是七十多岁，看看人家，再想想你姥姥……”

我默然。

换一点儿轻松的吧，日本的老年人如此活跃，除了自身心态之外，跟国家的养老制度、福利待遇和服务机制也是分不开的。年轻人上班的时候每个月交养老保险，退休后会有不错的养老金。除了照顾老年人的生活之外，政府还支持老年人的工作权利。剥个栗子，在日本开出租车的，几乎见不到年轻人的身影，司机都是头发花白的老爷爷，个个斯文有礼，礼貌有加，而且很多都架了一副眼镜。据说这里面很大一部分都曾经是企业白领，因为到了退休年纪，但又不想在家里闲着，便出来开出租服务社会。再剥一个栗子，日本的电视节目主持人，五六十岁大有人在，哪怕是综艺节目也是如此，相比起国内帅哥美女布满屏幕的电视节目，不能不说是一个奇景。

我认为，日本并不是不知道年轻人的优势，年轻人虽然青春靓丽，但在经验和应急处理上远不及老前辈。而且老前辈因为生活阅历的丰富，他们的语言和幽默会更加有内涵，绝对不是只会卖萌傻笑或者是做无厘头的表演，说得通俗一点儿，年轻人气场还太嫩，镇不住场子。所以日本不会因为人老珠黄就将曾经的爱将弃之不顾，姜还是老的辣，他们重视的是老前辈的经验。

只是最近日本也陷入了养老金风波，退休年龄也被延后了。很多年轻人拒绝交养老保险，认为即使交了最后也到不了自己手里。日本政府也为此焦头烂额。日本老年人未来的生活会怎样，就连他们自己恐怕也不知道。

2012年4月1号，我提着一堆东西，坐着房东爷爷的车来到了我的新家，同行还有白白及另一位朋友，负责帮我搬家。在那之前我已经开好了水闸和电闸，也预约了煤气公司当天来开阀门，并把从表哥那里得来的一些生活必需品提前送到了房东那里，一切都还算顺利。白白给了我一张床、一套桌椅和一个简易组合柜，还有一套窗帘，表哥那里微波炉、电饭煲、各种厨具、餐具一应俱全（小到筷子餐勺，大到各种锅，甚至还有高压锅，就连磨咖啡豆的东西都有！哥哥我爱你）。把东西收拾好，算了一下，基本自己再去买些零零碎碎，也就够了。大家不要惊奇，留学生过日子的东西基本都是这么来的，我们兜里没有钱，起早贪黑挣来的工钱还要负责生活费和学费，自然是能省就省。以前我们会在一个叫小春的网站上（不是那个春，别想多了）寻找看看有没有转让旧物，后来就是在群里公布消息，有人在上面转让，我们就会去关注，价钱都很便宜，很大一部分都是免费转让。光明一点儿的原因，大家都是留学生，都知道腰包没那么鼓。还有就是这东西轮到自己可能就是免费的，或者不知道几手的，也不好意思要钱了。暗黑一点儿的原因，在日本扔大型物件是要花钱的！而且价钱不便宜，得几千块啊！与其花冤枉钱，还不如送给别人做人情呢。

当然，如果能卖出价，当然更好，还是那句话：这年头，谁跟钱过不去啊。

跟着白白去了那个卖东西很便宜的商店街，熟悉一下情况，买了调味料和一些菜回来做饭。就这样，开始了我真正的一人生活。

今天是我开学以来正式拜见老师的日子。

“失礼します！”

“はい、どうぞ。”

深吸一口气，我走进了S老师的办公室。

咔咔咔！那边有人大喊，错了！你的老师不是K老师吗？

诸位别急，且听我慢慢道来。事情还要从半年前开始讲起。

倒叙开始：

“我下个学期就是我定期做研究的时间，那个时候就不能当你的指导教授了。对于你的新指导教授的事情，你要早做准备。”

当时还在国内抚平受伤心灵的我，突然看到当时指导教授这一封信的时候，有一瞬间脑子是晕的。

你不当我老师了？我怎么办！老师你怎么能酱紫，就算我真的一般也不至于是一团烂泥，怎么着也能糊墙吧，老师你就这样放弃我了吗？

各种负面情绪交织，脑子一片混乱。

冷静下来后，决定先别胡思乱想，向前辈们讨教。

听到这个事情后，前辈们非常一致且诚恳地给予了我亲切地慰问和由衷的同情，他们全员表示：中途换老师这个事情不是没有，但发生几率极低，结果偏偏被你遇上了，你的RP指数真的让我们叹为观止。

“这个啊，每个老师都有这个研究期间吧，而且今年老师的确事情很多，正好你撞上了。”大嘴二师兄说道。

同情过后，前辈们提出的意见也很统一：赶紧找新老师，要不到时候来不及了！

怎么找啊？

这个问题我没敢问，因为我知道前辈们的想法恐怕也会很统一：这个事情还要我教？你二啊！

短时间凌乱之后，我开始思考：虽说考不考得上还是个未知数，但万一考上了，我更希望成为谁的学生呢？就在这时，一个老师的形象突然浮现在我脑海：S教授。

S教授，就是当年把我拒之门外的老师。现在他是同学白白的指导教授，细致入微，不仅给白白开小灶还督促她去上课，让我好羡慕好羡慕的！我老师都不理我的，我好桑心，对比之下更要咬手帕了，555555555……

其实，目前K大法学研究科正教授三人，除了K教授和S教授以外，还有一位Y教授。但是，我回想了面试时候的场景：三位主考官，K教授居中，S教授居右，Y教授居左，比起另两位老师的和颜悦色（亲，那两位是觉得你没有被为难的价值），Y教授提出的问题让我恨不得挖个地缝钻进去。

我只是想好好上学，不求优秀但求及格，努力一下向良好奋斗；我只是想安心过日子，不想挑战什么高峰；我天生胆小……

就是你了！S教授！

打定主意以后，我就跟着白白去上他们老师学部生的课，一周两次，努力听讲，然后提问题，学东西的同时拼命刷存在感。直到年末的一个聚会上，K教授问我：你最近除了我这个课程以外还有上其他老师的课吗？

我啊，最近每周都去上S老师的课呢，票据法真的很有意思。

老师点头，我微笑。

被录取以后，K教授跟我说：以后你就跟着S教授好好学习吧。

心中比出剪刀手：噢耶！

倒叙结束。

跟K老师道别后，就去跟S老师报到。出了S老师的办公室，我禁不住想：他曾经是我的第一选择（那是不知道K老师有多么牛×），虽然那个时候没能成为他的学生，但时隔一年半我还是成为了他的学生，缘分，真的很奇妙。

是的，缘分真的是很其妙，但那个时候我绝不会想到，又过一年半以后它会变得更奇妙。

第十四章

新学期的闷棍

看着手中的粉色花瓣，我知道我最喜欢的一个季节已悄悄来临。

我喜欢日本的春天，温度适宜，风和日丽，没有沙尘，而且，还是个粉红色的季节。

第一次真正看到樱花，我是有些失望的。那是樱花刚刚绽放花蕾的时候，初春时节，绿意初现，有那么几朵小花在萧索的树枝上吐露新芽，比起照片中所拍摄的樱花，我所看到的樱花显得很单薄。颜色素雅，或者说是过于素雅，白中透着一点点粉，薄如蝉翼的花瓣经不住风吹雨打，一夜风雨，只剩下干巴巴的树枝在那里茕茕孑立。后来我曾去过大阪造币局，据说那里的樱花很有名，我也是在那里才知道樱花其实有很多种，包括还有多重花瓣形似康乃馨的，但大部分所见的花朵还是那种很不起眼的小花。相比之下，我更爱家乡的紫丁香，一人多高的丁香树上缀满了淡紫色的小花，香气扑鼻，每年的四五月份，道路两旁的丁香花会把春季的冰城装扮成紫色的花城。因此我那时实在不明白樱花这种要颜色没颜色、要芬芳没芬芳的花朵为什么会让岛国人民如此狂热。日本人很爱樱花，春天最重要的就是赏樱，每年这个时候各个公园人声鼎沸，商店里也摆满了樱花口味的冰激凌（还挺好吃）、樱花口味的点心、樱花便当（至今没明白那是啥）。我曾问过一个日本人，为什么岛国人民如此喜欢樱花？只见那位仁兄想了想，看那表情应该是很认真地在想，最后一脸茫然地给了我一个答案：因为多吧……

因为……多???

听到这个神回复，我不禁想起《灌篮高手》某个著名场景：别的学校的教练哭着问流川枫，为什么要选择湘南，是不是因为安西教练？流川枫回答：不，因为离家近。

今天我问一人为什么喜欢樱花，他说：因为多。

很好，哥们儿，你这个回答成功地晃到了我！

但很快，我就明白了这个回答的含意。

樱花全面盛开的时候，从远处望去，如同一片绚烂的粉红色海洋；离近了看，就见一簇簇白中透粉的花朵，如同一个个小绣球向来往的路人们传递着春意盎然。这些小小的花朵，就这样密密地聚集在一起，以这种方式在为数不多的时间中，向世间尽情释放着别样的美丽。我突然想到，日本人喜欢樱花，不单单是因为那种所谓的“英雄情怀”，而是因为它将这个民族的特性展现得淋漓尽致：一个单独的个体就是一朵脆弱的花朵，但一旦聚集在一起，那就是动人心魄。

那哥们儿说得对，日本人喜欢樱花，确实是因为它多，譬如盛开，譬如凋零。日本的大街小巷，似乎到处都有樱花树，盛开时，鲜花漫天；凋零时，落红满地。我曾见到前一天还生机勃勃的樱花在一夜风雨间变为遍地的落英，如同为大地铺上一层粉红色的绒毯。走在去往学校的路上，脚下踩着柔软的花瓣，抬头看着天空中不时飞舞的那一点点粉红，不知是怜惜它“花谢花飞飞满天”的凄美，还是感怀它“零落成泥碾作尘”的悲壮，总是不知不觉就放轻了脚步，放缓了步伐，似乎怕打扰它与这世界所说的离别。我们法学研究科下有一株垂樱，如同粉红色的藤花，每次看到它都有一种日系动漫场景的即视感，那缀满花瓣垂下的枝条，柔柔地向莘莘学子诉说着另一番诗情画意。

樱花开了，春天到了，对于学子来说，在这个缤纷的季节，他们要迎来新一年新学期的开始。

开学了开学了！上课了上课了！发表了发表了！

法学研究科修士生课程共计两年，如果不是太过分，一般都会让你顺利毕业。但是如果是博士课程，就说不好了，如果你到时间论文写不出来，那就再延一年，有的甚至会延期两年，也就是传说中的D4或D5——其实法学研究科还算好的，博士被延期的情况还不是很多，理工科的同人们则很悲催，据说D6D7都有，老师就是不让你毕业，怎么着吧！有的人读到最后觉得实在没什么指望，干脆退学：我学位不要总行了吧！几年的辛苦努力全部付诸东流（由此可见，博士不论在哪里都是一个坑爹的学位）。所幸我是一开始就没打算读博士的（虽然他们一致认为我有读博士的范儿），大家看啊，我读院生已经芳龄二十五了，两年后毕业二十七，如果读博的话，就算顺利也要三十岁了，没有工作经验，女性，无论是中国还是日本都面临着巨大的就业压力，所以对我而言还是早点儿毕业、早点儿积累社会经验较好。

还有一个原因：据说写博士论文的过程很折磨人。

据一个前辈口述：我们的留学生指导老师当年写博士论文的时候，满脸络腮胡，每天就像是刚从收容所出来的一样。他虽然每天没有像这般COS犀利哥，但也在那个时间大小毛病不断。他又说道，曾经在一个学友聚会上向我表姐，即他的前辈请教博士论文该如何着手，表姐当时一句神回复：

别问我博士论文，提到它我就不想进K大的门了！

当时的前辈：……

听到口述后的我：……

死都不读博士！不死更不读博士！我非常肯定、确定地坚定了这一信念。

但是，我一直觉得大学老师是个不错的职业哎，如果没有博士学位的话……

到时再说吧。

不过，不管读不读博士，首要任务是先把修士念完。修士两年，要修满三十学分才能毕业，但法学研究科的同学有个好处：我们有十六学分是白送的！说是白送有些夸张，其实是因为学校体谅我们要留出足够的时间来写论文，我们不像理科生，没有中期发表，论文也不是靠实验或者数据来叠加，我们是要一点点查资料写东西的，至少三万字的论文可不是一蹴而就，一般情况下，我们要提前一年着手论文的撰写，相比之下，理科生要轻松很多。因为考虑到这一点，学校把其中十六个学分以“与老师进行学业交流和接受老师论文上的指导”代替其他课程，这样的话我们只要修满十四学分就可以。一门课程两学分，两年七门课程，比起理科生朋友拼命上课攒学分而言，我们在这方面要轻松很多。

原则上来讲，学生在选课的时候应该是自由的，想上什么上什么（至少我读大学的时候除了必选课之外是这样的），但其实还是有很多限制：

一、不是你想上什么就能上什么。首先，法科大学院的课就不是想上就上的，因为你不是法科大学院的学生，想上课的话要事先申请才可以，即使申请也不见得任课老师会同意。其次，即使是法学研究科的课程也不是想进哪个教室就进哪个教室，学校统一配布的课程表上，有些课程的名字后面会有一些特殊的标示，比如说“法律职业者专讲”“社会人专讲”“研究者（即在校学生）专讲”，我们一般只能选择带有“研究者专讲”标示的课程去上。如果想听其他标示的课程，不好意思，先打招呼吧，首先是老师（这里面包括自己的指导教授和任课教授哦）让不让你去，其次是允许你去听课但会不会给你学分，这都是问题。

二、不是你想不上什么就能不上什么。有的人选完课一看：矮油，自己感兴趣的一门课程与自己老师的一门课程冲突了哎，在这里面挑一门自己最感兴趣的吧。如果有人这么想，建议你去水池把脑子拿下来控控水好好擦一擦吧，都发霉了亲！自己老师的课都想skip，甄嬛娘娘告诉你：真真是不想混了！还有，如果你的老师这个学期没有开课，同一专业其他老师的课程也是要去听的，光明一些的原因是要多多地汲取知识，加强专业素养；阴暗一点儿的原因是他有可能成为你论文答辩的主考官，你要趁这个机会刷存在感，积累他对你的好评point，这样在答辩的时候就会相对轻松一些。另外，如果你是一个怕麻烦的人，有一些公认的容易拿分且容易拿高分的课程，你就不要拒之门外了，学分为重嘛。

这些条件都满足之后，亲，你可以选择自己想选的课程了。

好了，课程选好了，准备上课吧，努力取得好成绩。

每一门课程成绩分为五类，从低到高依次是：不及格、可、良、优、秀，分别对应百分制的六十分以下、六十到七十、七十到八十、八十到九十、九十以上。如果你想要争取奖学金，就必须每一门都保证良以上，至少是良。如果有一门是可，那就悬。如果有一门不及格，那基本就被排除在奖学金竞争大军之外。每一门成绩都根据出席率和平时表现来决定，平时表现里面又包括发言和小论文发表。鉴于大部分老师都不会太为难学生，期末打成绩的时候手也不会太狠，至少是良。如果平时发言积极一点，表现好一点，优的可能性最大。但是秀的出现几率就比较少了，据说有些学科的朋友到毕业了都不知道成绩里面还有一种叫作秀，可见它的珍稀程度。我的运气比较好，到毕业为止共得过两次秀，可喜可贺（咳咳，虽然大家都有）。

刚才说了，成绩中平时表现包括课堂发言和小论文发表。课堂发言只要你努力一点、活跃一点，提的问题不要太让别人想到北京时间最后一响——“嘚儿”（意思是二）——就都好办。关键是小论文，写一篇文章，亮出自己的观点，经历老师和在场其他同学的双重拷问，哦不，提问，经历双重提问之后，完虐，不是，发表结束。关于每个人的发表内容，老师会在第一堂课上课的时候，确定上课人数，列出发表主题，决定每个学生发表什么内容，再由学生依据自己的时间决定在何时发表，全部敲定之后，老师就按照这个顺序进行教学计划。

我一直记得我第一天正式上课的场景。

那天是我做发表。虽说研究生期间在当时的指导教授K教授的课上做过一次案例发表，但那个真的是小打小闹。就是简单地将案例做一下总结，再归纳一下各位法学大家的意见。而且那个时候还有大嘴师兄在旁边帮忙，所以那次与其说是我做发表，还不如说是K教授和其他前辈在讨论，我仅仅就是把我写的东西念了一下而已。只是现在不再是研究生了，对成为正规生的我老师应该会有不同的要求。记得有一位早我们一年成为正规生的东北哥们儿，在他做发表的时候被他的老师、助教，以及各位前辈毫不留情地、全方位无死角地打击，就当他在心里苦哈哈地捧着琵琶弹《十面埋伏》的时候，他的前辈可能觉得弹得实在不好听，又给了他一句：你这个就是在浪费我们时间，拿回去重做！

得，《十面埋伏》变成了《小白菜》。

熊熊当时得出的结论是：早成为院生不一定是好事，最好要多打一下基础，将来就比较轻松。我当时得出的结论是：发表真TMD坑爹，老天爷保佑我弄这玩意儿的次数一定要像大学以前老师留的作业，越少越好。

估计我发愿的时候老天爷不是在打瞌睡就是戴着耳机跳《小苹果》，总而言之：没听见。

所以才被Y教授要求在我上学第一天就做发表。

神大法学研究科共三位正教授，各有特色。K教授是风度翩翩；S教授是和蔼可亲；Y教授，他的特色就是两个字——激情，这可能也跟他是三位教授中最年轻的一个有关系：K教授已接近退休年纪，S教授其次，Y教授最年轻，才四十多岁（虽然我刚开始也把他当作五十来岁，但相应我也把K教授看成接近六十岁，实际人家没那么老。话说我看人眼光一向不佳，无论是外在还是内涵）。Y教授长得白白胖胖、圆圆滚滚，如果头发多一点再留留胡子，就是灌篮高手里的安西教练，很有喜感，但是细看一下却颇有教授的威严；声音洪亮，在教室里说话甚至都会有回音；讲台上是认真且激情澎湃的老师，讲台下是活力四射的长者，笑声爽朗妙语连珠，是飲み会上的活跃分子。但这都是后来的认知，在那之前我一见到他就想起面试时候的惨烈。虽然我知道必须有这么一个人去唱白脸，Y教授也是被阎王了，但还是一见到他就神经高度紧张，发表那天更是平时的N次方。再加上我准备一篇发表至少要半个月，一个星期之内让我拿出一篇小论文比较仓促，可想而知我那天会发表成什么德行。几个问题之后就被问住了，一个法律基础常识还答错了，总而言之就是一句话：怎一个惨字了得。

垂头丧气回到研究室，看到坐在同排座位的白白，挫败感尤甚。

白白是个厦门姑娘，小了我两岁，接近于九〇年，却已经有了一年的工作经验。以前在上海的一家律所做律师，后来来到日本留学。性格独立干练，善于处理人际关系，专业基础扎实，有很好的法律素养。比我晚半年来到日本，却比我早半年考入研究科，也比我更好地能融入日本社会，这使得我对她的感觉也很复杂。

我很羡慕白白，因为她所拥有的都是我想要的，或者说我当时想要的；我又有些嫉妒白白，因为她明明比我晚来日本，却要做得比我出色得多。我知道如果因为这么一点事情就去记恨白白的话，我都替她冤，人家没有做错什么，人家只是正常地按自己的步调去学习和交朋友，你自己不够努力为什么要把责任推到别人身上？这就好比因为踩在香蕉皮上摔倒，结果一生气把在隔了自己两条街上卖香蕉的人揍一顿一样不讲道理。道理都很明白，但是心里还是种下了一颗恶性种子，然后不经意地任由它在阴暗角落生根发芽肆意蔓延。记得有一次跟一群学弟学妹一块放学，听说我的邻居是白白之后，他们惊叹：你跟那位学姐是邻居啊！她很了不起的！

听着这些羡慕之情四溢的话，我抽抽嘴角：是不是我该做一个与荣有焉的表情，然后跟他们搞一个后援团，所有的成员都叫白粉？

意识到我在想什么之后，我吓到自己了。

这不应该是我的想法，为什么要把自己的无能归责于别人？我开始反省。

必须承认我是羡慕的，每个人都希望被别人称赞，就像我在上初中的时候非常羡慕班级里考前十名的人，总是希望我也能成为他们的一员。偶尔一两次挤入前十名能高兴一个多月，好像自己也成了好学生，好像这样就能被他们接纳。但是那句话怎么说的，赝品终究就是赝品，撞大运的好成绩并不能成为进入好学生俱乐部的通行证。记得那一年，班级里的一位家长和几位很有能力的老师在外面办了一个补课班，学生是按照当时班级成绩来选的，我也在其中之一。某一天课间休息，大家聚在一起聊天，准确点说是除了我之外的人聚在一起聊天，我则坐在他们后面，百无聊赖地翻着手中的书，耳边听着他们的欢笑，一个字也看不进去。突然他们说到了什么，有个女孩指着我说：这个事情她知道。我心跳慢了一拍：要轮到我说话了吗？正想说点什么的时候，却看到其余人只是扫了我一眼，又转过头说他们自己的去了。虽然事情已经过去了十三年，但我依然记得我当时的感受，脸一下红到耳根，心却凉了半截，尴尬地坐在那里，脑子嗡嗡直响，他们的欢笑对我来说更像一个莫大的讽刺，不啻一记耳光狠狠甩在我脸上，将我彻底打醒：你太拿自己当盘菜了，在他们眼里，你算什么东西！

从此我开始对那个补习班有了巨大的排斥感，心理压力逐日增加，每日不堪重负，直到终于有一日从那里退出，我松了一口气：解脱了。

但是我还是羡慕好学生的，我依然想成为他们的一员，我也在努力。现在的我也是一样，我也想成为像白白那样的人，我也不认为我有懈怠。但是为什么我就不能成为好学生呢？为什么我就不能像白白一样强悍呢？我觉得我跟她之间有着很大差距，当时不知道怎么形容，等后来在一本书里看到这么一句话，不禁拍案叫绝：世界上就有这么一些人，哪怕在街头一分钟吃完一个汉堡也会让人觉得优雅无比；同时也会有这么一些人，即使坐在五星级餐厅拿着VIP金卡也叫人怀疑他是吃霸王餐的。

到底哪里错了？记得舅舅曾经说过我：你是个努力的人，大家也都看到你在努力，可是你有时会努力错了方向。但是哪个方向是正途，哪个方向是歧路？谁又能在一开始就能判明呢？就好比如果一开始就知道这件事没个好结果那肯定不会去做，但问题是所有的人在开始的时候都认为自己没错。那么现在，我该怎么做？是不是也要像白白一样，每天看一堆的书，在研究室学到晚上十点十一点才回去？

我开始迷茫了，正式开学没有多久，我就觉得找不到方向了，就好像马上就要奔赴战场，结果一搜包，发现行军地图的关键部位被老鼠啃了一样悲催。

“何必把自己搞这么累？你们想要的根本就不一样。”老木说道。

老木是研究室的前辈，西北汉子，他那个地方有两样特别出名：一个是牛肉面，一个是沙尘。老木在我们这里算是年长的，但也是“80”后，所以也会有愤世嫉俗的时候，但总体上来说是一个热心肠、亲切又靠谱的大哥，所以我有时候也会跟他唠叨唠叨我的烦心事。他对这件事的看法是：你们俩压根儿走的就不是一条路，想达到的目标更是不一样，你非要用她的标准来要求自己，只会加重自己的负担。你一开始的目标是什么？循序渐进地按照你自己的步调走就是了，何必硬要去追赶什么人呢？

我似乎有点儿明白了。

就像我一开始搞不懂超人那货为什么好好的公务员不干却跑到异国他乡留学，我也不明白为什么白白律师做得好好的却跑到日本来读书。一个是铁饭碗，一个是高层次的白领，这两样工作都是我很向往的，或者说这两种生活都是我想要的，可偏偏他们却不屑一顾、弃之如敝屣，让我觉得不揍他们一顿是对不起自个儿！可后来我懂得了，人和人的追求是不一样的，理想也是不一样的，有些人——比如说我的一些朋友，她们就非常富有斗争精神，不停地冲冲冲，达到一个目标之后就会想着如何达到下一个目标，超人是这样的人，白白是这样的人，后来认识的小湘是这样的人，我的那些朋友更是这样的人。按照乐嘉的色彩学，他们就是典型的黄色性格，不达目标誓不罢休，而他们的目标似乎永远也没有个尽头；如果让他们安安稳稳坐办公室，每天喝喝茶水处理一下文件，估计比杀了他们都难受。但是我就恰恰相反，知足常乐、小富即安的我想要的就是这样的工作，我最大的理想就是找一份稳定的工作，也许很无趣，但只要工资能够我生活就行了，然后就找个差不多的人一嫁，孩子一生，就圆满了。啥？你问我如果你的目标仅限于此为什么还要出国留学？我跟你说实话，这不是我的选择，是家人的决定。不知道你还记不记得，我当时已经准备考公务员了，我的心里对出国这件事并没有多大兴趣，虽然后来我很感激家人让我有了这么一段经历，但至少当时，我并没有觉得这有多么有意义，反而认为是一种麻烦——看吧，这就是“到手的从来不珍惜，只脑补着不属于自己的有多么美好”的典型案例。虽然不感兴趣，但我也没有反抗，我已经习惯了听从家人的安排：你们让我去，我就去，听你们的。就连当时大学选择专业也不是我自己的决定。哦，分数大约估摸出来了，报那个大学的话有这几个专业可以选，喜欢历史，但是二表，将来又不好找工作（易中天老师那个时候还没有成为学术超男，否则我也有了奋斗的动力了）。一表里面新闻不符合自己性格，经济要学数学，你理科不好，嗯，法律不错，女孩子家家的学这个好，将来还好找工作，就这个了！你呢，怎么看？

我：哦。

然后就开始了四年的学习，还通过了司法考试，可这也不是因为我感兴趣，纯粹是证明我四年没有白学而已。哪怕是在老师面前我也这么说。记得毕业答辩之后，我们几个学生请指导教授吃饭，席间K教授问我们为什么要学法律。

白白回答：从小喜欢，选专业就顺水推舟。

我回答：我家人说这个好，而且不用学数学。

K教授：……

后来老师又问：为什么选择商法？

白白回答：高端大气上档次。

我回答：我其实喜欢的是刑法，但是我胆子小，看凶案现场受不了；民商法就和谐多了。

K教授：……（怪不得学成这个德行，老子这个是丫的第N个选项啊！）

我：反正我都毕业了……（小声嘀咕ing）

幸亏他没有问我为什么来日本，否则我会说出让所有人都很无力的答案：不知道，我妈让我来的……

稀里糊涂来留学的我，最开始的目标很简单：混文凭，只要不挂科就行。但后来听说我的老师很牛×，便又变成：要好好好学习，不能给老师丢人，不能让老师觉得有我这个学生很没面子。但事实是我好像一直都让他挺没面子，不论是以前还是现在，没办法，水平太洼，上不得台面。屡屡受挫之后倒是更加发奋，但细想起来为我自己去学的成分较少，更多的是“我不能辱没了我老师的名字”，“我不能对不起表姐对不起家人”等等，不是我发自内心地想去学习这个专业去看这个书，而是为了别人去做，这跟“从小就喜欢，听着法务新闻故事长大”的动机就有了千差万别。一个是“我想要学习”，一个是“我逼着自己去学习”，鬼都知道效果不一样，所以那句话真的是没错：兴趣是最好的老师。就像白白问我：如果你去书店，你第一本拿起的书会是法律书籍吗？

我失笑：怎么可能。

从一开始就差了十万八千里，后面再追也差了好几个身位，更别说动力不够导致后劲儿也不足。

所以，放下吧。本来就一小兵，目标就是上战场混混资历，突然脑袋一热提着刀奔前线砍人，也想学关云长万军之中取上将首级，那不是英勇，是缺心眼。

想清楚这一点，我开始找回自己的步调。每天按部就班，排好自己的计划，适当增加点儿压力，但也不把自己逼得太紧。该学习的时候就去学习，疲惫的话就去休息，看看自己想看的书，做做自己想做的事。晚上看着白白那边挑灯夜战，我心里给她点个赞，然后提着包回家睡美容觉。

我成不了她，但她也成不了我。

第十五章

我们的娱乐生活

就如同离开了那个补习班我的成绩反而上升一样，找回自己的步调之后，我逐渐融入了学校的学习生活，在课堂上慢慢也能鼓起勇气发言提问了。有一次让我们做课堂总结，我鬼使神差地用了一个日本成语，把老师逗笑了。我挠挠头，这个，算进步吧。

习惯了学习生活之后，我渐渐有心情可以跟朋友们一起玩了。话说我们的娱乐活动还是很丰富的，一般都是熊熊来组织。有专门针对男生的小型篮球赛，据说高手还是不少的，曾经看他们打过一次，真心看不懂。经常在群里看这些男生呼朋唤友：打球了打球了！定场子赶紧的！偶尔也会有几个巾帼参与其中，但用熊熊的话讲：就是逗你们玩罢了。但是我认为，如果男生真的跟女生打篮球，男生真不一定赢，为啥？球类运动难免磕磕碰碰，哪个大老爷们儿好意思跟女生动粗？如果真的跟她抢，人家脚一跺，脸一扭，嘴一瘪，泪光盈盈，泫然欲泣，用一句“你就不会让让我这个小女生”就足可以秒杀七尺男儿。而且说不准这些女孩子是谁的老婆或女友，要是真伤了跟哥们儿不好交代，如果那哥们儿在自己队里就更悲催，极有可能为了不回家跪搓衣板就插自己两刀。退一万步，就算以上情形都不出现，女孩子的指甲你以为留着是干吗的？逼急了也可以练练牙口嘛！

既然话题跟运动有关，那我就多说几句。提起日本的运动项目，除了年轻人喜欢的棒球（这个很牛），中老年人间颇为流行的高尔夫（人家拿这个当娱乐和健身），还有一个必须得要说，那就是被称为日本国技的——相扑。作为一项拥有传统历史的运动，相扑运动员在日本有极高的人气，现在不仅男人，连女性都开始投身于这项运动（算她们狠）。我一开始对这个实在不感兴趣，在我的印象中，相扑是这样的：两团肥肉，自以为很威风地腆着肚子从两边走进会场，撒上几把盐（那是盐吧），准备差不多了，虎视眈眈盯着对方。在一个穿着古装、说话怪里怪腔的人的指挥下，比赛开始，等着一坨肉把另一坨肉摔出场外，比赛结束。

一点儿技术含量都没有的肉坨争霸赛，这是曾经的我对这项运动的总结。

直到一个人的出现，他的名字，叫作白鹏。

白鹏，继朝青龙之后现今（书写之时）日本相扑界的霸主，段位横纲，蒙古国人。是的，你没看错，日本相扑之王是外国人。相扑虽然是日本国技，但目前在这个行业大放异彩的几乎全是外来品种，巴西、俄罗斯，尤其是蒙古国选手更是熠熠生辉，除了白鹏之外，包括前任霸主朝青龙，现在的后起之秀鹤竜，都是来自这马背上的国家。也许是那达慕上那威风凛凛的摔跤跟相扑有类似的地方，蒙古国人民会很快进入状态，再加上块头大体质好，更是压了其他选手一头，其赫赫战绩让本地即日本选手只能望其项背。这一点也让日本人民对他们有一种很微妙的感情，虽然也是很崇拜他们，但想到本国选手如此不给力也是备感窝囊。好不容易出了一个看上去挺靠谱的岛国选手，媒体和业界都给予厚望，各种评论赞扬不绝于耳，结果没多久又被秒杀，这种自打耳光的感觉让我都想为他们洒一把同情泪了。

第一次看到白鹏的比赛纯粹是因为做饭比较无聊所以才打开电视机，那个时段正好是播放相扑大赛，我这边打着鸡蛋，偶尔回过头去看看肥肉打仗。到后来实在觉得没意思，正要转换频道的时候，就见镜头里出现一个像山一样高大的人，被众多年轻的相扑选手护送进场，气场格外强大，我拿遥控器的手就顿了一下。

这个人就是白鹏，圆脸盘，丹凤眼，长了一张典型的蒙古人的面孔。作为高段位的选手，白鹏的出场一般都意味着当天比赛即将结束。既然比赛快完了，你又这么有王霸之气，本姑娘就给你老白一个面子看完吧。

没多久，白鹏上场了，越到最后双方选手的准备活动就越长。等我耐着性子看完他们连续重复几次的“秀气势”运动后，比赛终于开始了。就当我以为又会有一场肉坨之战，只见白鹏这位蒙古兄弟突然使出一连串无敌鸳鸯连环掌，以迅雷不及掩耳盗铃之势直接将对手推出场外，时间花了不到一分钟，比赛结束了！

我拿着打鸡蛋的筷子半天没反应过来，看着电视中的他一脸淡定地拿起战利品飘然而去，心里狂吼：老白，你要不要这么快！

从此我开始关注白鹏，也逐渐开始重新看待相扑这项运动。我发现，相扑其实是一个很有意思的运动，不仅仅是力量的对抗，也是技术和经验的对抗。双方对战时，不是单单靠肉搏那么简单，你可以挤压，可以推搡，可以摔扔，甚至可以来点小绊子。我喜欢白鹏就是因为他是一个智慧型选手，除了靠压倒性的优势震慑对方，有时也会用一点出人意料的小技巧。有一次他在比赛中遇到了跟他可以抗衡的力量型选手，双方正胶着时，只见白童鞋突然伸出手攻击对方的小腿，对手显然没想到他还有这一招，一下子摔倒在地，现场一片惊呼。白童鞋就这么四两拨千斤地赢得了比赛。

其实我喜欢白鹏，不仅仅是因为他技术过人，更敬佩他的沉着冷静。任何一种比赛，包括相扑，都不仅是力量与智慧的抗衡，也是对心态的考验；平时训练以一顶百，到了赛场就紧张筛糠，浑身的武艺使不出来，跟菜鸟也没啥区别。心态这东西跟经验有很大关系，而白鹏，绝对是一个身经百战的老练选手，所以面对任何对手、任何情况，都是不动如山。我敬佩他是因为他跟后辈鹤竜的巅峰之战。作为一个同样来自蒙古的后起之秀，鹤竜的表现着实令人惊叹，无论是力量还是技术都是可圈可点。在那一场比赛中，他的积分仅次于第一名白鹏，而他和白鹏的冠军争夺战也是分外引人注目（本是同根生，相煎何太急啊）。面对这名实力不容小觑的小同乡，白鹏也许还不太适应，在一番挣扎后还是输掉了比赛，双方比分相同，要再来一场定胜负。我坐在电视旁不由替老白捏了一把汗，这样关键的时刻吃了败绩，是很容易产生情绪波动的，而且只有很短的休息时间，一般人很难在这么短时间内平复心情。但白鹏不是一般人，就见他简单调整后再次披甲上阵，比赛一开始就骤然冲向对方，而鹤竜也不是吃素的，咬紧牙根也是毫不相让。双方你推我挤来来回回数十回合，观众的心也被他们提到了嗓子眼。白鹏好几次都被推到场地边缘，险些出局，面对后辈的猛烈进攻，白鹏体现了一个老将的优秀素质，沉着应对，拼尽全力防守，瞄准空隙攻击，用体力和耐力上演了一场漂亮的攻坚战，硬生生将小同乡从通往冠军的道路上推了出去，保住了连胜战绩。在白鹏获胜的那一瞬间，全场一片沸腾，我虽然不在现场，也不禁为他鼓掌：干得漂亮！横纲白鹏！

以后只要条件允许，我每周都要看一次相扑直播，越看越觉得这些以吨位来计算的大胖子其实蛮可爱的。萨苏老师曾在书中说日本的妹子只要看到这些大胖纸，再剽悍的妹陀都会温柔如水。我虽然到目前为止都没见过这番景象，但是有一点我知道：这些人气相扑选手的老婆个顶个地漂亮。但凡事都是有得有失，冠军的头衔给这些重量级运动员带来了荣誉、金钱、美娇娘，但也不可避免地损坏了他们的健康。为了维持体重，他们每天进食的饭量惊人。超人童鞋打工时就碰到这么一档子事，前台告诉他有人叫了二十碗米饭，正在后厨忙乎的他以为前厅服务员脑子进水搞错了，摘了工作帽就要冲到前面骂人，结果到了一看，连忙把话咽了回去：叫米饭的是两个相扑运动员。当运动员时必须要有令人惊悚的饭量，退役后肯定不会这么吃了，但张弛幅度过大，对于身体来讲能不能适应，也是很多医学人士怀疑的。所以我很佩服那些离职投身于该事业的巾帼英雄们，你们对自己太狠了！

话题有点远，咱们回到我们留学生的课余娱乐生活，说到哪里了？啊，篮球。

但是篮球毕竟属于雄性活动，论起能一起参加的娱乐，刚开始是聚餐和唱K为主。聚餐就是大家一起吃饭，有时候是中华料理，这个虽然勉强能合咱们的口味，但价钱稍高。后来又觉得回转寿司不错——虽然真正喜欢吃寿司的人都不会选择它，因为觉得它不是最新鲜的——价格不贵，像我这个饭量吃饱的话也就合人民币七十块钱左右（大概十盘），比在国内吃肯德基合适，但总觉得不够热闹，而且大小伙子只吃鱼类、水产实在不过瘾，就这样，烤肉成了我们的主打项目。这里插一下话，据说日本人在寿司店平均能吃五到六盘，多一点能吃到八盘，除了因为饭量小之外，还因为他们在寿司店不止吃寿司，还喝汤，甚至吃拉面，话说你在寿司店吃这玩意儿到底是为嘛？费解。

日本烤肉还是以韩式风为主，虽然我对棒子的文化和料理都不怎么感兴趣（那些棒子电视剧造就了多少脑残粉啊！造孽），但是对日本的韩式烤肉印象还是不错的，甜口，不辣，很对我的口味。日本烤肉价位不一（有的店网上会有优惠券下载，价格能便宜一些），如果是“食べ放題”，就是一定时间内随便吃那种，见过最贵的是三千多日元一位，便宜的一千左右。还是那句话，一分钱一分货，贵的肉质鲜嫩肥厚，种类多、菜品全；便宜的就稍逊一筹了。不论价位如何，我们对烤肉的态度都是很持久的热忱，把肉下锅等待它变颜色的时候，我们眼睛都是绿的。一旦有人说：好了！那就是一眨眼的工夫，一盘肉没了，慢一点都只能看着残留着肉汁的铁丝网内牛满面。跟他们，尤其是跟老爷们儿吃饭，我就不由自主地回忆起《老友记》里的场景：

Rachel说Rose：“你吃饭的时候简直就像猪一样！”

Rose：“妹子你搞搞清楚，我以前跟Monica（Rose的妹妹，年少时曾是餐桌推土机）吃饭，慢一点儿就没东西吃！”

跟这些人吃饭想要讲文明，摆淑女范，就是两个字：找虐。去你的细嚼慢咽，去你的文质彬彬，一个字：抢！什么？你说如果这么吃法可能会把饭钱吃回来？嘿嘿，告诉你，没这么简单。据曾经在烤肉店打工的窗帘（挺秀气一个江南美眉，就是因为一条百褶裙被熊熊叫作窗帘，哭）介绍，这里面都是有猫腻的。如果你点了食べ放题，你最好在前几次就把想吃的全点齐了，别怕多。因为第一次上菜他会很快，以后就逐渐拉开时间差，到最后就非常慢，等时间差不多了，别人提示，“这是最后一次点菜了”，没经验的恐怕那个时候都不知道自己吃啥了。所以，如果想要复制国内“农民工吃哭自助餐店老板”的神话，那几乎是不可能的，店家才没那么笨呢。

后来我们发现，其实我们自己也可以搞BBQ，热闹还合算，从超市买大盒肉、大瓶饮料和调味汁，吃吃喝喝加在一起，每个人两千块左右。大夏天的，把借的炉子在外面一支，菜大概洗一洗切几下，牛油往铁丝网那么一擦，两个字：搞起！但就是要做好防蚊措施，小心小心再小心。而且室外BBQ只能天气暖和时做，冬季还是乖乖找烤肉店打牙祭吧。

除了聚餐之外，另外一个保留项目就是去KTV消耗卡路里。在日本唱K其实很便宜，如果有学生证就更便宜，有的时候赶上会员日半价，你可以马上加入后立即使用会员资格享受半价优惠。饮品随便喝，如果你能熬夜，可以去唱晚上的Freetime，你可以从晚九点唱到第二天早上四五点，那个价格绝对不是一般的便宜啊，性价比超高。所以我们经常去那里鬼哭狼嚎。刚开始有些紧张，后来大家就渐渐放开了，一首接着一首轮流亮嗓，挑的歌也是越来越奇葩，《哆啦A梦》主题曲都不算什么了，因为中国人越来越多，KTV点唱机里面也有专门的中文歌曲列表，歌儿还很全，很老的歌都能找到，什么《千年等一回》啊，什么《开封有个包青天》啊，甚至还有《走进新时代》。有一次大家去唱歌，因为人多分了两个包间，我那屋一哥们儿很豪迈地点了一首《东北人都是活雷锋》，我二话不说跑到那屋把熊熊揪出来了。等他莫名其妙地跟我进来，听到雪村那百转千回的“俺们介疙瘩都四东北银银银”的时候，当时就趴墙上了，最后一咬牙，夺过麦克风，悲愤地号了一声：“翠花，上酸菜!”之后，落荒而逃，临走时候留下这么一句：再也不上你们这屋了！坑爹的货！

在唱歌这方面，留学生里面高手如云，百合那嗓子绝对不是盖的，白白也是以一敌百，刚认识的时候一首《我是一只小小鸟》艳惊四座——也就是这次，这祖宗和小百合那货在那里唱《雪之华》飙高音，我被夹在她们中间苦不堪言。熊熊也不错，什么歌都能唱。最专业的应该是大嘴师兄，据说还是参加过比赛的，音准唱功都很厉害。有唱得好的，就有唱得不好的，比如说有的人一年四季就唱那几首，三板斧翻过去倒过来地用乐此不疲；有的人是麦霸，虽然唱得不怎么样，但麦克风落到他手里就别想再往回要；有的人是彻彻底底五音不全，如果不看歌词还以为唱的是一首新歌，但唱的人还不自觉，在前面自我陶醉特嗨地弹着空气吉他，我们都给他跪了。但大家聚在一起就是逗乐，又不是去选秀，至于那么较真吗？开心就行。记得那个时候《中国好声音》引起收视狂潮，我们也凑趣录了一次“K大好声音”，一群人一人一句唱《北京欢迎你》，根本就不在一个调上；最后以一首黄龄的《high歌》做结尾，来了一次小高潮，大家都很哈皮。

但是我对唱K或多或少有些心理阴影，原因是有一次因为这个把大嘴师兄得罪了。

那还是我在准备第二轮院生考试的时候，虽然一直在学习，但有时候也需要劳逸结合。所以有一天就跟熊熊说：周几组织一次唱K吧。熊熊一看日子：成。结果很不巧，大嘴师兄因为来年开春就毕业了，想在走之前多组织几次活动，也定在那天去唱K。我一想不行啊，我有约了，就跟师兄抱歉，说那天去不了。但是我撒了谎，我没有说跟别人有约，只说有事。因为我是这么想的：一边是研究室活动，一边是私人活动，我为了私人活动舍弃研究室，那句话怎么说的——你还有没有组织性和纪律性啊！所以就没说，但我没想到这是给自己挖了一个坑。等到那天的时候，我特么竟然感冒了！嗓子疼，说话都有些困难，研究室前辈看我如此虚弱，也就让我回去早点休息。回去的路上，我给熊熊打电话。

“熊熊。”

“干吗?”

“我感冒了，咳咳。”我说，“今天我去不了了，你们好好玩。”

“……不行。”

“嗄?”

后来我才知道，熊熊他为了组织这次活动把打工给推了，都是留学生，知道这一次他要损失多少，不去实在过意不去。

“但我这嗓子，也唱不了啊。”我弱弱地说。

“唱唱就好了，实在不行那就喝水!”

硬生生把那句“那多浪费”给咽了下去，我灰溜溜去跟他们会合。看到了熊熊，还有一个湖南妹子，小湘。

小湘跟白白一样，89年的，虽然是中国姑娘，但长相却是标准的日系美女，我第一次见到她还以为是个岛国MM。但后来接触多了，才知道这个丫头有着跟可爱的外表完全不相符的强悍性格——也难怪为什么白白对她“一见钟情”，也难怪这两个人为什么一喝酒到最后都成了两摊泥，酒逢知己千杯少，同类嘛。性格好，很有正义感，曾经为了好友痛骂对方男友的记录；爱吃辣，是个地地道道辣妹子；做得一手好菜；据说曾经是游泳健将；能力很强，她是找工作找得比较晚的，却是最快拿到内定的；日语说得就像母语一样流利。我第一次跟她接触是一起去坐电车，简单聊了几句。后来熊熊在电话里说：“小湘想认识你。”

“哦？是吗。”

“她说你气场强大。”

“嗄？我没做什么啊。”

“正因为你没做什么，她认为你酷，不说废话。”

“……”她很快就会知道自己这个判断多滑稽。

那天就我们三个人去唱K，我随口说了一句：“我们研究室的人也要去唱歌，去车站那边那一家。”

熊熊顿了一下；“那儿贵啊，去那儿干吗啊？”

我耸耸肩。

开了一个包间，我们仨润润嗓子就开始唱。也是怪事，嗓子真的当时好了很多，也不难受了，不知道是不是心情作用。其间小湘挑战高难度歌曲《鸟之歌》成功（熊熊说她应该把晚饭菜单记下裱起来），我还和小湘合唱《小酒窝》，一切都很美好。

一切都很美好，直到小湘从洗手间回来跟我说：“你师兄说，他和法学研究科其他人在旁边那个包间等你。”

纳尼？！

“他不是去那家吗？！”我凌乱了。

熊熊同情地看着我：“我都说他们不太可能去那家，这儿便宜。”

这可怎么办啊！我快哭了。

就在我咬着手指想对策的时候，门口出现一张脸让我觉得立马回到东北的三九天：大嘴师兄！

就见他笑呵呵地走进来，跟熊熊他们简单寒暄两句，把手向我这儿一指，目标非常明确：“我借她用一下。”然后不由分说非常土匪地把我拽了出来，又毫不客气把我推进旁边的包间，一抬头，研究科的前辈们虎视眈眈。

妈妈！救命啊！

原来前辈们原本打算去另外一家，结果发现价格涨了，就转了方向，跟我们选择了同一家KTV。后来出来打饮料的大嘴师兄碰到了刚从洗手间出来的小湘，作为“很多人都知道她，但她不知道很多人”的风云人物，因为认识小湘的男朋友阿城，就打了招呼。熊熊知道我怎么回事，但小湘不知道，一下说出：“那个谁谁谁跟我们在一起。”

大嘴师兄：“……”很好！丫头你有种！

就算不在现场，我也能想象大嘴师兄当时的脸色肯定不是一般的好看。

低头承认错误，小媳妇状接受众前辈的批评。后来盖世英雄熊熊出现，解释加插科打诨拉我脱离苦海，我就这么逃出生天。前辈们大人有大量，也没把我怎么着。而我因为这件事被熊熊嘲笑了很久，也有了心理阴影。对于这件事，我的感受就是，我好不容易挖了一个坑，结果发现自己躺进去正合适。

当然如果娱乐活动就只这样的话未免太单调，有时候也会去打打保龄球啥的，很多元化。但是这些都是需要花钱的，有没有那种不需要花费太多银子也能其乐融融的东东涅？别说，还真有。

第一次听说《三国杀》，还是在群里听那些雄性生物胡侃，我一开始并没有多少兴趣，以为跟红警那些网游没什么区别。直到有一天，刚巧那时我回国抚慰心理创伤，熊熊在QQ上呼叫。

“干吗？”心情不好，烦着呢。

“你给我带点东西呗。”没眼色的某头熊。

“啥？”

“《三国杀》的卡牌。淘宝上就有，我要那个收藏版。”

既然是朋友的请求，又不是多大的事，就帮他买了。结果买回来一看，花擦！好大一堆！气急败坏在网上把那头找麻烦的熊拖了出来。

“你害死我了！那么大，装箱麻烦死了！”怒发冲冠的我。

“嘿嘿，对不住哈。辛苦一趟，我教你怎么玩。”嬉皮笑脸的熊。

“真的？”疑惑的我。

“绝对教会你！”斩钉截铁的熊。

好吧，技多不压身（这是这么用的吗），把它学会了也可以拉近一下跟同学们的距离。给他带过去吧，不好玩我就拿平底锅PIA飞他！

带回去没多久，某天熊熊发短信：今天下午《三国杀》教学，来不？

来！

后来经过学习才知道，这东西跟扑克有一些像，但又加上了角色扮演这一特征，玩家根据抽签决定自己的角色，再根据角色的特征挑一个能跟主公所挑选的人物配合，或者是能把对方打在地上唱《征服》的将领。除了主公的身份是公开的，其他身份都是秘密的，每个人要根据他人的攻击对象和手段来判断敌我关系。有些人喜欢披着另一方的外衣玩潜伏，但这个需要技巧，玩得好就能狠咬对方一口，玩得不好就会被群殴，最后死不瞑目。据我所知目前玩潜伏玩得最好的是小湘男友阿城，演技堪称影帝水平，不少人甚至小湘都吃了很多次暗亏，奖品肯定是被家暴，让我们很解气。总而言之，这个游戏很费脑子，不仅要会算牌还要会推理，甚至还要去学学表演。玩，很容易；但要玩得好，真是不容易。记得第一次玩的时候，我用了一个蔡文姬配上诸葛连弩把小湘杀得欲哭无泪，觉得也蛮简单的嘛。后来发现干脆不是那么回事，因为智商有限，脑子不够用，出牌的时候屡屡犯二，屡屡拖队友后腿，也屡屡被熊熊咆哮。但是我是真喜欢这个游戏，不仅练脑力，还能学到东西，比如说步练师、张春华、于吉等人物，三国中就是跑龙套的人物，如果不仔细看就错过去了；但因为《三国杀》这个游戏，我又重新认识了他们，知道了他们的人生原来很精彩，知道了他们的存在推动了三国鼎立，推动了天下归晋，真是很长见识。但从游戏来讲，我最喜欢蔡文姬了，这货就是“你让我死你也别想活”的典型啊，太对我胃口了！

一切都很美好，如果某头熊不那么聒噪就更好了。

我虽然喜欢，但是打得真的很烂，经常犯二让队友无语问苍天；但是！就算我在你们眼里根本就没什么女性特质也是个地道的女人，你嘴下留点德会死吗?！表情那么明显，反应那么激烈，每次都让我十二万分紧张，脸一红心一紧，手足无措，抖抖索索根本不知道下一步该怎么打了，然后越打越烂最后一败涂地。下棋不语真君子，打牌也一样有木有！害人不浅啊！

算了，谁让我打得确实不好给你们添麻烦呢？谁让我心理素质不过硬脸皮不够厚呢？谁让网络《三国杀》不如大家聚在一起有氛围呢？谁让我喜欢跟大家在一起的感觉呢？所以依然是高高兴兴来玩，然后被刺得体无完肤。做人嘛，要阿Q一点的，大不了面上听着心里将你千刀万剐后，肉片蘸上调料放在火上烤，骨头碾碎了拌饭里补钙嘛，有什么大不了的嘛，多和谐啊。而且也正因为它，大家的关系才更好，而且又认识了新朋友，受益多多。虽然后来《狼人》（升级版杀人游戏）又在我们之间兴起，但是我还是最喜欢那个杀杀闪闪红桃满桌飞的游戏。

第十六章

服务生也要做报告?!

“失礼致します。お茶でございます。（请喝茶）”

“あ、どうも。（谢谢）”

将茶杯放到一个教授手边，我看了一下在座的各位老师，向那边的白白示意一切都OK。今天是K大商法学会的日子，我们几个新晋修士要担负起会场侍应生的职责。

身为关西地区的一流商法学府，K大每个月会举行一次商法学会，与会的除了K大的三大教授之外，还有其他大学的各个教授，有一些老师甚至提着行李乘坐新干线来参加。每次会议分为两个部分，每部分都有一名与会者做研究报告，其他与会者进行讨论和提问，报告加提问的时间大致在一个小时左右，会议时间合计约两个半小时。作为K大商法三巨头的学生，K大商法院生成了仅有的以学生身份参加会议的人员。能够见识到教授级别的人物对某个法律问题的探讨，接触更系统、更全面的法律研究思维，对于学生来讲是难得的。不过天下没有白吃的午餐，要参加会议，除了要缴纳年费之外（象征性地收一下而已），K大的院生们要负责为与会人员端茶送水和中间休息时间的点心分发。以前这项工作一直是由大嘴师兄他们来做，因为他们毕业了，为了传承有序，K教授嘱咐大嘴师兄把这项工作交代给我们几个后辈。因此大嘴师兄就特意在某一天把我叫到学校，领到他们平时开会的地方，详细向我介绍具体的流程。作为兼职侍应生，我们要提前大约半个小时到达会场，在那之前去楼下的资料室取电热水壶和茶具。因为K大举行这种学会比较多，所以资料室工作人员会早早就把热水烧好，我们直接拎着就可以走，不用先烧。茶水都是在会场先泡，茶叶什么的都是事先准备好的，具体准备者是谁忘了，反正大嘴师兄毕业时将它们一股脑儿交给了我，直到我毕业那桶茶还剩了一半。茶叶是日本煎茶，中间大嘴师兄还托拜拜友情赞助了一盒铁观音，考虑到各位教授的口味，我们泡的茶主要还是煎茶，但有时也会拿中国味道来做调剂。泡茶的时候不是把开水直接往茶叶上浇，要把茶叶先放在准备好的茶袋里包好后才可以冲泡，这样就可以避免倒茶时连同茶叶梗也一起倒出来，客人喝茶时也很方便。

据说日本泡茶还有一个讲究，不知道中国茶道是不是也一样，就是如果要倒很多杯的时候，不是一杯倒满后再倒另一杯，而是每杯都先倒等量少部分，然后再依次倒一些，来回几轮过后，倒满每一杯茶，这样可以保证茶水的味道和颜色尽可能一致。不知道这是不是这里的规矩，但我看很多日本人倒茶都是这么做，也就是岛国人民会考虑得这么细致吧，如同超市里的黄油会在上面标号刻度方便切割，我第一次打工时的老板会根据客人是否是左撇子摆放餐具。但什么都有个具体问题具体分析，比如调整餐具位置必须是熟客或者是规模比较小的店面，大型餐馆不可能一一照顾；倒茶方式也一样，私以为这种方法只适合普通饮茶，你拿皇城根下倒大碗茶试试？如同《骆驼祥子》里描写的那样，两大碗茶下肚，喝的就是一个解渴痛快，谁有那个北京时间等你在那儿绣花？或者去倒福建的工夫茶，茶盅就那么大点儿，你还让它走好几个来回……

茶倒好后，就可以给老师端上去了，茶杯要放在教授们的右手边，当然如果人家正以这个方向跟他人交流，自然要放在左边。倒茶分为两次，一次在会前，一次是中间休息续水，所以我们要注意水壶中的开水余量，如果不够要及时去资料室填满。水壶电源线千万不能忘，否则不能在会场烧水，有一次我就忘了，结果只能在学会途中特意再跑一趟。中间休息时，除了茶杯续水还有点心分发，每次学会都会由固定人员准备点心，有时其他教授也会带点心来与大家分享，身为学生的我们对于这样的事是非常期待的，因为参加会议的人就那么多，点心越多，剩得也就越多，能被我们拿走的也就越多（嘿嘿）。当然也不是无限制的，如果剩的委实多了一些，会请留在最后的老师带走几个，一般都会每人带走一个意思一下。那次有一个教授，不知道是饿了还是那次的点心格外对他的胃口，大巴掌一抓带走一半，留下我们面面相觑，只能苦笑这真是个实诚人啊。

工作流程听着挺简单，但刚开始的时候还是未免手忙脚乱，好在很快就适应了，除了一点：资料室要求要在下午五点之前归还茶具，但我们每次都超时。后来为了不听他们抱怨，有人建议干脆就在超市买大瓶装绿茶算了，后来也确实这么做了。我对此是有一点保留意见的，夏天无所谓，冬天喝那个的话对于上年纪的人来说有些凉了，冬天还是热乎乎的比较好。但如果要喝热茶当时只有两条路，一、按时归还茶具，但那是不可能的，茶杯还在老师手里，也不能开会的时候跟人家说：不好意思老师你把茶喝干净茶杯我收走；二、提前把瓶装茶烧开，学校没那设备……

那个，教授们，一个月喝一次凉茶也挺好的哈，而且我们都提前在研究室缓了很久的哦。

开会的时候，除了做报告的人员坐在主位，主持学会的一位帅哥教授之外和K大的三巨头坐在前面，尤其是K教授，那必须是最接近主位的位置，而且他老人家的位置是被默认固定的，其他教授的位子可以更换，但是他老人家的位子就算是空着也无人敢坐。集体讨论的时候，很多老师在谈完自己的意见之后都会恭恭敬敬问一句：“K教授，您怎么看？”然后就看这位大神一脸沉思状：“啊，这个问题如何如何。”

一般来说，在学会上做报告的人都是教授或者是讲师，我曾经问过大嘴师兄，学生会不会也上去做报告？大嘴师兄斩钉截铁地说：博士会，修士不会。闻得此言，我悬着的心立刻放了下来。但无数惨痛的事实和电视剧里数不清的狗血桥段告诉我们：放心太早的一般都没什么好结果。“从来都不由修士做报告”的先例在我们那一届被打破了。

我到现在都记得当教授笑眯眯地跟我们说要由我们在学会做报告时，我那种想要提着菜刀带着调味料跨洋过海将某大嘴千刀万剐做成叉烧包的心情。

你骗我!!!

其实难度不是很大，相对于教授们的案例具体分析，修士们的任务只是把年度同种类型的案例进行归纳，并对每个案例给予简单的总结。但由于我过度紧张，在我做报告时还是不太顺利，先是听错了一个问题，而后被指出有一个案例归类错误。当时我面红耳赤，真想当隐形人，至于当时指导教授的脸色我是看都没敢看的。

其实教授们对我算是网开一面了，如果做报告的不是学生，基本都被狂虐，用东北话讲：那真是不惯菜啊。但是也有例外，主场教授，即K大的教授做报告时，大家都会温柔一些；而如果是K教授做报告，呵呵，除了几个胆子大的，基本上只有听的份儿。一鸟入林，百鸟压音，BOSS开口了，尔等敢有意见？更要命的是在座教授有几个还是他的学生，除了提几个不痛不痒的问题，也就剩下点头和点赞的“两点”运动了。

第十七章

一人生活，苦乐参半

既然本文叙述的是我在日本三年半的学习生活，那学习说完了，自然要说说生活。

在便利店交完水电煤气费后，我决定去车站附近的超市买点东西。要说日本的便利店真心不错，上日语课时很多留学生都说过这个问题。不仅可以买食物和日用品（就是稍微贵一点），可以复印文件，交付水电费用，还备有ATM机可以取款。最最无敌的是，几乎每家便利店都设有公共卫生间，方便游人和顾客使用。现在什么都要多元化，便利店也要与时俱进，这也正好符合了《论语》里面“君子不器”那句话——什么都不能只拘泥于一种形式啊。

在超市转了几分钟，盯着货架上的一提suntory啤酒，我决定把它拎回家。

虽然已经搬出去了，但每半个月我还是回姬路看舅舅一次，好久没回来，有点不太好意思空着手。除此之外还要买一些菜，回去做饭。

日本很少有类似中国的早市，菜市场也极少见到，大部分都是水产。就算是有，也没有像我在中国经常看到的在地上大面积地摊开，或者是一台农用车上满满当当都是果菜，所以日本人买菜都会去超市，明码标价，想练习砍价技巧的都趁早歇了吧。但是产品质量有保证，不会担心比如说肉鸡来历不明之类的问题，新鲜度很高。并且日本还有另外一种超市叫业务超市，面向的是饭店和饮食类经营者，在这个超市里价格相对比普通超市更便宜一些。肉类大盒装比较多，水产绝大多数是冷冻产品，新鲜度不如一般超市那么高，但价格便宜，超市里几块鱼的价格在这里恐怕能买一大袋，深受留学生的喜爱。我就经常在离车站不远的业务超市里买大盒肉和速冻饺子，很实惠。但这一点对于热衷于食品新鲜度的日本人来说，就可能会有那么一点儿不舒服，我曾经就因为这个问题和舅舅有过一点小争论。在中国生活了二十余年，见惯了爸妈在早市大包买菜的我，认为实惠是王道；而在日本生活了二十年的他认为新鲜更重要，他说我因为便宜而买回一堆的行为没有什么道理可言。

“现在正好便宜，谁知道它明天涨不涨价？而且这次多买一点，下次就不用出去了嘛？”我反驳。

“先不说明天涨不涨价的问题，你买这么多回来不可能一天吃完吧，除非连续两天都做同样的菜，做不完就得放冰箱里。蔬菜还好说，肉的话放久了就会变硬，口感极差。而且你放冰箱里它的耗电量也不小，所消耗的电费也抵了所谓的差价了。”舅舅说。

冰箱那么大，就算什么也不放耗电量也摆在那里，难道你能没东西的时候就把电源拔了，有东西的时候再安上？我心里嘀咕。但为了避免战争扩大，我选择按照他老人家所说的方式走。而自己生活时，还是按以前的方法，便宜的话多买一点，大不了吃的时候早点拿出来自然解冻嘛。

其实在我看来，日本人对食物的新鲜度也没有那么严苛了，可以说是稍微放松了一眯眯。我在留学后期因为比较忙，很少在家里做饭，就盯上了车站附近的大超市：那里每到晚上九点左右，所有便当（盒饭）还有熟食一律半价。自从发现了这一点后，我就经常趁着每周在那附近教中文的机会狂扫半价食物，目标主要是盒饭、饭团和面包，运气好的话会有没有卖掉的肉菜，比如炸鸡什么的（几率很低），一买就是一周的量（午饭加晚饭），虽然新鲜度差了一点（米饭在冰箱放久了会变硬），但我从来不计较这个，而且省钱又省时。有一次我突然发现，除了我们这些在日留学生之外，当地人对这些半价也是虎视眈眈，经常会有一群人，多半是上班族，每到这个时间段，就在放盒饭和饭团的区域转圈，聪明一点的（比如我）就会提前一点儿到（但不要太早，那样太屌丝），先把自己看中的放在购物篮里，然后就开始在周边打转，余光时刻不离盒饭区。只要拿着半价小红标签的工作人员一出现，就看一群人如潮水一般围了上去，让工作人员给手里或篮子里的食物贴标签，工作人员也是毫无怨言，一个一个地贴上半价标，但估计心里是既恼火又无奈吧。

在日本生活，最想吃的有两样，一个是羊肉，一个是排骨。但日本的超市里几乎看不到羊肉，因为日本人讨厌它的味道（毛病真多），想吃的话只能去中国料理，而且必须去东北料理才能吃得到（而且不便宜）。排骨贵得要死，要是像在中国一样高兴了拎几斤回去那是真舍不得，而且都是那种小小的盒子，一点儿都不过瘾，看得我真想唱《太委屈》。但是如果是过节前，比如说圣诞新年盂兰盆，超市里面就会有大盒的排骨和大盒鸡腿，所以每到那个时候你们都能看到我眼睛发绿地抢肉。但因为它们都很贵，所以我要一个人生活的时候，最常买的两种食物，一个是香蕉，一个是鸡肉，这两种是同类别产品中最便宜的（曾有一段时间天天做鸡肉把舅舅给吃吐了）。记得十三岁那年跟着外婆来看舅舅，舅舅问我喜欢吃什么，我毫不犹豫回答：肉！

哦，舅舅问，什么肉啊？

我想想：鸡肉！妈妈做的炸鸡肉可好吃了！

不喜欢蔬菜？

不喜欢。看见外婆在瞪我，连忙补充，但也吃。

水果呢？

香蕉。其实喜欢的水果很多，那个时候第一个跳出来的就是香蕉。

哦，舅舅莞尔，不错，都是最便宜的。

我：……

那边有人说了：你总吃一样的东西不腻吗？没关系，身为临海国家，水产海鲜相对国内来讲要便宜得多。如果你对海鲜过敏，也没问题，日本即使再小也不可能只有龙王爷的手下可以吃。如果想经济又实惠，看看货架上那些标明了日本本国生产的，你就直接——跳过，换其他国家生产的，比如美国，比如中国。发达国家都会有这样的想法：哪里都不如自己家产的好。日本也一样，尤其日本是个有洁癖的国家，在这方面更是如此。比如说同样都是鸡腿肉，巴西产要比日本产便宜三分之一；同样都是牛排，面积是日本产两倍的美国牛排是日本牛排的三分之一；同样都是西瓜，美国产个头硕大，一个不到六百日元，日本产体积是它的二分之一，价格一千三百日元，在我看来除了日本产瓜瓤颜色更鲜艳之外口感没什么区别；同样大小的鳗鱼，中国产是日本产的二分之一。有一次我想做烧茄子，需要蒜，就给舅舅打电话麻烦他带一头回来，我又从超市买了六根茄子，一根三十五日元。晚上舅舅带回来一头蒜，问我：

“你那茄子多少钱？”

“二百一。”

“哦，”他很淡定地说，“我这一头蒜赶得上你那六根茄子。”

我吐血数斗，第二天奔到超市，发现他老人家买的是日本蒜，同样的价格，中国蒜我买一兜！但人家日本蒜也有贵的原因：无蒜臭味。

尼玛，怪不得我前一天晚上切了半头才勉强出个蒜香味，中国蒜几瓣就够了，败家啊！

在我看来，只要不是过期腐烂食品，说句不好听的，最后结果都是一样的，讲究那么多干吗？这也许就是两国的不同吧。

回家，做饭。

一边择菜一边看电视。其实日本的电视节目还是很丰富的，无论是科学养生讲座还是纯娱乐搞笑应有尽有，但你说要挑一个类似

《中国好声音》《我是歌手》这样的引起全民疯狂的节目，除了AKB48海选之外还真没有，反正我是没见过——话说我对AKB48真的没什么兴趣，觉得她们唯一的优点就是人多，能掩盖一些唱功上的不足；好吧，还有年轻，胜在青春靓丽，满足了宅男们的心理需求。除此之外也就真的没什么可圈可点的地方了。小伪非常喜欢她们，认为她们够努力，我真想吐槽：想混娱乐圈的哪个不努力？都是吃青春饭的有木有！当然努力也分很多方向，这个就只可意会不可言传了，据说日本的某个老牌少女组合就曾经被报道有成员做援交，对此我想说，天空飘来几个字儿，那都不算事儿。

作为一个在某些方面比较开放的国家，在综艺节目里也有体现，除了色情明星和酒吧陪酒女郎可以堂而皇之地与其他明星谈笑风生，异装癖和同性恋者也不在少数（某著名化妆品牌的某一系列产品就请一个生理为男心理为女的异装癖者来做代言，不过你确定这个真的没问题吗？不过他穿得多么妖娆肤质也是男性吧）。刚开始看到这个确实有点惊讶，但作为一个敢在电视上抨击执政党的决策有多么愚蠢的国家，这也真的不值得大惊小怪。

说到这里有人可能会好奇，日本的新闻里面都会播什么内容呢？作为政府和国家的喉舌，对自己家的问题报喜不报忧或是挑拣报道，对别人家的事儿则是放大报道，因此在日本电视上看到报道中国食品安全等问题时我一点儿都不觉得生气，因为哪儿都一样。我比较喜欢看电视直播日本内阁开议会，那真叫一个热闹！甭管发言的是谁，哪怕是堂堂首相，旁人只要有不同意见就可以当场对其质疑，不用管他说没说完，简直就是菜市场啊，除了内容比较高大上，议员们吵架的水平段位比大妈们也高不了多少。看着这群平时衣冠楚楚的精英们在上面捋胳膊挽袖子争执得面红脖子粗，真是太欢乐了。

记得一次讨论课上，大家讨论到民主和人权，有一本国同胞，大肆抨击自己的祖国，左一个不“民主”，右一个没“人权”，中间还夹杂着“言论不自由”等等，我看了他一眼，火从心头起。没错，中国目前还有许多问题等待完善，但当着别国人的面侮辱自己的国家你觉得很勇敢吗？在国内，我们只是公民；在国外，我们就代表着中国！冷眼看着这个跳梁小丑演完之后，我举起了手：老师，我有不同意见。

虽然日语一般，但我尽可能表达了我的意思：民主，是一个好东西，但过度追求民主极有可能导致多数人暴政。中国是个大国，不仅幅员辽阔而且人口众多，更是个典型多民族国家，情况复杂，如果事事都要所谓的“民主”，那就什么都做不成，每天都在为一些鸡毛蒜皮的小事做无谓的争论，请问意义何在？跟民主一样，自由也不是随便滥用的，网络环境的复杂化使我们无法判断哪一个是真哪一个是假，作为一个心智还未发展成熟的年轻人，不正确或者说有失妥当的信息只能使偏激者更加偏激、阴暗者更加阴暗，这对于社会的稳定发展来讲并不是好事。

好吧，我说得很刻薄，那你认为哪里适合畅谈你的“民主”论呢？美国？那个白人警察肆意枪杀黑人的地方？日本？不要看着竞选的时候又是鞠躬又是问好觉得亲切，曾经有一位有良知的漫画家在自己的作品中描绘了南京大屠杀的惨状，没过几天就被勒令停笔停刊。曾经在日本电视节目中看到有一个中国人（肯定已经加入别国国籍了）大肆贬低中国现状，其用词只能用“危言耸听”来形容。刚开始我并没有把他当回事，就在此时只见镜头一转，只见这个货和我国新疆暴恐案的幕后黑手谈笑风生，下面字幕还显示：×××和国际人权民主人士交流。我差点儿把手中的菜刀扔向电视机：尼玛！跟这幕后黑手还能言笑晏晏，你也不是什么好鸟！如果那些人权民主人士所标榜的“民主”，是让无数无辜群众血流成河的“民主”，是让社会动荡不安的“民主”，是让祖国大好河山分崩离析的“民主”，那所有的炎黄子孙都会让这种“民主”滚蛋！

话题扯远了，咱们继续说日本电视节目，下面我想说的是日本的电视剧。

国内喜欢看日剧的大有人在，人们认为日剧制作精致，剧情新颖，感情细腻，最重要的是剧集不多，除了大河剧五十多集之外，平均十五集左右，甚至还有两三集就完结的，跟裹脚布式的韩剧截然不同，就是国产剧也不如它简洁（最近越来越有向韩剧靠拢的趋势了）。不过日本的电视剧制作更新要非常快，量要非常大才行啊，否则就十几集就算一天播一集一周多也演完了。

嘿嘿，如果你这么想，就大错特错了。日本的电视剧是短，但人家可不是一天一集。

那怎么着？一天两集？一周不到就the end了？

一天两集？告诉你，一周一集！实打实不掺水的一周一集！

花擦！中国有时候恨不得全天放啊！

为什么日本电视剧是一周一集？除了制作能更加精致到位之外，私下觉得也许还是为了演员的演艺寿命和增加电视剧的人气程度。

咱们先从后一个说起，比如说同样二十集的电视剧，在国内虽然不可能一天演完，但哪怕上一集结尾留下了一个多么大的悬念，你也能很快知道结果，最晚不超过一天你就知道到底会怎样，当然这中间你要忍受无数的商业广告。但在日本，想看结果？下周见吧您！然后你就看着电视机欲哭无泪，忍受一周的煎熬，在挠了七天墙之后冲到同一位置，以洪荒之力取得了荧光屏之战的胜利，下面的事情就不用我说了吧。一个是顶多两天，一个是七天，各位看官，哪个更吊人胃口，哪个令电视剧收视率更高呢？还有，中国电视剧一天播一集不可能，一天播两集算慢的，一天播三集是王道，所以中国的演员想要红很容易，但要被人遗忘在角落更是分分钟的事：电视剧播的时候，大家都觉得你是焦点；电视剧结束，你的好日子恐怕就要到头了。为了不让这种事情发生，演员们必须玩命地接拍新剧，或者电视台看到你火了之后也会播放由你主演的电视剧，恨不得打开电视机无论哪个台都是你，但结果也许就是：呵呵。剥个栗子，《亮剑》出鞘，谁与争锋？男主角李幼斌老师的作品被电视台接连播出，结果就有一位大娘对李老师吐槽："怎么打开电视就是你啊，没别人了吗？咱能歇歇吗？"

李老师：“……”

但是在日本，因为一部电视剧平均要演近三个月，那演员就会被观众记住近三个月。如果恰巧是大河剧，嘿嘿，中奖了。日本的大河剧都是长篇，题材都是跟历史有关，播出频道是NHK综合，相当于中国的CCTV1，一部电视剧五十集以上，一年大概五十二周，这就意味着你极有可能被大家记住一年！论演艺寿命，后者也许更有利。

但凡事都有例外，有一种是每天都演的：晨间剧。日本晨间剧都是根据小说改编，正式名称叫：连续电视小说。除了周日以外每天早八点播出，很短，十五分钟不到。这个时段也就是人们上学上班之前吃早饭的时间，电视台就抓紧这么一点时间来抬高收视率，不能不说利用得巧啊。这也就是善于在有限的空间施展大作为的国家能干得出来。正如他们能把一件首饰分解成十几样小饰品（御木本镇馆之宝“矢车”）。充分利用每一个资源，是这个民族的特质，这一点值得我们学习。

因为喜欢历史，我个人更喜欢大河剧，尤其是有关平安时代的大河剧。要问为什么喜欢平安时代，也许是因为美丽的和服，也许是如液体翡翠一般的抹茶，也许是因京都就是仿照唐代长安城改建的。如果你有机会去京都一游，你会发现，京都有个地方竟然叫“洛阳”?！对，就是中国那个洛阳，不仅如此，当年这里还有一个地方叫“长安”，后来“长安”不见了，只留“洛阳”。因此日本古人一般说要去京都，都叫做“上洛”。

前前后后去了不下数次京都的我发现：日本的天皇在东京，但他们在东京住的地方却不叫皇宫，而叫“皇居”，京都的这个，才叫“皇宫”。

说到皇宫，肯定就有皇族。日本皇族在日本国民心中还是有相当高地位的，好像自从有明确文献记载开始，日本的天皇制度就一直存在。自从他们口中的神武天皇开始（有无此人待考）至今已有上千年的历史，斗转星移千年时光，统治者就一直是这一家子的子孙，这一点也令日本人颇为自豪。有史料记载宋朝就有日本使节朝见当时我国皇帝，皇帝对此颇为感慨，使者扬扬自得。我那时年纪还小，也觉得很神奇，但后来重温历史的时候才发觉自己上当了。没错，日本天皇一直都是那一家子子子孙孙无穷匮也，但是真正管事的却是走马灯似的换啊！如果把日本比作一个公司，天皇虽然是董事长，但很长时间却是名誉的，真正运营这个公司的实际上是CEO，而CEO经常是你方唱罢我登场。最初是天皇外祖摄政关家，都是公卿世族。后来平清盛这哥们儿一夫当关，不仅坐上了高位，成了天皇的连襟，最后还成了天皇的岳父和外公，权倾朝野，开启了武士临朝的先河。而后他的克星源赖朝更狠，直接定都镰仓，建立幕府政权，武家与京都皇权自此分庭抗礼（话说我对他蛮感兴趣的，还曾去镰仓瞻仰一下他老人家。起因全是因为大河剧《平清盛》冈田将生饰演的镰仓公，虽然还有些稚气未脱，但挡不住人家颜值高啊。而且历史上源赖朝虽不是好人但确实是帅哥一枚，要不怎么流放期间还连续勾搭了两名看守的女儿，其中一个还是比他小了十岁，后来大名鼎鼎尼将军北条政子，实在不能不让人YY啊）。再然后进入战国时代，武将轮番上阵，什么足利，什么织田，什么丰臣，最后狸太公德川老爷子熬死了所有对手，建立了闻名遐迩的德川幕府俯瞰日本列岛，德川家也成为了日本封建时期最后一个CEO世家。而天皇虽然还是那个种，却常年处于架空状态，他们唯一能做的就是眼巴巴地看着本来应该对他俯首称臣的人把自己当空气，自顾自地跟别人打得血肉横飞。有时候也想雄起一把，但也很快就被炮灰，充分展示了“枪杆子里面出政权”这四海皆行的真理。所以说，日本虽然天皇还是那个天皇，但朝代却是不停地变化，归根结底跟中国也没有本质区别。

但日本神奇就神奇在这里：无论CEO怎么不把名誉董事长当回事，无论江户的幕府政权怎么提防京都皇权，甚至都不许来自公家（京都贵族）的正室夫人生下孩子（也有生下的，但肯定活不长）；无论那些武将是怎么苛待那些挂名贵族，也没有一个将军把皇帝剁了自立为王，顶多就是我们吃肉你吃糠。我就不明白了，话说你都做得这么绝了，一个将军府的奶娘都能把天皇逼退位了（这位大姐就是大名鼎鼎的春日局），你再做一步又能怎么着呢？说得不好听的话，就算你是想既当婊子又立牌坊，你这牌坊也太小了，用显微镜看都看不到，那又何必假惺惺非得委委屈屈地当着一个名不副实的“臣”，把心中的“野望”一步到位不更好吗？就算那个时候“男风”盛行，每一代将军和每一代天皇都有着“不能说的秘密”那得是多么狗血多么喷饭多么令人费解啊（因为有些人的长相真的很难用人类的语言形容啊）！等到后来我看到相关的历史书籍，看到日本的时代剧或者大河剧反映的那个时代的场景，我开始明白为什么会有这样的结果。

《平清盛》中有这么一个场景：藤原信赖联合源家武士拘禁了当时的天皇和上皇，夺取了政权。而本来参与其中的几名贵族竟然跑到平清盛那里请求诛杀藤原信赖那一群“反贼”，理由除了藤原信赖每日喝酒享乐不思进取之外，还有就是不想把京都交到这么一群粗鲁武士的手里（后来看书才发现另有隐情）！虽然同样都是武士，但身居高位的平清盛所率领的财力雄厚的平家他们还是可以接受的。很扯淡，是吧？别急，如果你接着往下看就会看到，已经位极人臣的平清盛在掌权期间依然频频受到来自摄政关家的攻击，除了新旧势力和治国理念的冲突，更深层的原因是摄政关家认为：你们不过是一群武士，还妄想治国吗？做好王家的看门狗就够了！

觉得不过是电视剧，可能有夸张成分？好吧，我再举一个例子，有句老话叫：刘姥姥进大观园，形容土包子到城里见世面各种惊诧。日本当时也有差不多的一句话：关东武士上京城。武士在贵族心里什么地位，不言而喻。这一点即使后来源赖朝定都镰仓，德川家定江山时候也没有改变多少。典型例子就是孝明天皇的妹妹和宫公主和德川倒数第二位将军德川家茂的婚事，电视剧说公主妹子是嫌弃京城生活无聊自愿嫁到江户去，其实真实情况是听说江户的求婚，公主妹子花容失色，又要出家又要自杀，死活不嫁。在她眼里，将军？将军又怎样？东边那群人就是粗鲁的代名词！后来小两口伉俪情深是因为人家德川小帅哥对她还真不错。

礼尚往来，京都贵族看不起关东武士家族，关东人也觉得京都那边的人事儿妈，说话怪里怪气，生活奢靡，矫揉造作，无病呻吟，男人只知道吟风弄月一点气概也没有，总而言之是各种不顺眼。双方一见面，表面上一团和气，心里面那张脸的五官则扭成各种诡异的弧度，转化成语言的话就是这样：

京都：一群四肢发达头脑简单的二货，没文化没素质没涵养一点儿也不高大上！

江户：一群骑不了马拉不开弓的废物，靠我们罩着还在那里装13！

但京都贵族明白，在这个世道，出身血统神马的都是浮云，早被武士手里的太刀砍成了渣渣，真正行走天下凭借的只有两件事，一个是钱包鼓不鼓，一个是拳头硬不硬，其他全他娘的是扯淡。关东幕府虽然对他们真的是很不咋的，但有他们在好歹天下安定，否则一个个自立为王，他们连现在的地位都保不住。相对的江户人也不得不承认，日本的文化中心只能是京都，那里传来的歌咏形式、服饰花样都会引起全国风靡，原因简单明了，要论讲究，谁比得上皇族？要论梳妆打扮，谁比艺伎更懂得打理？皇城就不必说了，京都也是艺伎的起源地，现在每年也能吸引无数顾客慕名而来，就为一睹艺伎的风采。这么说吧，京都就是当时日本的时尚之都，相当于法国的巴黎。有关文化素养和审美这方面，江户人真是拍马也赶不上。哪怕是现在，要说见识真正的日本文化，那就要往西走去京都、奈良一带，什么？你觉得东京就是？亲，你敢再俗一点吗？

所以大概就是因此，江户幕府虽然掌握了实权，绝对有把皇城变为自己后花园的能力。但也因为考虑种种因素，而且还因为这种或多或少的自卑感，使得幕府和皇权一直维持着这种微妙的平衡，直到德川家彻底退出历史舞台。说得酸一点，两者就是相爱相杀的关系，而这种关系也让天皇制度一直延续至今。而正是因为历史太悠久了，所以想让它say good bye真的是很不容易。记得前几年天皇因为心脏出了问题住进了医院（大概是心脏吧，我也忘了），全日本人民都在关心这个事情，等到他出院那一天，人们自发夹道欢迎，给他治病的那个医生也受到人们的追捧。

但在我看来，无论是京都也好，江户也罢，其文化的根在很大程度上都来源于中国，之后又融合了本国文化。正因如此，我认为日本在内心对中国是有畏惧感的。日本一年前曾在黄金时段播了一部以首相吉田茂为主人公的电视剧，主演是日本影帝级人物。里面有一场景让我记忆犹新：20世纪50年代，美国派兵攻打朝鲜，日本自然也要摇旗呐喊，双方都不认为中国会参与其中。某天下午，在家休息的吉田茂悠闲地听着音乐享受着午后阳光，秘书的一个电话打破了所有的宁静：

“阁下！中国派兵援助朝鲜了！”

“咣当——”脸色惨白的吉田茂轰然倒地，抽搐不已。

我重申一遍：这是由日本人拍摄的电视剧，因为是人物传记，所以内容属实度应该为百分之九十以上。那个时候中国刚刚结束战乱，生产水平与经济实力还很落后，却已经在吉田茂为首的日本高层人物心目中具有如此的威力；更别说现今已跃居亚洲强国，更更别说当时国力综合指数位列第一的盛唐时期，那个时候日本接连不断地往咱们这里派遣留学生学习中国文化，以至于他们到现在都不敢追溯历史，因为往上数几代都是中国的影子。

日本电视剧题材很多，但据我看来，比率最大的是刑侦推理剧，比如说中国观众很熟悉的《神探伽利略》等。我是很喜欢推理剧的，以前在国内很喜欢《重案六组》，我认为这是国内迄今为止最棒的刑侦电视剧。后来到日本，迷上了《相棒》，至今为止已经有十三部，我是每部必追。除此之外更有多如牛毛的刑侦推理电视剧，从这些电视剧中我发现一个非常有趣的特点，与中国刑侦剧不同，在日本电视剧里，抓捕罪犯并不一定非警察不行，神神道道的私家侦探、装深沉的学者、爱窥探别人隐私的普通公司职员、精力过于旺盛的在校学生、有钱任性的富家千金、热心肠的温泉旅馆老板娘，甚至一个家庭主妇都可以抵得上专业刑侦专家，联想起那个永远长不大的万年小学生，有些明白如此装13的小学生还没被人觉得异样的原因了，全民都是如此嘛！

全民侦探啊，这景象着实壮观，但这也反映了日本民族的一个特性：爱管闲事；学名：八卦。

我知道这一点，是因为朋友小湘。

“日本人真的很八卦，你知道吗？”某日，正在上楼梯的小湘突然转过脸来，很严肃地说了这么一句话。

事情是这样的：有一天她去看她男朋友阿城，两人正在休息室聊天的时候，阿城一个研究室的前辈走了进来。

“是个很帅的前辈！”小湘特意强调了一下。

这个很帅的前辈一进屋，看到小湘愣了一下，是不是惊艳我不知道，只知道后来的发展比较诡异。经后辈阿城介绍，帅前辈跟小湘打了招呼后就回去了。结果那一天，平时那个时间很冷清的休息室突然人气爆棚，几乎阿城研究室所有的人都找理由跑到休息室转一圈，一个接一个跟下饺子一样。理由也很简单：都想看看人家的女朋友长什么样。始作俑者毫无疑问就是那个帅前辈。

“你说，那么帅的人，怎么嘴巴就这么大！”小湘一脸悲愤。

我给了她一个同情的微笑。

我也是到日本之后才知这个民族有这个特性。据一个朋友讲，有一天她只是随口跟一个日本朋友说了什么事，结果也就过了一会儿，仅仅是一会儿，她那个研究室的人轮番来到她这儿：“哎，听说那谁谁什么什么了是吗？”

她：“……”你们很闲吗？

而且，貌似日本是全民八卦，不分老幼。电视剧《beginer》就有这么一个场景：在一个由通过司法考试的人组成的研修班里，研修人员之一，一个五十多岁的大叔，正在聚精会神地思考这个班级里面谁和谁能成为恋人，然后又看到身后的另一位大叔，觉得他一脸衰样肯定没人爱。坐在他身旁的一位年轻主妇看穿了他的想法，鄙视他大清早就开始想这些有的没的，结果转过头就同情那个男人满面苦恼肯定是暗恋美女而不得。但是那个男人真正想的是：我这个印章到底要不要去刻一个呢？电视剧可能有一些夸张，但别忘了，艺术源于生活。至少在实际生活中，日本男男女女都有一颗八卦魂。

有的时候觉得日本真的是很矛盾一个民族：你说他严谨吧，男女老少大嘴巴；你说他刻板吧，小酒馆和夜店里面一个比一个疯狂；你说他性开放吧，电视剧干净得连吻戏都很少见；你说他有创造力吧，每年新年红白歌会就那么几个人，就那么几首歌翻来覆去地炒冷饭；你说他一根筋坚持到底吧，很多时候翻脸比翻书还快；你说他谦逊吧，其实又自以为是并死不悔改（这个特质在以后的工作中折磨得我苦不堪言）；你说他顽强吧，自杀率还那么高；你说他彬彬有礼涵养高吧，二战时期干的那些事能称呼他们是人吗？能说什么呢？只能说这就是这个民族的特性吧。

时间转瞬即逝，不知不觉已到了2012年的6月。我已经渐渐熟悉了学校生活，学业上也在步步跟进，我也和前辈们一样，除了打工之外，时间都在研究室学习和在图书馆资料室查资料中度过，倒也算充实。但还是有点小麻烦，有句话叫“在家千日好，在外一时难”，这句话形容我们这些在家人庇护下长大的“80”后真是太准确了，就比如当时的我，看着一双长了一层白毛的皮靴子，双眉紧锁。

日本是个湿气比较重的国家，老妈来日本看我的时候就觉得洗完的衣服无论在外面怎么晾晒都是潮潮的。而且如果通风不好的话，家里的比如说被子什么的都会发霉。我刚一个人生活的时候就遇到了这样的事，因为通风不充分，椅子上的坐垫不到一个月长了一层毛！恶心得我赶紧将它清洗干净，并每天都把窗户打开通风透气，这种情况才没再发生。那个时候是4月末5月初，在日本还算比较干爽的时候；等到了六七月，日本全国进入梅雨季节，那就更是阴雨绵绵，还有台风。其实台风倒是没什么，学校台风时停课，尽量不出屋就是了，但是如果你一旦出屋就是噩梦，风雨交加，打伞根本没用，因为可能刚打开就被吹折了。我不怕台风，我头疼的是每天大雨小雨不断，湿气严重，有人家里添了除湿器，严重时一天能换三桶水。家里东西都跟过水还没有干透一样，皮质的东西处理不及时就会长毛。其实以前一位阿姨提醒过我，只是当时我住在姬路，通风畅快，没出现那种情况，我也没当回事。结果一个人生活后就看到这一层毛，我都快哭了，这靴子挺好的，如果不能穿了真是太可惜了。哆哆嗦嗦给一个姐姐打电话，那边告诉我应该怎么处理，先处理白毛，然后打鞋油，晾干之后擦干鞋底收好。随后她说：你在国内怎么处理鞋的，现在也怎么处理。

“那些鞋，都是我妈给我处理……”我很没底气地说。

“……那你现在应该开始学着点儿了。”她也很无语。

从此之后，我开始学习这些生活常识，比如说衣物的处理、粮食的存放、冰箱温度的调节、炉台的清理等等；比如说买几个除湿剂摆在房间的角落里，买一些芳香剂贴在垃圾桶上抑制小蚊子的滋生。没有人帮你打扫房间，你必须自己去做大扫除，跪在地上将地板擦得亮闪闪；没有人给你叠衣服，你必须自己在晾衣服的时候就注意不要让衣服起皱；在巨大蟑螂出现的时候也没有人为你清除它，你也没有人可喊，只有自己克服心中的恐惧，用唯一的武器——扫帚，将它钩出来狠拍数十下，最后将拍扁的它毫不留情扫出去。所以说，人都是要自己经历过才慢慢成长的；所以说，这个世界上本没有女汉子，当女人除了自己没有人可以依靠的时候，女人就变成了女汉子。

包括在生病的时候。

我在日本发过两次烧，一次是因为淋了雨，另一次是因为疲劳。虽然只有两次，虽然都好得很快，但过程却很煎熬。没有人时不时来给自己测体温，换冷毛巾；没有人问自己晚饭想吃点什么；没有人端着水杯让自己多喝水，按时吃药；没有人半夜特意起来来看看自己是不是有好转。什么人都没有，只能自己熬，吃两片退烧药，裹上被子，把自己蜷缩成一团，忍受着头痛欲裂，忍受着嗓子一阵阵冒火，忍受着身上滚烫的温度体内却阵阵发寒，眼泪却忍不住地掉。那个时候我是真的好想回家，想爸爸妈妈，想躺在家里那张大床上跟家人撒娇。可是再怎么想，也只是就像刚来日本经常梦到又回到爸妈身边，结果醒来发现只是一场虚幻一样难过与怅然，还是要自己咬牙挺过，告诉自己没事，不就是发烧吗，吃了药肯定会好。事实也确实是如此，以至于第一次发烧后有些掉以轻心，因为前一天晚上吃了药、喝了热汤、裹了大厚被子睡了一觉，第二天早上醒来出了一身汗温度也恢复常温，就觉得没事了。想起还要去教务处，还想去资料室借阅资料，便收拾东西去学校了。其实那个时候思维已经开始混乱了，因为那天是周末，无论是教务处还是资料室都不办公，平时我都不会犯这样的错误，但那天就这么做了，由此可见病还没好利索。但我不知道，依然去学校了，看到人家紧闭的大门才想起怎么回事。然后觉得自己开始头重脚轻，重心有些不稳，强忍着回到家。一进家门就摔倒在地，跌跌撞撞爬回床上躺着，又是一场发烧，又是一天，这才逐渐好转。当时虽然很难受，但自己已经不是那个一见到穿白大褂的就哭着喊着叫妈妈的小姑娘了，人总得先慢慢独立，才能开始有担当吧。

“李桑，你这样酱汁都洒出来了！”

“对，对不起！”

“动点脑子啊！”

“是……”

虽然已经在这里打了将近一个月的工，但还是跌跌撞撞。总觉得自己笨手笨脚，什么都做不好。

这份工是一个老乡介绍的，她曾经在那里打工，后来因为她要忙着求职，就想介绍个留学生去顶她的班。当时我正好在找打工的地方，就请她向那个店的老板引荐一下。因为是熟人介绍，所以很快就通知我去上班了。这也是一家高级日式料理店，但面积比我第一家打工的地方要大得多，而且是两层楼。从早到晚客人不断，很受欢迎。据老乡介绍，有的时候一个晚上就有上百万日元的收入。客人多、生意好，老板自然开心，但对于干活的人来说就是巨大的劳动量。我上班第一天就见识到了这一点，所有的人都是小跑着去工作，忙忙碌碌。看到这个场景，我也赶快去换工作服，穿上事先准备好的黑色鞋子——店长要求颜色统一，必须是黑色。但说实话裤子都不短，鞋子都被遮住大半，再说我一个在后面刷盘子的，哪个客人会特意跑到后厨看看你洗碗工穿什么鞋？那他得吃得多撑啊——就去工作了。有个阿姨大致告诉我该怎么做，就把我扔给旁边一个前辈了。其间有这么一件事，因为知道徒手刷碗对皮肤的影响，所以我特意带了一双薄薄的塑胶手套，刚要戴上就被阿姨阻止了。

“这是什么？”阿姨问。

“啊，我的手比较容易裂，所以……”

“这样啊，我们这里有护手霜的，工作结束后你可以用。”阿姨说，“戴上手套你干活不方便，大家都不戴，你也忍耐一下吧。”

护手霜？这事后防护跟事前防护能一样吗？但人家这么说了，只能把手套再塞回怀里。结果就是在这儿打工一段时间以后，我的手变得——用《双面胶》里的一句话就是变得像老丝瓜一样。后来我跟熊熊开玩笑：将来如果我谈恋爱，男朋友拉我的手可能都会觉得我是他奶奶。熊熊神回复：没事，你就找一个手感比你还粗糙的，肯定觉得你是他闺女。

我：……

随后我就在这里工作了，可能看我总也跟不上，正好有一天客人非常多，就把我老乡找了回来帮忙，顺便教我该怎么做。虽然慢慢适应了节奏，但可能还是因为语言关的问题吧，反应总是慢半拍，给别人添了不少麻烦。餐具的位置经常记错（因为餐具种类好多），别人叫白米饭的时候总也听不清（一是因为人声嘈杂，二是因为专有名词记不住），摆放菜品的时候也经常放错位置，总而言之就是一团糟。一做错心里就紧张，一紧张更错，以至于到后来旁边的前辈喊一句：李桑！我心里就一哆嗦：又错了。

加油加油！忍到放假就好了！

第十八章

小盆友，闪闪惹人爱

7月中旬，院生第一个学期结束了。

Y教授这学期最后一堂课，是由我做发表。其实本来不是我，但因为应该由我做发表的那一天教授有事，就把这堂课挪了一下，结果就变成本学期最后一堂。由我来开始，又由我来结尾，倒真是一个奇妙的循环。发表结束后，老师照例表扬了发表人几句，我的感觉是，比起第一堂课做发表的我来讲，自己确实是有进步的，至少没那么蠢。课程结束后，我就订了8月中旬回国的机票，虽然归心似箭，但还是想在这里多挣一些钱。可不知道是不是因为我要回国的关系，老板减少了我的出勤率，让我能多挣一些外快的计划大半打了水漂。

还不如早点回家呢。爸妈跟我抱怨，我也只能报以一声叹息。

但也正是在这段时间里，我与日本的小朋友们有了一次近距离的接触。留学生群里一位前辈每年定期去给附近某所幼儿园的小朋友们讲解中国的文化，本来都是两口子一起去，但今年他妻子肚子里孕育着新生命，实在不方便，他便在群里求助看有没有可以救场的，我觉得新奇有趣，便毛遂自荐。跟前辈见面后，他给我一些资料，讲了一下流程，主要分为三部分，先是跟他们讲中国的人文和名胜古迹，然后领着他们玩中国小盆友常玩的游戏，最后品尝中国茶，也算是全方面多视角了解中国了吧。因为日语一般，所以提前做了功课，打了个腹稿。虽然前辈说不必紧张，但看着这些小家伙们亮闪闪的大眼睛就不由得心跳加快、舌头发麻，挤出一个僵硬的微笑，用颤抖的声音完成了我的解说，然后静等活动结束。

喝完前辈带来的乌龙茶，我们也该告辞了。这时幼儿园老师对孩子们说：把你们给老师准备好的礼物都拿出来吧。听到这话，小家伙们拥过来，手里拿着自己做的折纸和自己画的画，一个接着一个放到我们手里，每一个都让我眼前一亮。其中一个扎着马尾、带着甜美笑容的小姑娘给了我一束玫瑰花束，完全是用漂亮的彩纸折出的，精巧别致，看着这一把粉色纸玫瑰，我不禁懊悔我幼儿园的时候都在学什么。

“では、そろそろ帰ります（我们就告辞了）。”临走时我们说道。

“中国へ帰りますか（回中国去吗）？”一个戴着眼镜的小男孩天真地问。

我差点儿没笑出来，前辈也是忍住笑，回答：“はい。”

“気を付けてください（路上小心）。”小男孩脆生生地说。

路上小心吗？不知道前辈作何感想，我的心里却是暖了一下。

我对日本的小孩子有很好的印象。早上去学校途中经常能看到附近小学的老师领着一群小朋友过马路，小朋友们并作两排，统一着装，戴着小帽子，背着小书包，手拉着手向前走，感觉萌萌哒。有一次与他们擦肩而过，小朋友们抬头看我，笑容灿烂。

“こんにちは！”小朋友们齐声问好。

“こんにちは。”我微笑回答。

这并不是偶然行为，有一次我坐电车，看到车窗外有老师领着一队小朋友来月台等车，就见小家伙们一个个兴高采烈，对着电车里的人们挥舞着小手，喊着：“こんにちは！”看着这些天真烂漫的孩童，即使是忍受着车上拥挤的上班族也不禁绽开笑颜。

懂礼貌，有家教，这是我所见到的日本小孩。会跟一个普通的路人问好，不小心碰到别人也会及时说对不起。而与之相比，我们自己国家的小孩子却有所欠缺。记得有一次回国，我被一路过小女孩结结实实地踩了一脚，我不禁痛呼。那个孩子身后还跟着家长，听到我的声音后，小姑娘理都没有理，孩子的妈妈仅仅是看了一眼，跟着小姑娘扬长而去。那一眼仿佛是在说：不就是踩你一脚吗？瞎喊什么啊，矫情！你还差点儿绊倒我家宝贝儿了呢！

看着这一对母女如同要赶着去投胎的身影，再看看自己隐隐作痛的脚，不禁摇头苦笑。

如果这样的事发生在日本，会怎样？

小朋友肯定会道歉，不仅如此，孩子的家长也会连忙弯腰说对不起。在这个方面，我们真的很愧对“礼仪之邦”这四个字。

同样的年岁，同样的场景，却有着截然不同的反应，问题在哪里？其实小孩子都是一张白纸，先别说到底性本善或者性本恶，任何一个国家哪怕国民素质再高也不可能小孩子出生就会讲“孔融让梨”，孩子这张纸会变成什么颜色，都靠他的第一位执笔者会如何涂抹，那就是孩子的启蒙老师，也是最好或者“最好”的老师——父母。

没错，我要说的就是，家教。

日本的孩子知礼，是因为日本的父母做了一个很好的表率。孩子看着父母对别人说“你好”“谢谢”“对不起”“再见”，看着他们如何与家人相处，如何待人接物，就会不自觉被潜移默化。就如同那个小男孩的“路上小心”，肯定来自于自己的爸爸或妈妈（主要是妈妈）。在礼仪方面，日本的父母做得很到位；相比之下，中国的一些父母似乎没有觉得这是一件多么了不起的事。比起礼貌这些浮云，一些中国爸爸妈妈经常拎着儿女的耳朵强调这样的话：你要好好学习天天向上这样才能攀登到社会的顶峰成为万人之上得到千万人的敬仰我说这么多你到底懂没懂啊啊啊啊啊啊啊啊啊啊！

累死我了……

我一直觉得这些中国式爸妈是一种很奇葩的生物，他们对子女的中国式教育也是一种很奇葩的教育方式。一方面对孩子是全方面保护，那真是捧在手心怕摔了、含在嘴里怕化了。衣服不够了？妈妈买！玩具不够了？爸爸买！零花钱不够花？给你卡随便刷！营养不均衡？各种维生素ABCDEFG给你补！什么？学校要交一篇帮着家人做家务的作文？你看着就行了，伤了手怎么办！想买车？你才多大——别哭别哭，给你拿钱，爷爷奶奶姥姥姥爷还有小金库！4+2+1的家庭模式，六个大人的纵容打造了无数坑爹的熊孩子。每年春节后的第一天成了压岁钱斗富大会，小小年纪可能就已经跻身土豪级别，甚至可以砸下数十万或上百万为自己喜欢的艺人买一辆车，扬言如果偶像不接受，就把车给砸了！

这边各种娇惯、各种宠溺，另一方面却是无穷无尽的精神压迫。为了不输在起跑线上，从幼儿园开始父母就让孩子学习英语等小学课程；上了小学补习作文奥数，上各种特长班，却从来没有考虑过孩子到底感不感兴趣、能不能接受；上了初中就是噩梦的开始，疯狂的补习生涯持续七年或六年直到考上大学，一天二十四小时想要保持八小时睡眠那是做梦，一周七天恐怕只有半天可以喘口气，想要做点自己的事情却还要忍受家人惨无人道的精神摧残，经常被和那个神一样的人物——别人家的孩子作对比：你看看人家的孩子，考试考全校前几，各种比赛拿大奖；你也得争气，给爸妈长脸，我们可都指着你巴拉巴拉巴拉。

《一半是火焰一半是海水》上演升学版，这尼玛奏是把人逼疯的节奏啊！！！

更要命的是，他们虽然非常重视孩子的物质生活，尤其重视孩子的学习成绩，可是在德育培养方面几乎是一致地忽视甚至无视了。就如上文所说，家长们最常说的是要good good study，day day up，“有好成绩才能考上好大学，将来才能找到好工作，这样就不怕别人瞧不起你”云云，至于为人神马的，等你成了神一级别的人物，尘世间米田共一样的规矩根本束缚不了你了有木有？托了这种教育理念之福，一个接一个学识如海、人品成渣的“奇才”如雨后春笋一般不断涌现，其行径让我们瞠目结舌、匪夷所思甚至毛骨悚然。除此之外还有无数奇才的未成年版——熊孩子正以前赴后继的架势“时刻准备着”向“奇才”进化，其所作所为也让“奇才”们深觉后继有人（“奇才”们热泪盈眶ing：我们的队伍正在不断壮大啊）。前一段时间几个熊孩子闲着无聊扔石头砸死准新娘让人愤慨，但这还勉强算得上“无心之过”（其实按刑法上来说也可算得上间接故意了）。笔者很久很久以前曾看过一个新闻，一个小男孩，大概就六七岁吧，认为妈妈把给他买变形金刚的钱用来买了一只小猫，便把气撒在这只小猫身上，竟然趁家人都没注意在小猫身上点了一把火，眼看着小猫变成一团火球，不停地挣扎惨叫，他却在一旁拍手叫好，笑容灿烂，着实让人胆寒。但有句话说得好，每个熊孩子背后都有一个默默纵容他的熊家长，比如那几个砸死准新娘的孩子的父母，被追究责任时认为责任全在物业，跟孩子无关。一位资深名主持人如此评价：什么都怪物业，那你孩子考试考了满分你是不是也得给物业发奖金啊？孩子跟小伙伴闹了矛盾，不说“是不是你自己哪里做得不对”，而说“以后不跟他玩了不就得了”。孩子随意采摘公园中的花朵，不是加以阻止而是一起去嗅花香，鼓励他多采几朵。放学后，沉重的小书包都是家长在拎，即使累得一步一趔趄也让孩子轻轻松松在前边活蹦乱跳。在我们去斥责现在的年轻人一代不如一代，是不是也该思考一下我们的教育理念到底存在怎样的问题？在督促孩子要取得所谓的成功之前，是不是首先要教会他们怎样书写“人”字这简单的两笔？

报纸、新闻、网络等媒体都说过国外父母教育孩子是怎样的别具一格，教育出来的孩子是怎样优秀，这里面虽然不乏夸张成分，但是一个有名的综艺节目却记录到这么一幕：某对外国明星父子做客中国，节目中有介绍中国的美食，主持人现场制作，并分给现场部分观众。每个盘子都没有多少，观众很快就吃完了。这时就见那个来自异国的肉嘟嘟小男孩走下场去，来到观众席收拾盘子，而其他中国孩子却无动于衷。这一刻却给我留下了极其深刻的印象，虽然我不太喜欢这个国家（因为总把中国的东西当作自己的），但必须承认在礼仪教养方面我们真是不如人。而在中国，无限制的娇惯铸造了一个说一不二、碰不得摔不得的瓷娃娃，长时间的精神折磨又会让他变得敏感易怒甚至偏激。如果父母不知道良好的沟通方式，只知道用围追堵截+武力镇压来对子女进行所谓的保护，最后引发的战争不啻一次大战。再加上德育的缺失，年轻一代不会思索自身问题所在，而是会把所有的责任都推卸到他人、父母甚至社会上，进而导致青少年犯罪率不断升高，甚至向亲生父母挥舞屠刀的例子也是屡见不鲜。鲁迅先生在《狂人日记》中曾呼吁“救救孩子”，私下觉得这句话在今天依然适用。都说孩子是未来，是栋梁，那如果这个栋梁长歪了呢？那它还撑得住未来的天空吗？

不过还好，不止一个人注意到了现今教育问题的缺憾，正在进行的教育改革，希望可以将“栋梁”们逐渐扭曲的身躯正过来。

第十九章

说走就走的旅行

7月末，逐渐到8月，日本的猛暑就要来了。

日本的夏天是很坑爹的季节，阳光强烈，紫外线生猛，还有着海洋性气候的潮湿闷热，日语有个很形象的词汇：蒸し暑い。来日本的夏天体验一下，你就知道那个“蒸”字是多么传神了。说得通俗一点，什么都不做，哪怕就这么静静坐着，身上也会冒汗，用咱的话讲：桑拿天。有人说这种天气去海边最好了，我也随大流跟同学去过一次，然后看着人家比基尼波涛汹涌，再看看自己，心里悲催地想着果然不能用岛国人民量衣服尺码去衡量中华人民的身材，打定主意以后再也不来海边了。话说感觉日本的衣服鞋码什么的都比中国小一号，丝袜L号身高只到一米六五，一米六五以上算LL，可日本女孩那身高很少有能用到LL的。一姐们儿托我给朋友带一双丝袜，她朋友身高一米六八，我找了整条商店街都没找到。后来店员告诉我，这个号码得去厂家预订，我顿时无语了。

这样的天气最适合自己在家吃冰棍吹凉风浮想联翩，但还是要去实验室去学习，哪怕已经暑假了，谁让学习资料都在学校呢？最主要的，家里没有网络，学校可以无线上网（学习神马的都是借口，其实就是想上网吧）。只是看着天上的炎炎夏日，再看看镜子中已经不算白皙的自己，实在不想再火上浇油了，索性就每天在家里待到下午五六点钟，太阳快要下山的时候再奔向学校，待到晚上十一点再回家。这也得亏这里的治安好，不然借我十个胆我也不敢这么晚一个人回家——尤其我家附近还有个墓地，经常有黑色野猫在那来回穿梭，一到夜晚，那个氛围，要是拍鬼片那就是无与伦比的搭调啊。

就这样直到8月中旬，我终于熬到了回国那一天。当飞机降落在家乡机场的时候，心情是一如既往的雀跃。虽然只有短短一个月，但也可以享受到专属于家乡的凉爽一夏。除此之外我还有个计划，打算一个人去哪里旅游。别笑，虽然我年纪已不算小了，但真的没有一个人出去旅过游，身为一个资深宅女，最常用的旅行方式是梦游不是旅游。本来我以为这样也没什么，但后来有人点醒了我：为什么不还趁着年轻、旅行还算方便的时候多走走多看看呢？要不将来想去哪里也没有那个时间了。我的高中地理老师也说过类似的话：年轻的时候一定要多享受生活，尤其是女人。女人这辈子太不容易，一旦结了婚有了孩子你就不再是你自己，时间也就不属于你了。听到这里，我突然想起电视剧《康熙大帝》中，孝庄抱着即将远嫁噶尔丹大哭不止的曾孙女说道：女人这一辈子，何止被分成了两瓣（曾孙女担心将来丈夫和父亲打起来自己左右为难）？她是被分了好几瓣，一瓣给自己家人，一瓣给丈夫，一瓣又给了孩子，就是没有一瓣是留给自己的。虽然二月河的历史小说很多内容都是杜撰，很多情节都是扯淡（比如苏麻喇姑和康熙之间那“纯洁”的感情，这不是姐弟恋是祖孙恋啊亲），但是这段话还是给我留下了深刻的印象。就如同最近电视上一个广告里说的：女人是一天的公主、十个月的皇后、一辈子的奴隶。你都是奴隶了还想着翻身获自由歌唱美好新生活吗？

我惊出一身冷汗。尼玛，趁着好时候一定要想去哪里去哪里！二话不说，打包，去北京，去朝拜咱们的国都！

初到北京，我的第一感觉是：跟自己家乡也没什么区别。但是当我跟着朋友栗子去王府井长安街那一带，去了前门那附近，就觉得首都就是首都，果然不是一般的城市可以媲美的，也怪不得为什么那么多人想往北京跑。但是切实在北京打拼的人，才知道要在这里站稳脚跟有多么不易。好友栗子是我的大学同学，如今在北京一家律师所做实习工作，争取想留在北京（这是每个在北京拼搏的外地人的想法）。住的地方并不属于繁华地带，周围鱼龙混杂；虽然是高层建筑，但其实就是把一个大房子分隔成几个小屋子租给不同的人，人员关系复杂不说，互相之间也不知道共同维护公用设施，公用浴室经常一片狼藉，抽水马桶已经不知道坏了多久，就只能把洗衣服剩的水储存着冲水用（倒也是节约用水的好方法），异味四溢，还时常不间断地停水停电。居住面积巴掌一点大，只能放得下一张床。桌子？想嘛呢姐姐，把纸箱子支一下凑合用吧。就是这么一个地方，一个月房租也要一千多，栗子每个月的工资扣除房租也就剩不下什么了。看着这一切，我想到的只有两件事：一、世道艰难，一个人想要过上好日子真是太不容易；二、学生时代太好了，现在的我真是很幸福。

在北京待了七天，深刻觉得北京是个很奇妙的城市，你可以看到鳞次栉比的高楼大厦，也可时不时看到那古色古香、刻着传统吉祥纹饰的飞檐和雕栏，现代摩登氛围与古文化的沉淀在这里被完美地融合在一起（尤其是长安街体现得更为明显，你能想到挂着古建筑门脸的星巴克咖啡吗？）。在这七天，我去了恭王府所在的后海；去国贸中心领略了京城的繁华；去长安街见识了中国的老字号；去秀水街淘到了一条裙子，因为很久不砍价导致技艺生疏（日本用不着），全赖栗子硬生生帮我把一条要价两百八的裙子砍到了八十。看着那些小贩们宰起老外来那就一个鲜血淋漓毫不手软，不由得黄果树大瀑布汗。名胜古迹自然也少不了，虽然没有看升国旗（实在起不来），但确确实实去了天安门广场，感叹一下首都就是首都，安检无处不在。这里还有一个小笑话，我去北京最重要的目的地就是故宫，想去看看里面琳琅满目的展品，尤其想去看看珍宝馆。正好栗子也没有去过，就前一天晚上看地图：矮油，离景山公园就差了一条街啊？正好从这里到景山公园有公交，那就先去景山公园再去故宫吧。然后第二天我们就先去了景山公园，在歪脖子树下凭吊了一下崇祯皇帝，无语地经过一群在原地摇头晃脑的电子恐龙（我很不明白曾经的皇家园林为什么会有这个东西，莫非是为了吸引小朋友？好吧，这也比在中国的土地上专门建一个唐人街更容易让人理解，关于后者我实在不明白提案者的大脑组织结构），出了大门，看到了对面巍峨的故宫和成群结队的观光客。等我们两人兴冲冲跑过去，看到了两个让我们倒吸一口凉气的字：出口。

“这是出口哈，”我们干笑着问维持秩序的工作人员，“那入口呢？”

“在那边坐一线公交车，有那一站。”对方面无表情。

我们只能苦哈哈地去挤公交车。到了故宫入口，真正见识到了旅游旺季的人海是多么恐怖，你根本就没法走回头路，一群人挤着一群人，你不想往前走都不行，硬往回冲那就是作死的节奏。小贩们也深谙此道，所以越往里走矿泉水越贵，从一块到两块，从两块到三块，再从三块到五块，反正你又回不去，挣的就是这一锤子买卖，爱买不买，不买你就渴着吧，要不就上里面去挨更大一刀。

好不容易挤进了故宫，除了那些宫室，我建议去看看单独设立出来的藏馆，比如说钟表馆、瓷器馆和珍宝馆。前两个馆让我们大呼物超所值，珍宝馆则让我们有些失望，可能是因为人太多光线也不太好的缘故吧，没有达到我们理想的期望值。

除了旅游景点观光，也品尝了特色美食。首当其冲自然就是全聚德，虽然真心不便宜，但味道也真心不错，我和栗子两人吃得肚皮溜圆，剩下菜打包回家。除此之外还吃了如今风靡全国的庆丰包子（早知道当时多吃两屉了），比较遗憾的是没有吃到传说中薄如纸的东来顺涮羊肉，如果下次有机会的话一定要去品尝一下。什么，你说经费？亲，出去玩就一定要把钱带够了，不能说挥金如土，也不能委屈自己。以前我也是个把钱看得牢牢的人，打工挣的钱只给自己留极少部分，大部分全都存了银行。虽然勤俭节约是美德，但也有了不太舍得从兜里拿钱的习惯。衣服饮食都挑最便宜的，出去玩什么的想都不用想，虽然家人说了好几次，但我都不以为意，直到有一次真是把他们惹毛了，直接开骂：

“你到底懂不懂什么叫享受生活！你去了日本这么久，除了家和学校，周边的地方你去过几个?！就知道省钱有什么用啊？将来你想花都没时间花了！出国是为了让你开阔视野，结果你可好，把自己圈起来了！这跟你在国内有什么区别啊？会不会利用有利资源！”

我揉揉险些被震聋的耳朵，开始渐渐反省自己的消费观。钱这个东西到底是做什么用的？它本来是为人所创造，归根结底是为人所消费的。但是我回想我到目前为止的生活方式：服装都是挑的类似地摊货，平日打扮得就像个在街上劳作的劳工；饮食只挑最便宜的那么几样，导致营养不均气血两亏，甚至达到失调的地步；平日看到可爱的小东西，总是在心里告诉自己：这个没什么用，没什么价值。虽然不值多少钱但也会强迫自己当作没看见；虽然一直羡慕白白她们经常去旅行，自己也想去一些好玩的地方，但总是想着多攒一些钱。其实我的想法很简单，就是觉得自己还没有能力为父母挣钱的时候，至少可以为他们省钱。结果老爸老妈拎着我的耳朵狂吼：用不着！老子/老娘还供得起你！趁着年轻赶紧给我滚出去玩！不厌其烦一遍遍地对我狂轰滥炸，直到我开始怀疑自己以往的生活方式，直到我开始意识到我到目前为止不是在消费钱，而是在为钱所消费，直到我开始发觉如果就这样下去我会很危险，人际关系也会一团糟的时候，我决定改变自己，改变以往自虐式的生活方式，让日子逐渐变得多姿多彩。

但江山易改，本性难移，有些融化在骨子里的东西还是一时半会儿很难去除的。比如说在北京这七天虽然还能去更多的地方，但我的选择却是捧着栗子的ipad看小说《大秦帝国》，把栗子气得直乐：豆子（我的代号）最乖了，她去旅游其实也不用去什么地方，给她一本书什么都解决了！

七天的旅行很快就结束了，我带着一肚皮的见闻和两条腿上的大包踏上了回家的旅途（日本的防蚊喷雾阻挡不住中华蚊子的铁齿铜牙啊）。虽然只有短短七天，但对我来说却是一个难忘的体验和重要的契机，自此，我体内那隐藏很久、喜欢体验新世界的因子逐渐活跃起来。

回到家后，就开始了短暂却幸福的日子。不用担心晚上打工太晚会饿肚子，不用担心第二天会有上课会有发表，不用担心这个月的支出是不是有些超标，不用担心能不能赶得上超市打折的时间，总而言之，一切都很美好。冰箱里有西瓜，锅里面煮着毛豆，楼下一到晚上香气四溢的羊肉串热情地向我招手，我可以吃到老妈亲手做的排骨，还有泛着诱人油光的整鸡和猪手。记得有位前辈说回国待了一个月整胖了十斤肉，我当时绝对不信，现在看来，我极有可能打破这个纪录，喜大普奔！

哎，那位看官说了，还有一点，不用担心地震。

盛夏的某天清晨，我在睡梦中被房子摇醒。对，被房子摇醒。

地震了——!!!

意识到这一点的我立刻从床上弹起，抓着毛巾被看着不断战栗的小屋。

喂喂！错了错了！这个时候你应该钻在桌子底下或者如果时间来得及跑到外面空地上去啊，这个常识咱们从小都学过的！

亲，你指望一个睡眼惺忪脑子还不是很清楚的人面对突然状况迅速做出应对，要求敢再多一点吗？

而且在我心底，我也压根儿没把这个当回事儿。因为日本2011年刚发生关东大地震，虽说地质学家预测下次极有可能大地震发生在我们这附近，但至少二十年以后（还有人说东京三十年以后会有超级地震），除此之外，其他即使摇得再厉害，也只是类似台风过境，而且还是速食派，眨几下眼睛就恢复安宁，几乎没什么担心的必要。比如说这个惊心动魄的清晨，我坐在床边看着不停摇晃的挂灯，静静地数了五秒钟，果然，世界又安静了。看了看时间，才四点，房间里光线好柔和，好适合睡觉……

ZZZZZZZZZZ……

我朋友后来评价我：心真大……

地震，与温泉一样，是日本的标志，我到至今就经历了四次，说得更准确一点，那不是标志，用日语来说，那是“日课”。下载一个地震情报APP，你会发现日本到处都是地震，每天都是地震，每天都是好几处地震，如此之频繁，岛国人民依然“元气”地活在世上，而且越活越硬实，充分证明了“震震更健康”这一不变的真理。

怎么有一种很邪恶的赶脚……

日本地震多，所以平时关于地震预防的准备工作也很充足。入学式那一天，相关负责人就对防震做了特别说明，还给我们听了地震预警警报（那声音听起来真的很像闹铃）。超市里也有很多防震用品，比如防震贴，主要针对地震时家电等大件物品掉落。房屋建筑也是做了防震处理，别看地震时摇得厉害，但越这样越说明房子塌不了，反而是那种“任尔东南西北风”“我自岿然不动”的更危险。平时也会时不时弄个防震预演啥的，再加上大家都震习惯了，真要遇到需要避难那一级别的也是井然有序，不会惶惶如丧家之犬一般四处逃窜。对于日本人民和生活在日本的人来说，地震就像喝水吃饭一样平常，有它无所谓，没它——自然更好。

但也不是所有人都可以如此淡定，就在我被房子摇醒的那个早晨，一个山东哥们儿也被扰了清梦，据他所说：感觉地震后他立刻以光速冲到外面的大街，身上只穿了一条三角裤，正好旁边有一个遛狗的老爷爷经过，那哥们儿一回头，正好与老爷爷那诡异的眼神碰个正着……

堂堂七尺男儿，被岛国老大爷华丽丽的鄙视了……

总而言之，除了空气差了一点，人们说话嗓门儿大了一点，性格粗犷了一点，过马路随便了一点，坐扶梯站位错乱了一点，店员服务态度差了一点，相比日本，国内的生活就是一个“好”字。

我结束了一个月的休假，回到日本。因为日本是10月份开学，所以我也正好趁着这段时间跟老师见面，确定一下新学期的课程，然后跟料理店的老板打声招呼，准备回去打工。一切都是按部就班地进行，然后，粗四儿了。

那是一个风和日丽的上午，我突然犯了神经想重新看一下我上学期的成绩，然后就发现我的成绩单上少了一点什么东西。想了一会儿才想起来，那就是“实定法演习”的学分。我上文说过，法学研究科相比起其他学科的人可以白得十六个学分，这十六个学分分到四个学期，每学期四学分，就是“实定法演习”。按理说，只要上了课就应该在课程表上显示学分，可是我上上下下左左右右搜寻了无数遍，就是没找到这门课程的学分。

摸下巴，莫非这门课程是最后一个学期统一给分？

统一你妹！你是根本就没在学校官网系统里面选择那课！小伪毫不留情地隔空鄙视。

OMG！我忘了要在系统里面选定才算数了！来不及擦额头上流下的汗，我飞似的奔跑到教务室找到负责人员商议，费了半天口舌得到以下结论：无论什么课只要你不在系统中选定都是不能算学分的，而且本门课程属于每学期必选科目，学分不修满十六分是无法毕业的，而且如果你想让其他课程的学分来顶替它是不可能的，除了多留半年级你似乎没有别的办法哦亲。

留级??!!!

似乎嫌我受的刺激还不够大，小伪再次隔空神补刀：多学习半年好处大大滴有，干巴爹！

就在我准备号啕痛哭哀悼我那马上就要失去的半年青春时，同一研究室的一个女生及时制止住了我那还没来得及迸发的泪水。

“这样的事情并不是第一次出现，你跟你的指导老师说一下，请他开一个证明就OK。”

然后事情就像那名女生所说的那样，S教授出具了证明，学校给我加上了这门课程的学分。虽然整个事情有惊无险，顶多就算一个小插曲，但估计我也给S教授留下了“毛躁、不细心”等印象。相比起被一手带起来的白白来讲，我对于S教授而言属于半路出家，俗话说孩子都是自己的好，换成师生关系也是这么一个理，一个是自己一点点教导的，一个是被另外一个老师塞进来的，亲疏立显（也许是我敏感）。现在可好，本来印象就一般，又打了负分，实在很不妙。挠头，事已至此再后悔也没有用，只能靠还算好的学习态度一点点补救了。

第二十章

古味京都

刚出家门，就嗅到空气中弥漫着香甜的气息，像点心，更像小时候外公做的果汁饮料，甜美而沁人心脾。

那是桂花的香味。

出国之前，我只在书中见到这种植物，古诗中对它的赞美数不胜数，在我脑海中却只有一个模糊的概念，第一次见到它还是来日留学之后。只记得当时还以为是附近甜品屋散发出的香气，后来才知道是这种小花在作怪，只见一片片郁郁葱葱之间，淡黄色的小花朵若隐若现，极易被人忽略，但香气却甜美宜人，让人沉醉。也正是因为它，我爱上了日本的秋天，这个香气四溢的季节。

很多日本人也爱秋天，就如同他们也爱樱花灿烂、锦绣满地的春天一样。但是并不是因为“何须浅碧轻红色，自是花中第一流”的金木樨，而是因为霜林渐染，红叶满山。

日本两大美景，春季赏樱，秋季看枫，而且主要都是在京都（私下觉得赏樱花大阪制币局也是非常好的选择，樱花种类很多，我也是在那里才知道樱花的花瓣也可以是好几层的）。相比起赏樱人山人海，秋季赏红叶虽然没有到人挤着人你不向前走都不行，但也有很多游客，包括海外人士慕名而来。

要问红叶哪里看？东瀛京都上岚山。

岚山，位于京都市西北，丹波高地东缘，有“京都第一名胜”之称。山高三百七十五米。东北面是嵯峨野，东面与大泽、广泽和宇多野相接，西面有小仓山，著名的大堰川蜿蜒流经其北。其上游的保津川，峡谷深邃，水流湍急，景色别致。下游有长达一百五十四米的渡月桥连接两岸，站在桥上环顾四周，岚山隐约如黛，松樱密布；桥下碧波荡漾，流水潺潺；细雨中，烟雾缭绕，若隐若现；乍暗时，峰峦为翠，时有禽鸣，不觉幽静出尘，诗意盎然。桥畔有岚山公园、龟山公园和天龙寺。山中有大悲阁、法轮寺、小督冢等名胜古迹。

以上介绍和相关形容，出自百度百科，咳咳。

秋天上岚山看红叶，似乎是日本人，包括在日外籍人每年的必备活动。对于中国人来讲，岚山不仅景色宜人，而且山上还有一块由备受人民敬重的周总理题词的诗碑，更让国人对它有一种特殊的感情。

2012年秋天，在一个充满金木樨香味的早晨，我梳妆打扮完毕，踏上了前往岚山赏红叶的旅途。这并不是我第一次去岚山，却是第一次跟一大帮人去岚山。这里的一大帮，专指熊熊等一干留学生好友。在车站集合后，大家坐上了去往岚山的电车。虽然比较耗时间，车上人也不少（都去看红叶），还要转车，但一路插科打诨也没有觉得有什么疲惫。到达岚山之后，车厢瞬间空了一大半，一群人浩浩荡荡走出车站上岚山。旅行嘛，自然是轻松快乐做主导，小伙伴们边走边聊——或者是边走边吃，主要是熊熊这个吃货，秋风瑟瑟中光冰激凌就吞了三个，真的是吞，我都没看到他怎么吃就只剩下脆皮蛋壳了——说说笑笑，倒也十分惬意。路上我观察了一下大家的穿着：女孩子们都是精心打扮，无论是妆容还是服饰都是花了心思的。男孩子嘛，虽然大部分都是中规中矩，但有一些就有点诡异了，有的穿了一身小西装，勉为其难塞进休闲一系；有的就穿了一件薄衬衫，在这个马上要入冬的季节分外显眼；有的则是全副武装，风衣围脖手套帽子一个不少，只是短款呢子大衣却配一顶礼帽实在让人无力吐槽。总而言之就是各种奇葩，这也证明了在着装方面，除了非常自恋或性取向有问题，男人都没什么天赋可言。

日本某节目曾经做过一个试验来证明这个问题，节目组挑选一男一女作为试验者，试验内容就是要说出刚刚跟他们打招呼人的服饰特征，女性试验者说得很准确，甚至包括对方的袖口都观察得很仔细；但男性试验者就完全是一头雾水，后来干脆胡诌八扯各种混乱。这是因为他们的关注点根本就不在这里，衣服什么的，耐穿御寒就够了，比如我老爸可以一件圆领衬衫外面披一件西装，这个农村大爷进城的打扮瞬间将我石化，而他压根儿就不在乎。在男人眼里，搭配神马的都是浮云，既然是浮云，就没必要考虑嘛。

过了渡月桥，我们跟随着人流前往岚山公园，道路两旁挤满了贩卖各色小吃和土特产的小商贩，街上人头攒动，商铺和小吃店里也是人满为患。行进速度虽然慢一点，但这也更利于我们欣赏两旁的湖光山色，比较讲究的带着单反，一般就拿着手机或者ipad，随时捕捉打动心扉的景色。那天是个阴天，阳光不是很充足，秋末的风中传来的阵阵凉意也预告着冬季即将来临，但这不妨碍我们踩着布满青苔的石板道，欣赏胭脂淡淡匀的山林，欣赏倒映在碧波荡漾的湖面上的崇山峻岭。在我以前的印象中，日本的景色就像他们的和式庭院，小巧精致，恬静优雅，但在岚山公园的展望台上一览众山小，却也有蔚为壮观之感。

“这个味道一般，不如三宫商店街那一家。”熊熊喝了一口汤，咂咂嘴。

“嗞——”众人以吸面条的声音和之。

结束了一天的旅行之后，因为天气比较凉，所以大家决定吃一点暖和的东西，第一选择就是拉面。提起拉面大家都觉得这是岛国象征，在这里做个友情提示，日本现在风靡全球的文化中，十个里面有九个，往上查祖宗三代都带点咱中国的影子，不信咱掰手指：抹茶，是随着遣唐使传到日本；拉面，诸位可别忘了咱中国才是面食的故乡；住房，现在大家所熟知的京都以前是按照长安城一比一修建的；和服，雏形来自于咱三国时期吴国的吴服；那就更不必说他们的文字就是在咱们方块字中汲取的精华。因为电影《艺伎回忆录》而让中国人熟知的艺伎，她们必须要会的三味弦脱胎于咱们的三弦，她们舞姿的一招一式都能看到咱们戏剧的影子，而她们的妆容也是依葫芦画瓢。清末有一大臣出使东洋，看到这副尊容吓了一跳，却不知盛唐时期的美人妆就是这副打扮，面敷白粉牙齿涂黑，眉毛剃光以黑炭饰之，这在以前是身份的象征（穷人也搽不起那么多粉，都是来自中国的进口货，死贵死贵的），不信看看日本的大河剧，那个时期的女子是不是全打扮得如同鬼魅？而且贵族男子也是如此这般，擦粉涂牙觉得倍儿有面子。但有一句话叫乐极生悲，这种美妆方法虽然当时是美丽和地位的代名词，但有时候也会引来杀身之祸。平源之战后期，平家败局已成定势，平清盛异母弟弟、著名歌者平忠度想在战场上保存一条命，却苦于无法突围，情急之中便出了险招，故作闲庭散步状向敌方阵营走去。源家武士不认识他，见其如此从容便弄不清是敌方将领还是自己人，就随口问了他一句，平忠度也非常淡定地开口回答，结果就坏了菜：我勒个去，满口大黑牙！

要知道源家武士大部分出身于关东乡野，绝对的泥腿子，源赖朝兄弟几个倒出身不错，但早被平清盛抹成白板了，哪个有心思或技术在牙齿上搞艺术创作？丫的一口黑牙除了养尊处优的平家人还能是谁啊？在这儿充大瓣蒜来了？兄弟们，抄家伙！一代歌者平忠度就此身首异处，以身印证了“祸从口出”这四个字的含义。

话题貌似扯远了吧，好吧，回到拉面的问题上。

上文说过，拉面其实是咱们中国的玩意儿，咱们有名震天下无人不知无人不晓的兰州拉面（后来才知道凡是叫“兰州拉面”的都是西贝货，人家真名叫“兰州牛肉面”，而且当地人一般用它当早餐），但使它冲出亚洲走向世界的却是日本。跟中式拉面比起来，日式拉面的面汤更加浓郁，是实打实经过小火慢炖的高汤。日本拉面也尤其重视面汤，吃面之前人们喜欢先尝一口汤，品味一下这碗面的精华，尤其是猪骨汤拉面，虽然老年人嫌它过于油腻，但是看着那乳白色的汤汁就让人忍不住大快朵颐。在日本，拉面经常是人们填肚子的首选，味道好，量又足，价格也不贵，老少咸宜，甭管你是公司高管还是街头游荡的大叔，在面馆里都是一个动作：我吸。吸得声音越大，证明这个面越好吃，店家越开心。身为一个动漫迷，虽然每次看到拉面都会想起柯南里面的拉面馆杀人案，但也不妨碍我每次都风卷残云。日式拉面最常见的品种是叉烧面和天妇罗面（油炸物放面汤里，这想法真心跪了），我比较喜欢叉烧面，听这名字就知道来源于中华料理。浓稠的面汤里，金黄色的荞麦面露出一个小尖，上面整齐地摆放着腌制的笋干（大爱），几片肥而不腻的叉烧肉，一把翠绿的葱花，一半蛋黄好像马上就要流出来的半熟鸡蛋（那边，把口水擦擦）。喝一口汤，鲜香浓郁；吸一口面，筋道爽滑，感觉就一个：倍儿爽！

在拉面问题上说那么多，除了它味道着实不错之外，还因为有一个心结吧。记得那一次看电视节目，一个演员为了体验生活，到日本非常有名的拉面馆——在美国的一个分店里面打工，具体什么内容我不记得了，我只记得一件事：开在美国的拉面馆。

拉面来自于中国，可现在除了我们自己之外，国际上有谁承认这个事情呢？即使我们创造了拉面，但将它带入国际市场的却是日本，而且还创造了自己的品牌逐步提高国际知名度。我们呢？我们有伟大的四大发明，我们有灿烂的五千年文化，可是我觉得我们并没有好好将它们发扬光大并创造价值；我们也有数不清的百年老字号，可是却大多仅限于国内，国际市场上哪里有它们的身影？来自迪斯尼的花木兰和熊猫卷走了多少人民币，我们的产品又带来了多少美元？不仅如此，连商标都要被他国抢注，这难道不值得我们好好反思吗？我们经常说别国的文化都传承自我们大中华，但在人家连历史遗迹中一草一木都悉心保护，我们的新一代记得住明星的名字、记得住脑残剧的剧情却记不住一句古诗，这难道不值得我们警醒吗？

话题说到这有些沉重了，咱们换回轻松的岚山之旅。其实那天同行的超人同学号召我们去看一座有名的庙宇，我们跟着他走了好远的路，走了一大半这货突然意识到那个庙也是有时间限制的，我们那个时候去很有可能被拒之门外。结果果不其然，我们到了那个庙的门前，因为是最后时间，里面拜完佛烧完香的旅客美滋滋地出了大门，我们却只能望着写着门限的牌子，背后秋风扫落叶，真是无限凄凉。事后超人同学痛呼：我的一世英名就这么毁了！熊熊体贴地拍拍他那并不宽大的肩头，说道：放心吧，毁不了。因为你压根儿就没那玩意儿。

第二十一章

论文，又见论文！

“填写完之后，要请你的指导教授签字哦。”

“好的。”

看着手中的表格，我决定先发个邮件跟老师预约一下，看什么时候能去打扰。

两年时间，说短不短，说长不长。曾经以为写论文还是很遥远的事，结果刚上了一个学期学校就通知我们要定下论文题目，估计明年开春就得动笔了。虽然入学时递交的研究计划书已经大概确定了研究方向（为什么说起这个词就有一种很高大上的赶脚），但到底能不能写还是要教授最后拍板。跟教授见面后，我又提出了几个备选题目。教授想想，认为那几个题目不是已经被研究滥了就是还没有足够有说服力的资料或案例，还是以早先定好的那个题目更妥当。其实论文题目不是那么容易定的，如果只是想拿个硕士文凭还好，如果是想升博士那就必须斟酌了，有没有写的意义，新颖性大不大，参考资料是否充足等等都是要考虑的问题。这里插一朵花，论文题目一般都是根据研究计划来定的，研究计划最忌讳变动太多，因为那样指导教授就搞不懂你到底要研究什么。曾经就有这么一个人，刚入学的时候定下了一个研究计划，没多久觉得别的内容更有研究价值，正式考试之前跟教授谈话说又想改别的，他的指导教授实在弄不清他要闹哪样，最后干脆将他拒之门外。

定下了论文题目之后，教授告诉我如何收集参考资料。虽然大家都说中国不太重视知识产权保护，但是在论文资料上面，在网上公开并可以随意下载的电子资料，中日两国都是一样的，质量都很一般，如果想要有含金量的都要花银子。网上找到的大部分只是论文的名字，编写者姓名和出自哪一本杂志，如果本校图书馆有的话最好，直接借来复印即可。如果本校没有这个资料，可以在图书馆申请从其他学校邮寄，但是是要花钱的（邮费和复印费）。案例也是可以在网上查询，还有纸质的卷宗可供翻阅，十分方便。

这里面要插一朵花，每个院生入学（或升学）时都会得到一张复印卡，上面印有自己的专属号码，原则上是不能外借他人的。拿到复印卡的时候要交一定的押金，毕业后交还复印卡时会返还。每人每学期都有定额的免费复印限额，超过限额要自行缴费。复印使用时要刷卡，上面会显示学生已复印了多少张。一般来说超限额的很少，因为够用了，我曾经最猛的一次复印了一本大部头，整本将近一千页，就这样用还没用完，到了新学期又从头开始算。

既然已经确定了大概流程，就开始做初步准备吧。虽然现在有一些早，但我是个急性子，手头上有活儿就想尽快做完，就好像课堂发表，我会提前一个月做准备写稿子，然后不停地检查修改，紧张的心情一直持续到发表那一天，发表前一分钟达到顶点，直到发表结束才算松了一口气——当然这也是因为我水平不高的缘故。普通课堂发表都是如此，更别说毕业论文了。

在我心里，无论是啥时候的毕业论文，都是一道大坎儿。

记得刚来的时候，为了表示对后辈的亲切友好，大嘴师兄请我吃了一顿饭，席间问起我的大学毕业论文是什么。

“商法哪方面的？”他问。

“呃，不是商法。”

“哦，民法？”

“也不是。”我摇头。

“那是哪方面？”微露讶异之色。

“刑法。”我喝了一口抹茶牛奶。

他明显是没想到，顿了一下："刑法……哪部分？经济犯罪？"

"不是，暴力犯罪。"我犹豫了一下，"不太好说……"

"强奸？"他睁大了眼睛（哎亲，你太兴奋了）。

"类似吧，有关惩治同性性侵犯的法律漏洞。"我笑得很天真。

"……这咖啡不错。"

虽然很重口，但当初这篇论文把我折磨得死去活来，那是薅下来多少缕头发才硬挤出来那么几千字，然后在面试的时候被众老师（其中一个还是校领导）轮番鞭挞，不是，指导。"亲切"指导半小时后，我满眼蚊香地通过了面试。那次毕业论文答辩，可以说在我心里留下了"毕业论文答辩=批斗会"的影子。如果这个级别是批斗会，那一年半以后的那个级别应该是批斗会的N次方，已经不是鞭挞了，直接升级到廷杖，而且还是"着实打"那种的，一棒子下去鬼哭狼嚎。因此更要及早准备，请老师多看几遍，多检查多修改，至少态度拿出来了，答辩的时候也会稍稍好过一点。后来还给教授发了封邮件，表达了我要好好学习天天向上的热情和尽最大努力拿出高水平论文（相对自己能力而言的高水平）的决心。本来还要表达一下我愿意多做修改还请老师多多提意见的诚挚之情，结果被老木拦住了。

"你还真想被老师折腾来折腾去啊？你要真这么写，老师可是真的照做。你可别没事找事。"他说。

倒也是这个理儿。

决心表完了，该干活儿了。现在提笔就写的话明显不现实，多年写东西的经验告诉我，动笔之前列个提纲更有利于确定方向，否则笔头乱飞毫无章法，最后肯定是自己都不知道写的是个神马玩意儿。留学生嘛，肯定会落在比较法上，也就是借鉴他国先进的法律制度得到的启示云云，这就意味着外文资料少不了，除了日文的和中文的，老师的意思是英文资料也要有一些的，但我是一个懒人，所以英文资料我基本上没怎么查。这里面插一朵花，很多人都说日本人英文实在不敢恭维，但其实人家读和写都没什么大问题，大学生和院生上课时经常会用到英文大部头，比如我们上知识产权法讨论课时所用教材就是英文的，学生们阅读起来也无压力。说日本人英文差，这是说口语，更准确点说是发音问题，除了少部分之外，大部分人的英语都是鬼都听不懂，但当事人还没这个自觉。有一大哥某日到银行开账户，因为初到日本，日语说得也不好，他听不懂柜台小姐说什么，柜台小姐也搞不懂他所云何物，最后柜台小姐一咬牙，决定场外求助。这位大哥正纳闷，只见一位满头白发的保安爷爷随着柜台小姐向他走来。

矮油，看这年纪，莫非这位大爷曾经是战争年代留在中国的遗孤，会说中文？看他一脸兴奋，绝对是见到第二故乡的亲人的赶脚啊。

就在这位哥们儿想说一句“你吃了吗”表示来自家人的问候时，那位大爷的口中叽里咕噜地吐出一连串的不明字符一下子把他砸晕了。

原来他说的是英语……

看着这位两眼放光带着一脸“终于逮到一个机会让我秀一下英语”表情的大爷，该童鞋真没好意思告诉他自己唯一听懂的就是一个“OK”。

看着这个一脸期待的老人，这哥们儿一脸苦笑地比出一个国际手势，说着“OK，OK”，送走了这位大神，然后揉了揉耳朵。真是难为这位大爷了，也难为自己了。

话说回来，继续说我的论文之路。参考了一下网上资料和前辈们的论文，我大概确定了这样的构架：

背景介绍（为什么要写这篇论文？）→情况说明（介绍本国该法律制度及执行现状）→分析原因（为什么会有这样的情况发生？有什么样的背景？）→他国经验（介绍他国先进经验，在日留学生主要介绍日本，商法的话最好还有美国，我的论文题目比较特殊，应该还会重点介绍其他国家）→提出方案（顺便展望未来，Game Over）。

因为只是提纲，所以并没有花费多少时间，充实了一下内容，列出自己想写的东西，打好腹稿后就兴冲冲地去找教授。教授看了一下，问了我几个问题，然后，卡住了。

NND！亏自己觉得准备得很充分！

“提纲还行，具体内容你还要再想想。”老师下了这样的评语。亲，水平还不够哦。

握着手中薄薄的几页纸，我重重点头。

临走的时候，我咬咬牙，终于问出了那个一直想问的问题：

“老师，我是不是挺差劲的？”

“嗯？”

那次的谈话内容已经记不清了，我也不知道当时怎么会提起这个话题，而且我也知道根本不会产生什么结果，但至少我让老师知道我心里的想法，轻松多了。至于以后怎样，那就还是跟往常一样，靠自己的努力一点点前进吧。

第二十二章

不见硝烟的战争往往血肉横飞

2012年，12月，一场对于我们来说非常重要，或者说是惨烈的战役即将打响。

那就是：

求职。

与中国重视工作经验不同（话说初出茅庐的新新社会人哪有什么工作经验，这个条件真心搞笑），日本公司更喜欢初出茅庐的新人，这也可能跟社会文化有关，日本的年轻人不像中国这边喜欢频繁跳槽，多数情况都是在一家公司干到退休（私下觉得也跟退休金十分丰厚有关系）。我掂量了一下自己，K大商法学硕士文凭（不出意外应该是），日语二级，法律执业资格（中国的），英语也有相应的等级，外国人。

学校，学历，相关证书，资格，纯纯新人一枚（要多新有多新，把“纯纯”改为第三声也可以）。

虽然肯定不会很容易，但怎么着也会找到工作吧。我想。

那时自信满满的我，还不知道我马上要面临踏入社会之前最后也是最大的一次挫败，还不知道这场战役会将我本来就不多的战斗力蚕食得直到负无穷。

记得很久以前，曾经看到一牛人背着一书包的证书找工作，结果还是无疾而终，看得我脊背发凉。当时我就想艾玛这活儿八成不是人干的啊，到时候我找工作咋整？没想到工作依然要找，却摇身一变跨境奋斗了，当时心里着实窃喜一把。但后来的发展告诉我：找工作，无论在哪里都是坑爹的体验。

根据从前辈那里得到的信息，找工作要按照以下流程进行：

登录各种人才网站→参加说明会→向公司投简历→被选中参加面试→内定。

日本的人才网站——因为主要那几个后面都带着“ナビ”（发音同“纳比”），所以我们叫它各种“纳比”——跟中国智联招聘什么的相似，都是填写相关信息坐等企业的召唤，所以不在这里详细说了，就从第二个阶段说明会开始。

说明会，类似于国内的招聘会，只不过没有现场投简历这个事，只是各个企业面向求职学生做自家介绍，主要内容是“我们是一家什么样的企业，经营内容，销售额，业绩，海外事业的发展，想要什么样的人才”等，结尾时告知什么时候开始投简历，面试大概有几轮。说明会大致分为两种，按数量来说分为公司单独举行的说明会和数十家公司一起举行的合同说明会，按举行场地分为校内说明会和校外说明会。单独说明会，因为是在公司内部举行，环境比较舒适，但要时刻保持好状态，公司极有可能会出题考查，人事部门的人也会在旁边观察学生的行为举止和神态，据说这对公司的选拔来说也是很关键的，所以参加公司内部说明会的时候要带着小本本，随时记笔记（如果你想鬼画符也无所谓，反正要奋笔疾书），目光跟随着主讲做聚精会神状（装也要装出来），积极提问题（但一定不要太白痴，否则适得其反），总而言之就是不遗余力、绞尽脑汁、用尽一切方法刷存在感和好感度。即使知道这仅仅是个说明会，但与会学生也会怀揣着满满的鸭梨。与此相比合同说明会压力就会小一点，几十家甚至上百家企业聚集一堂，学生们可以任意选择自己感兴趣的企业来听，时间短，平均在三十分钟到四十五分钟之间（单独说明会至少两小时）。这样学生们就可以在一天之内听取多家说明会，收集到大量的情报；但就是环境嘈杂，而且很难给对方公司留下什么印象。校内说明会和校外说明会，顾名思义就是在校外和校内举行的说明会。我曾在K大校内参加过好多说明会，企业专场和合同说明会都有，但相对而言还是校外说明会更多。作为国际著名繁华都市和众多大企业的总部所在地，东京的说明会多如牛毛，很多人也会不远千里坐着夜行巴士（一般学生或者企业不给报销路费）或新干线（经济上较宽裕或对方公司报销路费）花上数小时或一个晚上去找机会。关西地区主要是集中在大阪，但距离近并不意味着不折腾，我参加的第二个校外说明会就足足倒了三次车，换了三种交通工具（电车、地铁和双腿）才到。

这里我必须说一句，相比起校内说明会可自由着装，校外说明会，哪怕人家写明“服装自由”，你最好也穿着制服参加，不要问为什么，这就是被不自觉约定俗成的习惯。就是在第二次校外说明会，因为写着“服装自由”，自己也就很老实地穿了一身便装去，结果到那里一看，傻了：满目净是黑压压，无论男女都是一套黑色制服外加一个黑色皮包，我一身蓝色风衣加一个橙色包包显得格外扎眼，却也只能厚着脸皮去听一个又一个说明会。自此无论是不是写着“服装自由”，我都穿着黑制服拎着黑色公文包。当然什么都有例外，有些企业比如说营业内容跟服饰、时尚等方面有关系，就会要求应聘人员在面试时穿着“私服”（便装）参加，但原则上讲还是制服参加更多一些。日本的制服，也就是求职装价格虽然各种各样，几万几千的都有，但样式都很统一，而且为了表现应聘学生朴素的一面，衣服上最好不要有花纹，包括男孩子系的领带，也是越朴素越好；女孩子的裙子要到膝盖，不能过短；而且公文包也要一码黑（最次也要很深的颜色），也别搞什么花样，想挂个小吊坠、小娃娃什么的就别费那个劲了；鞋子也是怎么简单怎么来。这套装束也就求职时候能用得上，找到工作就被压箱底了。但是，别看它死板又难看，但是如果小瞧它，按小品里的话就是：“你摊上大事儿啦！”我就因为装束问题吃了亏，而且是大亏，一个至今想起来都会让我想自挂东南枝的大大亏，至于啥亏，别急，稍后会讲，咱们先把这个讲完。

参加说明会是找工作的第一个阶段，虽然严格上来说它会持续在求职整个过程，但主要还是集中在从12月到第二年的3月这四个月里，企业一般会在3月份才开始允许投简历（当然也有早的）。我认识一人对此狂吐槽，说他老人家在国内从参加招聘会到定下工作也就不到一周时间！我刚开始也觉得这个过程过于拖沓，但后来认为其实它是非常合理的，为啥子呢？日本这里虽然比较花时间，但是这几个月中，学生们可以收集到大量企业信息，并加以研究考量，仔细思考自己到底想要从事哪方面工作，将来想要达成什么目标，什么样的企业更适合自己，能使自己有更好的发展？这样将来做出的选择至少不会与自己的预想有太大的落差，稳定性相对更高一些。中国虽然快，招聘会看一眼，马上就可以投简历，然后坐等面试通知就OK，但几乎就没有思考的时间，学生们完全凭第六感选择企业，至于这个企业到底是做什么的，投完简历再调查也不迟。而这冲动之下引起的后果就是：不停地跳槽。理由也很理直气壮：想象很丰满，现实很骨感。各位亲，为什么不检讨一下自己在浮想联翩畅想未来之前压根儿就没做最基本的调查呢？就这样，学生不停地跳槽，用人企业想与其把你好不容易培养成才你再放我鸽子，还不如直接找有工作经验的，同样都是走，这个至少心里好受一点，这也导致了应届毕业生就业困难。而就业困难又会让学生们抱着“现在不景气，有个工作先干一段时间再说”这一想法找工作，结果自然是没过多久就把这个企业当成垫脚石；桑心的企业更加秉持了“找人就找有经验的”这一理念，然后……

就没有然后了。

到了第二年3月，就是大家忙着写履历书的时候，这边叫作エントリーシート。要说履历书这个东西我以前也写过，打工面试的时候都要带着它，店长大概看一眼，问一些问题，感觉不错就把你留下了。我第一份工作就是这样，老板和老板娘看了一下我的简历，说道：“都是自己写的吗？字写得很漂亮哦。”听得此言我差点儿没泪奔，不管是不是客套话我都想把它录下来然后用伊妹儿给老爸老妈送过去：让你们说我写字写得难看！

但是这回又不太一样，首先大部分都是电子履历，填写之前必须先在该企业申请一个用户名即邮箱，登录之后才可以输入相关信息。当然也有一些企业要求手写履历书并邮寄，但大部分还是电子版。其次是内容上也有很大不同，虽然都是个人信息+个人问答，但绝不会短短几句话就可以应付了事，要逐字逐句进行斟酌，不仅内容要充实，还要注意不要超过字数限制，一般控制在三百字以内，也有二百或者四百，更多的七百甚至八百。除了文笔，还考验学生的语言组织能力，不能敷衍，但也不能长篇累牍、废话连篇。小问答可以说是五花八门，比如“你最尊敬的人是谁”“闲暇时间你喜欢做什么”“与他人通力协作做的事是什么”，虽然很杂，但每个问题都不是白问的，因为它们的背后都在考察应聘学生的性格、品德、协调能力和对自己公司的了解程度（比如说问你“在你使用过的本公司产品中印象最深的是哪一个”，这就很明显了）。有的干脆就摆出来一个人事案例，问应聘学生该如何处理，有时候也会结合公司的营业内容问一些问题。跟其他应聘学生一样，笔者也写过数量可以装订成册的简历，总结了一下，最被经常问到的大概如下：

为什么要应聘本公司（有的会细致到为什么会应聘这个岗位）；

在学生时代做过最努力的事是什么；

你希望在本公司打造一个什么样的未来；

你能在公司的发展中起到什么作用。

这里免费送一个小贴士：无论你自认为日语多好、语法多么精准，写完之后一定要让认识的日本朋友检查一下，如果可以的话，最好请自己的指导老师提提意见或者修改（很难，但还真不是没有，认识的一位美眉就靠着老师为她量身定做的简历文书一路过关斩将很快拿到内定）。我曾经也以为，好歹在日本待了两年有余，自己写的虽然不是百分百准确，但也应该是十之八九吧，就没有把检查神马的当回事。屡次碰壁之后开始思考是怎么回事，这才想到检查这档子事，就请自己的论文指导员帮忙修改，然后就目瞪口呆：

敢情费劲巴力憋出那么些话就标点符号还算正确?! 那我以前写的那些岂不都是垃圾?! 可惜意识到这一点已经是第二年了。另外，如果不知道怎么写，可以上网搜索一下就职成功那些例子，参考一下关键词（记住，参考而已，而且只是关键词），在此基础上结合自己的实际情况加以合理扩充，也是大有帮助的。只是意识到这一点也是第二年的事了。

履历书这一关过了，马上就要与对方公司面对面了吧。亲，谁告诉你履历书这一关过了，面试之前还有笔试呢，而且这个几乎是与履历书填写同步进行的，只有这关过去了才能与企业人事face to face呢。Ladys and Gentalmen，下面就让我隆重为你们介绍，这个让无数求职学生跳脚、挠墙、吐血、疯狂，直至精神分裂的变态级笔试之王——SPI!

SPI，即webtest网络测试，分为数理、语言和性格测试三大类，有时也会有英语。只要谈到它，几乎所有学生都有一部血泪史，人人都是捶胸顿足咬牙切齿，对它的印象也很统一：恶心！没有最恶心只有更恶心！现在，就让笔者满怀酸楚、泪眼婆娑地为大家揭露——SPI之巨恶三宗罪!

巨恶三宗罪之一：时间紧，题量大。

平心而论，SPI的题目难度并不是很大，就拿数理问题为例，最难也就是高中级别，虽然有一些排列组合问题比较复杂（对我而言），但基本都是纯计算问题，算起来虽然麻烦点，但只要给时间是可以搞定的。但关键是它压根儿不给你这个时间！每一关卡都要在固定时间以内完成，而每一道题也有自己的时限，时间一到，不管答没答完都只能over，平均一分钟一道，根本就没有多余的时间让你去算。当然你可以拿计算器来助你一臂之力，但很多时候你要去固定的场所，即SPI考试中心去考试，那里只会允许你在现场配布的草纸上演算。计算器？你说啥？我没听清。如果你说这个很难很崩溃，亲，你说早了，语言类考试正在不远处对你露出请君入瓮的笑容。数学题虽然对于文科生来讲不是很好过，但是如果掌握一定技巧也是可以蒙出答案的，语言类你蒙个试试？先是选词填空，后是阅读理解，内容从易到难，篇幅由短到长，日语方面没有很好的造诣都要叫苦不迭，有些文章得看几遍才能知道答案究竟在哪里。私下认为能游刃有余通过这一关的人考日语一级都是高分的料，记住，我说的是高分！

当然，语言类考试也有个沙漏在不停地提示你时间还剩下多少。

巨恶三宗罪之二：性格测试绕晕你！

性格测试是SPI的一部分，一般都是第三关，顾名思义是考查你的性格特征与公司的文化氛围合不合拍。很多人看到这个都觉得跟心理测试差不多，难度应该比前两关可爱多了，所以一开始都没当回事儿，我也是这么想的。考试开始的时候，先头的内容也似乎符合这个发展趋势，都是很简单的题；但后来越来越不对劲。首先题量不少，基本都是一百道左右，有的还有一百二十多道的，再怎么容易答连着百连发最后也会让人累觉无爱。其次就是类似的问题重复问，即想问的东西是一样的，但却穿了个马甲，这样的问题最忌讳答案不一，因为用人企业会闹不清你到底是个嘛。所以有人建议干脆就打大一统，什么问题甭管符不符合自己，就挑日本企业喜欢的类型来选答案。但有的时候用范厨师的话讲就是——防不胜防啊！比如说它会隔数十题以后问个同样性质的，为了避免答案错乱，你要回想或翻看上一道题你选的啥。别笑，这事我常干，因为一百道题，答到后半段我会烦，会着急，会不由自主选答案。选完一激灵：不对啊，我前面选的是啥？赶紧看看！那厢有人说了：那我就一直小心谨慎，咬牙坚持到最后就万事大吉。抹一把辛酸泪，告诉你：不见得。比如说前面有四道题，你选的都是模板式答案。正哈皮呢，后面来一道题让你选不擅长的，一看傻眼了：前面四个模板答案就是四个选项！你只有两种方法，一、改前面的答案；二、硬着头皮选一个。选前面，费工费时；选后面，又出了一道题，被你选出的模板答案变成了题干，问你是否擅长……

亲，我了解你的感受，但请手下留情吧，电脑还要用的，砸了不方便。

后来因为机缘巧合，我接触了一些心理学的知识。心理学上有信度（即可信度）这一说法，测试越长，信度越大，出性格测试题目的应该也都接触过这些东西，所以题目才会弄这么多。但我认为他们还没学到家（虽然我也只是半吊子），因为心理学上不仅有信度，还有报酬递减率这一概念，即测试的长度应该有限度，过长的测试会导致被试者疲惫甚至反感，你们到底知不知道啊喂！

巨恶三宗罪之三：一人答完真心不易！

所有地方都希望招聘到德智体美劳语数全面发展的人才，但事实是这种人还是少数，更多的都是有长处也有短板。比如在SPI中，文科生在计算方面可能不会特别流畅，相对的如果不是事先学过或者留学前就已经拥有与日语有关的工作经验，理科生在答语言类型题目时也会汗津津。因此，很多应聘学生都会望题兴叹，森森地反思为啥上学的时候不文理一肩挑？不过魔高一尺道高一丈（用人企业：纳尼?！谁是魔谁是道你给我说清楚），你有九阴白骨爪，我有降龙十巴掌。虽说题目不少，但上面也没有写明必须一个人答是吧，那我多找几个帮手好不喽？无数的SPI抱抱团因此应运而生，学生们三人或两人一组，根据自己的优势挑选关卡，帮完我来再帮你，互帮互助，共同进步，兄弟姐妹大齐心，其利可断金。我认识的人中就有这么一个神一级别的组合，三个人分别攻克语言、数学和性格测试，一路高唱“团结就是力量”，高举“挡我者死”的大盾牌，神挡杀神、佛挡杀佛，无往不利、无坚不摧，管你SPI还是FBI，不论什么“I”都变成对手口中一声惨号“哎——!!!”这三个人，一个顺利拿到内定，一个最快速度拿到内定，一个拿到N多内定。如此骄人的战绩让无数后来人望着他们并不伟岸的身影（没办法，其中一个人拉低了他们的平均值）惊呼：榜样果真是不可复制的！

可问题是这种方法并不是百试不爽，在特定场合比如SPI考试中心，如此相亲相爱肯定是被一脚飞踢的命运。而且有时候题型会变，当你信心满满准备计算的时候，却发现数理题全部都是逻辑推理……

总而言之，SPI就是很恶很变态。

但即使巨恶如斯，还是有很多人吐血数斗后踉踉跄跄冲到面试，不管结果如何，让我们向他们致敬（此处应有掌声）。

好了，在无数人前仆后继倒下后，你虽然也是遍体鳞伤，但却也结结实实地冲到面试这一关了，深吸一口气，高呼：让暴风雨来得更猛烈些吧！

嗯，终于不再跳最炫《小苹果》的老天爷摘下了耳机：成全你吧，就当中场休息了。

要拿到内定，一般要通过三次面试，虽然有的甚至有四次，但还是三次居多。下面我来简要介绍这几轮面试的特点。

第一轮面试一般是一对一，即一名面试官面对一名应聘者，当然有的时候也会有两名，但面对的应聘者可能就会有四五名。面试问题一般都根据履历书来做适当的延伸，比如学校生活的经验啊，报考这个公司的原因啊等等，有时候也会针对应聘者的专业提一些问题，比如我有一次就被问到怎样运用法律打击假冒伪劣山寨品（这个，很出名啊）。对了，还有一个问题是他们经常问的：你将来是希望留在日本工作还是转到中国？这个时候一定要答：我听从公司安排。否则铁定没戏。第一轮面试的面试官一般为公司人事部的担当，相对于应聘者的实际水平，面试官更注重坐在对面这个人会不会给他带来不必要的麻烦。这一点我还是后来才意识到的，只是意识到的时候已经太晚了。

顺利通过第一轮的人会进入第二轮考核，也是难度系数比较大的一关，与其说是面试，更像学校里的讨论课。面试官出一个题目，应聘者分成几个小组，针对这个题目商讨出一个解决方案。私下认为这是很能体现日本社会文化的一个环节，既要让自己出彩，还要保证团队的协调，不能不顾及大局只图自己出风头。这一轮考核的淘汰率要远高于第一轮，很多应聘者都在这一关折戟，抱憾退出竞争。

第二轮胜利者会顺利进入下一轮，即二面，面试官一般是公司的中层领导，面试问题比第一轮要更难一些。有的人会觉得面试官比较奇怪，具体表现就是无论应聘人如何表现他都是面瘫，回应神马的根本没有，让应聘者备觉压力山大之余也是尴尬至极。其实这是他们故意这么做的，目的就是考查应聘者的抗压能力。如果你紧张之下语无伦次，那就铁定打酱油了；相反如果旁若无人般滔滔不绝，那肯定——out！我这里又不是娱乐八卦产业，话那么密干吗！

经过数次筛选之后，幸存者会到达终面，即面试的最后一关。终面都是在公司总部进行，一般都是在东京，对于居住在关西的学生们是很不方便的。但古时候一个叫塞翁的人告诉过我们：丢了一匹马也不见得是坏事。意思是就算某天天上真的掉下了铁饼，你也有可能因为这一砸开发了身体里另一种潜能，比如透视啥的，或者直接穿越，从此艳福不断（主人公不限性别，具体过程请参考各种玄幻或穿越小说）。路途遥远虽然乍一看比较辛苦，但聪明的学生们却很快将它变成充实自己小金库的捷径。怎么回事呢？因为终面的时候，考虑到一些应聘学生奔波比较辛苦，一些财大气粗公司会报销学生的来往路费和住宿费（当然是有一定上限的，真当人家冤大头啊）。鉴于此，学生们就会特意把几家公司的面试安排在相近的几天甚至是同一天，这样就可以同时得到这几家公司的经济补偿，里外里也是不少的。我见过一个猛人某个月就靠面试净赚十万日元，让人不说佩服两个字都觉得亏心。终面的考官一般都是公司的高层了，面试难度自然要更上一个台阶。过程虽令人心惊胆战，但有的时候还有慰问品可拿，比如某个化妆品公司对每个进入终面的人都会送一套护肤品，让人眼馋不已。其实从参加说明会开始就会有这种小赠品，比如记事本、便签本、圆珠笔、名片夹等等，化妆品公司可能会有试用装赠送，是很常见的事，就如同日本街头到处都有发餐巾纸一样常见（夏天还会发扇子）。我从就职开始到结束，这些东西杂七杂八积累了有半个抽屉。

终面结束后，幸存者一般会在7月份拿到内定。如果这个时间没有拿到，那就只能擦一把辛酸泪咬紧牙关再接再厉了。如果到这一年的12月份之前还没有回音……应届毕业生和非应届毕业生的区别，我想很多人都能眼泪汪汪地阐述的。

不管怎么说，求职战的号角已经吹响了！同志们，冲啊！

第二十三章

成长的烦恼

“呼——”长出一口气，还是换上平底鞋子更舒服啊！

无论何时穿制服，都是一件痛苦的事，夏天，热；冬天，冷，尤其是穿着高跟鞋的时候。每到此刻我就在心中无限循环播放限制级连续剧——《征服》。

剧名：征服；

参演人员：应聘者——我，用人企业；

剧情介绍：饱受折磨的应聘者用十八般酷刑狂虐用人企业；

剧集数：未定，什么时候拿到内定什么时候完结。

不要还是怪我偏激，冬天穿着高跟鞋应聘真心坑爹。日本的冬天虽没有中国北方数九寒天的程度（北海道除外），但海洋性气候特有的潮湿阴冷让人觉得冷风向骨头缝里钻，穿着单薄的高跟鞋走在路上，就感觉凉气由下向上蹿，尤其还穿着裙装和高筒丝袜，那更是寒上加寒。我虽然来自冬季冰冻三尺的东北，但其实东北人真心不抗冻。别看我们走在雪地如履平地、面色如常、健步如飞，那是脚踩防滑靴、身上里三层外三层的结果，刚刚入冬就是秋裤加绒裤了，穿着丝袜高跟鞋上街只会让人认为你早上没有按时吃药。比起这个，我真心佩服日本人啊，那是可以在大冬天里小孩子光着两条小腿奔跑，女孩子穿着凉拖上街的有木有！！看到这些我真是醉了。

毕竟没有从小培养，这方面跟东瀛友人硬拼那就是找虐，为了避免老了以后得病必须得做一些防寒措施，但还要遵守日本的制服潜规则（没有别的意思！表想歪）。无奈之下，我只好每次求职的时候都拎着一双高跟鞋，到达地点后就赶紧换上，结束时再换回靴子。后来有了制服裤就比较方便了，因为裤腿比较长，正好盖住脚面，我可以在丝袜里面穿一双棉袜保暖后再穿高跟鞋，但是因为怕把鞋子撑坏，也因为胆子变大了一点，后来我就直接穿长筒靴，外面用制服裤子盖住，不仔细看还以为是一双普通的女士制服鞋，倒也能蒙混过关。

只是，好疼啊，嘶——

为什么女人都喜欢穿高跟鞋？除了好看之外一点儿用也没有。据说第一个穿高跟鞋的人是路易十四，但人家是个爷们儿，而且是为了自己那丢人的身高；现在的妹子有几个是为了身高问题挑鞋子的？高跟鞋确实精致优雅，女孩子穿上后摇曳生姿，在男人眼里是性感的代名词，但除了唤起雄性生物的生理反应之外给女人剩下的就只有“遭罪”二字。这种成全别人、恶心自己的事儿还真是有很多人在做，而且前赴后继，乐此不疲。

好不容易回到家，让自己的脚稍稍放松一下，却不由自主打个寒战。

家里真冷。

日本的冬天类似于中国东南沿海，阴冷潮湿，而且没有供暖，每天回到家里如同进了冰窖，放在化妆包里的液态唇彩都凝固了，还能很清楚地看到口中喷出的哈气。虽然一般出租房屋都会有空调，但留学生很多都舍不得用，因为那玩意儿太耗电。有的同学会拣一个电暖机回家，效果有限但聊胜于无；要是运气不好碰不上的就只能硬扛。我那时候在家里棉睡服、棉拖鞋，但依然没感觉一丝暖意，没过多久手就又红又麻，手指弯曲都有一些困难。只有睡觉的时候才会觉得暖和，因为开着电热毯。小百合就曾经说过，每天早上都不想起床，因为被窝以外的空间忒冷。很多同学都因为这个得了轻微关节炎。一般的房子都这样，我家更是如此。因为我家是个阴面，不向阳，当初租房子的时候没把这个太当回事儿，结果吃了亏：夏天闷热不透风，冬天阴冷没阳光，十分难受。只能怪自己图便宜，花钱买个教训。后来我向前辈们学习，光明正大地蹭学校的暖风——空调，在研究室待到晚上，回去后就是洗漱睡觉嘛都不干，让暖意保留时间更长一点。这里插一朵花，上海的天气跟日本差不多，暖和也暖和不到哪里去。小伪曾经讲过这么一个段子：大学时候同寝室有一个来自东北的哥们儿，刚到上海的时候觉得挺好，因为都说南方冬天暖和嘛。结果过了11月就觉得不对劲儿，一脸疑惑状去问老师为嘛这个时候还不供暖，得到一记白眼。等知道上海压根儿就没有供暖这事儿的时候当即风中凌乱，过年回家的时候卷着铺盖就跑，只留下这么一句话在校园中回响：我当时为啥要到上海来啊！！！

休息了一会儿之后，看看时间，也该洗漱睡觉了。今天从说明会回来直接回研究室，妆容在脸上粘了一天，时不时还得补补妆，终于可以卸掉了。看着镜子里干干净净的脸，嗯，还是这样更顺眼。

我是来日本之后学会化妆的。起因是一张照片，那是在研究生期间跟研究科的前辈去海边旅游时候的合影，我穿了一条碎花裙子，外面套了一件白色蕾丝小衫。一个大姐看了以后说道：小模样可以，衣服配得也不错，但是这样的衣服化点妆更漂亮。所以我就立下“一定要学会化妆”的鸿鹄大志——这是最表面化的理由，实际上是有一男性朋友看了合影之后认为最漂亮的是另外一个女生，秉持着同性相斥这一亘古不变的真理，我立刻就暴走了：靠！那货只不过会化妆好不好?！有什么了不起，姑奶奶底子比她好多了！我也要学化妆！！！

虽然我一直坚持素面朝天，但是来日本后却发现如果一直这样似乎有些格格不入。在日本街头，你看不到一个不施粉黛的女子，无论老幼，上至白发苍苍的老妇，下到豆蔻年华的少女，人人化妆。记得有一次去京都玩，等车的时候旁边的长椅上坐了一位老奶奶，她一抬头把我吓了一激灵：红红的嘴唇、白白的脸，艾玛这要涂多少斤粉、搽多少管唇膏才有这样的效果啊！印象最深的是在姬路电车站看到的母女三人，大女儿也就十二三岁的样子，却穿着高跟鞋、黑丝袜，耳朵上的耳钉亮闪闪晃瞎人眼，最让我惊奇的是她还化妆，眼影、腮红、唇彩一个不漏，手上还涂了指甲油，面对这一切无论是孩子的母亲还是路人甲都面色如常。我当时想如果换一个场景，把这个挪到中国的话，或者如果我十二三岁就这样上街的话，旁人……也不用旁人了，出门之前我就会被老爸老妈打断腿的。

有道是到什么山头唱什么歌，既然到了全民美妆的国家（真的是全民，连男孩子都化妆），不往自己脸上添点油彩着实有些不合群，而且将来出外应酬找工作什么的都用得着，早学比晚学好。

我的彩妆第一步，是一支BB霜。这是一个大姐在韩国机场免税店买的，她将它送给了我，作为我的美妆第一课。这支BB霜很耐用，我用它到现在将近三年，还没有用完，我一直拿它当粉底霜使用。当初拿到它的时候很开心，因为我一直很在意以我的黑眼圈，无论是睡觉按摩还是食补都不能跟它们say goodbye，甚至还用了土豆片、茶叶包，也是于事无补。看到电视里那些女性肌肤白皙透亮，个个360度无死角，看得我那叫一个羡慕，羡慕之余就开始琢磨为什么她们都是晶莹剔透的，莫非都是天生丽质？后来看到她们的素颜照把我下巴惊掉地上了，你们这个底子混演艺圈真的呆胶布?！化妆这门技术都可以把凤姐变成女神啊！再后来知道有一个神器叫粉底，可以瞬间让黄脸婆变身白富美，那岂不是痘痘、眼圈神马都是浮云了？今天终于可以美梦成真，赶紧用用试试，但效果也仅仅能被评价为还行，眼圈什么的还能看出来，虽然确实有效果，但效果没有我想的那么惊艳。挠头，那些女艺人那么漂亮估计都是因为在强光下吧。等再再后来知道除了粉底之外还有定妆粉、遮瑕膏之类的时候，差点吐血三升。

以此为契机，我开始了我的化妆之旅。我有一些朋友是美妆达人，因为我对这些方面一窍不通，就由她们帮我置办一些基本的彩妆，比如唇彩、腮红、睫毛膏、眼线笔之类，甚至还对我进行视频教学，告诉我这些东西的用途用法和使用顺序，我也就边学习边实践。刚开始的时候，那除了惨不忍睹再没有别的形容词了。粉底涂抹不匀，经常白一块黄一块；腮红只会最基础的笑肌圆圈式画法，但手一抖就会变成满面“红”光；画眼线的时候虽然没有一颗激动的心，但手却不停地颤抖，那画出来的根本不是线，就是微缩版心电图啊——别说看起来还挺健康；眼影画出来就像刚刚遭受家庭暴力一样；定妆粉，擦后觉得好像僵尸；唇彩倒画得不错，但从中医的角度来看怎么看都像肝火过剩；睫毛膏？那特么到底是神马？!!!

罗马不是一天建成的，妆也不是一天就能化好的，为了我的华丽七十二变，套用国父的一句话：革命尚未成功，同志仍需努力！

随着不断练习，我逐渐熟悉了各个化妆工具的使用方法，也掌握了一些实用技巧。比如眼线画得越来越好，先是保持手不抖，逐渐画出一条直线，再学会利用棉签画出层次感；眼影的话，也懂得利用颜色的深浅来营造妆容的立体感；也懂得将遮瑕膏和粉底结合起来使皮肤看起来更白皙。虽然愈加熟练，但也愈加了解这个世界还有太多让我头晕目眩的东西。比如说吧，除了腮红刷、眼影刷之类的刷刷，唇彩也有专业的刷子，就连遮瑕膏有时候也要刷君上阵；以前我一直认为唇彩就是每次用一个颜色，结果被无情地嘲笑为“out”，真正的专业人士都是两种或两种以上颜色一起用；画眼线除了眼线笔眼线液，还有眼线膏；除了颜色不同之外，唇线笔和眉笔我一直都是傻傻地分不清楚；粉底除了基本自然色之外，竟然还有粉色和绿色；还有假睫毛，我一直不知道它的存在意义究竟是嘛，可是好多女孩子都很喜欢，那次某个日本时尚节目采访一个女孩，那个妹子竟然用了四个假睫毛！对于我这个使用睫毛夹都会夹到眼睑的人还是对它敬而远之的为好。好不容易找到点儿感觉找到点儿节奏，懂得裸妆等几种基础妆容的画法，觉得应该差不多了，结果看到一个韩国妹子三分钟美妆视频，一个原本很普通的路人甲分分钟变身为偶像艺人，当即就恨不得给她跪了：这哪叫化妆啊，这压根儿就是整容啊!!!

有的人可能会觉得我的描述过于夸张，但凡是看过那个视频的人都会跟我有同样的感受，化妆也确实能有这么神奇的效果，只要不是长得太随便，凭借过硬的技术，说不定还真能山寨一把范爷。记得曾经跟一些朋友去旅行，其中一个姐们儿长得跟洋娃娃似的，样貌精致可爱，是个标准的日系美女（人家是咱祖国之花哦）。后来大家一起去泡温泉，泡完去洗澡的时候我发现自己没有带洁面乳，正好那个娃娃就坐在我后面，我就向她借，就在她回头那一刹那，我看到这么一张脸：圆面盘，小眼睛，眉毛稀疏。愣了数秒钟之后我接过洁面乳，揉了几把脸之后确定自己没出现幻觉，回想一下刚才的面容，还能依稀从眉眼中辨认出化妆后的脸。相对于我们这帮人的惊愕，人家倒是毫不在意，反而笑嘻嘻地讲了一个段子：某年某月某天，她和她的一群朋友结伴出外游玩，大家男男女女凑到一起十分热闹。有一哥们儿就瞄上了同行一美女，那姑娘，嘿！就俩字儿，漂亮！看得他肾上腺素一个劲儿上蹿，这样的美女不出手对不起自己啊！所以他就果断行动，前去搭讪，那姑娘貌似对他也有好感，一来二去两人周围就升起了粉红色泡泡。周围人也都识趣地不去打扰，等着看又一对鸳鸯速配成功。后来一行人浩浩荡荡去了一家洗浴中心，那里娱乐洗浴餐饮一条龙（表想歪），约定好了先好好泡泡澡再聚餐，结果等大家洗完澡集合的时候，那哥们儿四处张望，怎么找都没看见那个让他垂涎三……不是，怦然心动的如花似玉美娇娘。所以他就问旁人有没有看见他心上人，被问的人嘴角一抽，拿胳膊肘戳了他一下，示意那姑娘一直就在他身旁，他疑惑地回头一看，就看见一张完全陌生的面孔，那脸色，真不是一般的好看呐。

“众里寻他千百度，蓦然回首，那人却在灯火阑珊处。”辛弃疾这首《青玉案》撩动了多少痴男怨女的心弦，只是这哥们儿当时的心境肯定不是如此美好。

听了这个段子，我大笑之余也寻思，是不是姑娘我也能变身一回？后来发现真心做不来，为什么呢？有道是世上没有丑女人，只有懒女人，我就属于后者。每一张精致的面容后面都需要精心的准备，这一个“精”字就需要花费大量的时间。就以娃娃为例，要比不化妆的女孩子提前一个到两个小时起床，就是为了当窗理云鬓，对镜贴花黄，想想那些令人眼花缭乱的工具，也得这个时间吧。因为找工作的关系，我最擅长的就是简单的裸妆，就是这个也得花费二十到三十分钟，更别说那些可以与偶像艺人媲美的漂亮脸蛋了。

只是，这样真的就好吗？

日本女人出门必化妆，哪怕仅仅是扔个垃圾，她们认为化妆是礼节上的必要程序。但是，过于精心的雕琢难道不会显得刻意吗？看着镜子里那张几乎看不到原有面孔的漂亮脸蛋，真的会感到满满的欣喜吗？日本关西地区每周日下午有个人气综艺节目叫《新婚夫妇大驾光临》，内容是对抽选的新人进行趣味专访，请对方讲述他们的感情经历。某次就有这么一对夫妇，妻子自曝“猛料”，说自己不化妆简直无法见人，所以每天必须精心装扮才能见丈夫。

主持人问：“但你总有卸妆的时候吧，难道你睡觉还带着妆？”

妻子：“不会啊。但是我睡觉的时候经常他还没有回来，他起床的时候我早就起床化好妆了。”

对于妻子这番回答，丈夫的回应是一脸木然，似乎已经习以为常。这可能因为是在日本吧，对于日本的男人来说，妻子是用来操持家务稳固后方的，家不过是工作之余休息的旅馆，想找年轻漂亮的美眉自有陪酒女郎成群结队；对于妻子而言，她们恐怕也习惯了这样的生活和工作狂丈夫，对自家男人偶尔另类的消遣方式可能也会习以为常，至于交流神马的，一切都是浮云，做老公的记得给钱就好了。但是如果这样的事情发生在中国，恐怕做老公的新婚之夜见识到妻子的真容后就要吵着离婚吧。记得前一段时间有一个段子特别流行。女巫对要跟她结婚的骑士说：你是希望我白天美丽夜晚丑陋，还是白天丑陋夜晚美丽？骑士很聪明，回答：无论何时，我爱的都是你。但说心里话，哪个男人不希望与自己同床共枕的人长得如花似玉呢？尤其是中国男人，对什么都没专一过，就是对老婆的要求非常专一，无论老幼，无论“行”还是“不行”，那就是

“想要年轻漂亮性感的女孩子”。人家也很有理由：我负责挣钱养家，你还不得貌美如花？就如古话所云：郎才（财），女貌。

我一直不喜欢化妆，除了必要场合之外一直都是素面朝天，化妆也是淡淡妆。除了保护皮肤之外，也许与小时候读的那篇毕淑敏的文章有关，文章中“我”特立独行，即使面对周遭异样的眼光，即使面对这个花枝招展的社会，她也坚持素面朝天，坚持以真我面对一切人与事。当时还在上初中的我读这篇文章时不禁热血沸腾，认为自己也应该做一个有个性的人。虽然现在身在“不化妆不出门”的日本，虽然偶尔也不能免俗，但也是尽可能不在自己脸上涂脂抹粉。因为这就是最真实的我，哪怕脸上有痘痘，眼睛下还有黑眼圈，这确确实实是爸妈给我的脸。琳琅满目的化妆工具也许确实可以让人麻雀变凤凰，但是谁能一辈子都以一张假脸去面对他人？就算一狠下心在自己脸上动了刀子，最原始的基因也会在后代身上体现出来，你能瞒多久呢？戴着一张精心雕琢的面具去面对自己的心上人，你如何判断面前的这个人喜欢的到底是哪一个你？是雕饰后的千娇百媚，还是装扮前的朴实无华？

还有一点，也许只是我一个人这么感觉吧，我总是觉得这些五颜六色的彩妆组成了一驾马车，它拉着我离我所珍视的简单和纯真越走越远。我虽然不喜欢化妆，可是当它变成了一种约定俗成的事情之后，你就只能去接受，不管你理不理解；就像当我真正走向社会之后，就必须按照周围人可以接受的方式去待人接物。因为有一句话叫伸手不打笑脸人，所以必须保持微笑，哪怕面部肌肉已经抽了筋；做人要和气、要与别人打成一片，所以手脚要勤快、嘴巴要甜，哪怕自己已经累得不行，哪怕说出来的话自己都觉得虚伪。就如同《老友记》中，Monica一直反感Chandler为了配合上级无聊笑话所发出那刺耳的假笑，可是当心上人答应她做回真我却可能要面对事业危机的时候，她以夸张的笑声出来圆场。当时看到这里觉得很有趣，可现在却觉得无奈。我们每个人都是Monica，每个人心里面都有一个真我，可是在面对这个纷繁复杂的社会时，却都必须用一张面具将真我隐藏起来。虽然无奈，但这就是现实。

所以，我也开始了化妆，我也学会了“香墨弯弯画，燕脂淡淡匀”，我也开始在雨天外出的时候担心脸上的妆会不会花。这也许就是成长的必修课吧，我也只能一声叹息之后努力适应。只是脑海中依然时不时想起那个想笑就笑、想哭就哭的年代，耳边也经常响起这样的旋律：

如果再看你一眼，是否还会有感觉，最真实的喜怒哀乐全都埋藏在昨天。

不掺任何的表演，轰轰烈烈那几年，我怀念别怀念，怀念也回不到从前。

——许嵩《素颜》

第二十四章

中华韵味，独领风骚！

“走一走，看一看啊！安小姐的中华小笼包好吃不贵，快来买啊！！！”

“热气腾腾的小笼包哦！吃下去从里暖到外啊！！！”

放下手中的自制广告牌，活动一下肩膀，吆喝了好久，嗓子好干。

今天是我们学校校园祭，校园祭每年举办两次，分别在夏季和冬季举办，夏季会在六七月，或者说是七夕左右举行；冬季大概在12月份，今天这个是冬季校园祭。如果校园祭这名字听着不太好理解还瘆得慌，那换成“校庆”两个字可能就舒服多了。国内大学的校庆会有各种各样的文艺节目，日本校庆也有话剧歌舞剧表演什么的，但一般是在傍晚以后表演。在那之前，学校就是个大集市，学生们会支上摊子自主创收，主要都是小吃摊，什么日式煎饼啊、章鱼小丸子啊、奶茶啊之类的。这种时候自然也有我们留学生的身影，去年冬天就摆摊卖过水饺，超市里二百日元一袋三十个速冻饺子，转身就卖热汤水饺三百日元一杯，一杯里面只有三个，热乎乎的在冬天超有人气！结果肯定是赚得盆满钵满，扣去成本净赚数万日元，折合当时的日元汇率再比较成本，可以称得上是暴利了。今年，2012年度水饺小姐小安华丽变身为小笼包美眉，汲取经验，打算再创辉煌。这一回她在QQ群里招募看板娘，要求旗袍上身。一看这个我就感兴趣了，旗袍我有啊，穿着还挺合身的呢，而且对这事儿听着也挺有趣的：看板娘嘛，卖力吆喝呗！这事儿上大学时候就一直想尝试一下来着，正好趁这个机会练练胆儿。

当天早起梳妆打扮，穿上一件白底绣着淡紫色百合花的缎面改良旗袍，在镜子前转上几圈，自我感觉还不错，看了一下天气预报，拿了一件披肩披在身上就出门了。走在路上，看到最近的电车车站通往学校的主干道道边已经挂上了横幅，标示着我们学校学园祭的方向，不只学校的学生，附近的人们也可以来热闹热闹。来到学校，里面已经熙熙攘攘，人头攒动。学校也被打扮一新，学校正门门口的大台阶也披上了新衣，上面有一个轻摇滚乐队在弹唱。找到小安的包子铺，已经有一些人在那里干活了，都是小安研究室的日本同学（有几个还是小帅哥）。小安一身湖蓝色长款无袖旗袍，包裹着玲珑浮凸的身材，分外曼妙。后来又多了个大连美眉薇薇，白底黑色绣花改良旗袍，素雅大方；加上她个子高挑，将近一米七的身高更显气场。三个旗袍美女到场后，中华小笼包就热气腾腾出炉了！妹子们施展魅力卖力吆喝吧！

所以就有了开头那一幕。

也不知道是初冬季节吃热包子格外应季，还是咱们大中华旗袍姑娘的魅力发挥了作用，来买小笼包的人越来越多。看着买包子的人逐渐排起了长龙，我们几个小姑娘终于可以放下手中的自制手绘宣传板松口气了。跟过来买包子的人照了几张相，姐妹几个打算四处逛逛休息一下。走了没几步，却见前面有两个女孩结伴并行走来，我们顿时就生了戒备之心：不是因为同是雌性相互竞争，而是因为这俩货也穿了旗袍！

不仅抄袭我们，而且还不交版税，实在是太讨厌了！这是我们三个女孩当时的想法，非常一致！

愤愤然再次瞪过去，却让我们觉得刚才的愤怒实在多余：首先就是那旗袍，大红色的旗袍，跟漫画里出现的山寨中国风旗袍几乎一个师傅裁出来的，怎么看都有中国酒店大堂迎宾的赶脚；那上面绣的花样，就好像小时候做的剪纸一样粗糙；再看看旗袍分衩中若隐若现的日本特有“大根腿”……

后来才知道，原来这两个丫头是我们校动漫社团的，今天在这里Cosplay。

眨了几下眼睛，再看看我们自己，自豪感油然而生，秀发一甩，蛮腰一扭，三人莲步款款，在那两个山寨货面前飘然而去。小丫头们，让你们见识见识到底什么才是婀娜多姿！

虽然大家同属东亚人种，但民族服装只有自己国家的人穿才最好看。比如旗袍还要中国人穿才能展现它独有的韵味，而和服恐怕也只有东瀛女子才能还原徐志摩诗中“像一朵水莲花不胜凉风的娇羞”。请大家不要拍砖，这是我亲身体验的。小女子曾在毕业前夕狠心花银子去体验了一把艺伎生活——表误会，仅仅是打扮成艺伎的样子拍几张照片再由工作人员陪同下外面逛逛。选好衣服和假发后就开始梳妆打扮，光化面部妆就超过一小时，全部收拾好后将近两个小时，而且那是相当的难受：脸上刷了一层白油，过了不久就变得又紧又干，连笑一下都艰难；束腰或者说是腰垫勒得自己喘不过气，弯腰神马的更是别想；假发又重又沉，而且还拉扯着头皮，又痛又麻；木屐又高又硬，不仅走路十分不便易摔跤，而且初冬季节穿着一双类似凉鞋的鞋不觉得有些太凉快了吗？而且而且，如果这些罪能换来一个美美的自己也就罢了，可是为什么这照片上的自己那么别扭？店面官网上的模特一个个柔美含蓄，就是来体验的普通日本女孩穿起来也是格外娇媚，为什么同样的衣服披在自己身上就像一个僵硬的木偶呢？那水莲花似的娇羞呢？走在外面必须迈着小碎步，就这还是几步一趔趄。一万多日元换来三个小时的折磨（其中将近两个小时是化妆）和一个并不美好的形象，虽然很不值但也悟出了一个道理：艺伎、和服、小碎步，美则美矣，但真心不适合中国人啊。

休息了一会儿，吃了点东西，也正好借此机会好好看看这个学园祭。逛了一圈觉得日本的这些“祭”包括各地的美食节都是大同小异，除了少数细节方面的不同，唱主角的永远都是日式煎饼、炒面和章鱼小丸子，跑龙套的永远少不了炸鸡块苹果糖，程咬金的三板斧在日本这个岛国一年四季翻来覆去地用。没办法，烹饪方法单调的国家，着实难为他们了。

休息之后我们三个女孩继续我们的广告女郎事业，虽然看到客人越来越多很开心，但是为了招揽人气，我们还是提前一天跟群里的兄弟姐妹们打招呼希望他们来捧捧场，结果到了那天来的人却寥寥无几，让我们觉得忒没有面子。好在还是有人很给力，小湘、熊熊他们来凑了一回热闹，来自云南的大树同学不仅人来了，还给我们带来了慰问品——蛋糕，让我们感动得稀里哗啦的。

临近傍晚，我们的小笼包也圆满收官，受欢迎程度超出想象。包子一如既往是从业务超市批发来的，中间还又批发了一次；结果是一如既往的暴利，据说比水饺那次还要多一些，不过跟我们没什么关系。虽然是义务服务，但第一次体验了这样的工作，既新鲜又有趣，还是很开心的。

第二十五章

高野山，出发！

“大家都到齐了吧，那就出发吧！”

“好！”我们一起高呼。

今天是修学旅行的日子。我们学校每年年末都会针对留学生办一次修学旅行，旅行地点都是关西地区的旅游胜地，选项有六个，留学生可以在里面选择一个感兴趣的，这也是为了让外国学生更多地了解日本。同时考虑到留学生的经济状况，学校会为每个留学生担负上限一万日元的住宿费用和交通费用，旅行结束之后，写一个旅后感，钱就打到你的账户——以前是这么做的，但因为曾经有些学生虽然向教务处打了申请，还请指导教授签了字，但人家压根儿没去旅行，仅仅就是隔了两天之后凭空写了一篇所谓的感想来向学校要钱。事情曝光后学校顿时觉得很心塞：我们好心好意为你们负担费用支持你们旅行，你们竟然这么对我?！做人要厚道！收拾了一地伤心之后立出了这么一个规矩：凡是修学旅行的，必须拿出相关证明，尤其是住宿旅店的相关证明，否则想拿钱？别说门了，老鼠洞都没有！这让某些人士大失所望，但归根结底只能怪他别有用心，学校拿着钱为你们的旅行买单（虽然是一部分但也是很大一部分，住宿很贵的），你们还在这里要啥自行车啊?！

有便宜不占——不是，学校既然提供了这么好的机会，我们怎么能不积极回应呢？要不怎么对得起学校的良苦用心？在进行了深刻反思之后，我们决定积极响应学校的号召，激情澎湃地投入到旅行大军中。集合了一起上宪法课的五个同学外加一家属共六个人，经过慎重思量，我们选择了高野山作为目的地。高野山位于日本和歌山县，是日本的佛教名山，地位相当于普陀山——还有人说拉萨——在中国的地位。选择它并不是因为我们看破红尘，纯粹是因为这个地方离得比较近，能有很充足时间去玩，而且还没有去过，不像岚山什么的都去滥了。而对于我来说，在我喜欢的日本漫画《X》中，主人公之一就是来自高野山。而且对历史非常感兴趣的人也知道，这个地方命运多舛，不仅曾经被织田信长血洗过，而且历经数次天灾至今屹立不倒，更重要的是我非常敬佩的历史人物——日本史上鼎鼎大名的尼姑将军、幕府时代开创者源赖朝家的胭脂虎——北条政子还曾经修建过这个地方，那可是年轻时敢于违抗父命，新婚之夜将新郎打晕后跟情郎私奔，火辣辣上演东瀛版凤求凰，成婚后敢将趁着自己怀孕勾引自家男人的狐狸精打得亲妈都不认识，冲着老公高歌日文版《河东狮吼》的女王啊！这么有内涵的地方怎么着也要去拜一拜的，不为别的，说不定能碰到北条奶奶夜晚游荡现场教授女王速成课程和御夫术呢。

“奔跑吧！兄弟！”精神抖擞的我们一路欢声笑语，雄赳赳、气昂昂开始了目标高野山的短期旅途，结果半道上被浇了一盆凉水，中途转车错了一班，等了将近两个小时才坐上车，到了地方想去景点还得坐巴士，虽然已经到了吃午饭的时候，大家都已饥肠辘辘，但看着光秃秃的车站，真是想哭都哭不出来。要吃饭只能坐巴士上山，没有办法，我们只能咬牙挺着，耳听着肚子唱《空城计》，幻想着高野山名菜芝麻豆腐，就这么七拐八拐地上了山。好在我早有准备，临出发前买了两三袋零食，正好可以让大家垫垫肚子。里面有一个叫老周的，虽然不研究油霸，但也却是研究室“高龄者”（其实人家也不算老，刚过三十而已）之一，本来很扛得住，给他零食也不吃，在那里闭目养神；结果听我们几个没眼力见地讨论红烧肉的做法（我们真不是故意的，最初话题不是那个，楼建着建着就歪了），听着听着就扛不住了（老周：我本来就饿了，这几个熊孩子还特么说肉！这让我情何以堪?!），冲我把手一伸：还有吃的吗？我饿了。

到了景点，我们终于看到了高野山闻名遐迩的芝麻豆腐（其实高野山最著名的是它的素斋，不过太贵了，吃一顿钱包君会哭的）。说起芝麻豆腐，我初次打工的时候，我们老板给我尝了一块，记得当时我吃完后的感觉是惊艳，没吃过口感这么好的豆腐。后来就再没碰到机会去吃，这个味道就留在了记忆里，经过不断地脑补，在我的印象中它已经变成了可以跟我老妈做的菜相媲美的美味。这次终于可以再次品尝，虽然离想象中的有一些差距，但也是相当不错的，口感上有点像土豆泥，类似乳酪蛋糕，入口即化，味道咸鲜，蘸上一点酱油就可以下饭。总之大家对它印象都很不错，再加上也都饿了，芝麻豆腐套餐人人吃得热火朝天。

吃饱喝足大家就开始高野山之旅。前文说过高野山是日本的佛教圣地，按理说在里面游览应该会有宝相庄严之感，但我们除了安静肃穆之外还感到丝丝冷意，因为这地方除了佛教圣地之外，还是很多人家理想的安息之所，也就是说，这地方，除了庙宇和和尚，还有连成一片的墓碑和墓地。可以遮天蔽日的幽静森林，泛着寒光的大理石墓碑，天空上不时飞过的寒鸦，安静得只有脚步声的环境，实在不能不让人产生不好的联想。来自上海的阿龙以一个“为什么不能对着墓碑照相”的话题拉开了当天的“怪谈交流会”，大家开始谈论起自己所知道的一些灵异事件，越说越害怕，越害怕还越说，越说还越起劲儿。这就让我想起了高中军训时，大家被拉到郊区军营去训练，到了晚上同寝室的八个女生开始讲鬼故事和无画面恐怖电影，甚至为了营造氛围还把手电筒放在我上铺女生盖的绿色被子里，因为这样会有绿幽幽的光显现。慢慢地，其他寝室的女生也跑到我们这里来参加惊悚茶话会，大家坐在一起比谁的故事更吓人，谁的表情和语气更生动，如果这个时候有人突然推门而入，那必然得到一份惊喜——女生群体高分贝尖叫大合唱，歌名：《啊——!》（隔壁某女生就是受害者之一，她本来是要来说个好玩的事儿，结果被我们一嗓子吓得差点坐地上)。其实这时候我们虽然惨叫连连，但百分之九十是自己吓唬自己。大家都知道恐怖电影如果是多人一起看，不仅不觉得害怕还会有喜剧效果，如果观看的人里面有个呆萌不停地问“为什么”(比如贞子为嘛总把头发披前面)，或者网络不停地卡(我一姐姐和室友看《午夜凶铃》，每次到贞子从电视里爬出来网络就断)，那就会累觉不爱。当时我们几个女娃娃就是这样，与其说是害怕不如说是好玩；但是当军训结束回家后，我做的第一件事儿就是把我老爸踹到我的小屋，我跟老妈在一个床上挤了半个月还有余：自己一个人睡的时候，一闭上眼睛就是惊悚片蒙太奇有木有!!!

该!

回到这边，高野山怪谈交流会已经圆满落幕，大家咬住打战的牙齿继续欣赏风景。路过庙宇自然要进去拜一拜。也不知道是不是怪谈会举办得太成功，老周死活不进庙里参拜，说一进庙宇就有一种“心里很不舒服的赶脚”，惹得众人又开始YY，一贯毒舌的阿龙“一语道破天机”：他前世身为一只妖……

逛完景点到达旅馆已经晚上七点多了，人困马乏，紧赶慢赶还能赶上晚上自助餐，狼吞虎咽后，美美地泡了一个澡，便与大家坐在一起喝茶聊天。其间还去宾馆里的KTV唱了一回歌，阿龙一人分饰两角唱了小天王的《霍元甲》，刚才还站在椅子上上演全武行，颇有霸王之气地大吼“天下谁的第一又如何”，一眨眼又翘起兰花指掐着嗓子千娇百媚唱“小城里岁月流过去清澈的勇气”，所有人都笑得直拍桌子。

到了深夜，问题来了：我们一行六个人，正正好好三男三女，其中有一对是情侣，怎么安排就寝成了头等大事。我们订的房间虽然号称六个人也能住，但是我们试着铺上被褥后却发现还是有一点挤。这时，我们里面年纪最大、经验最丰富的老周有了这么一个提议：既然旅馆是按人头收费，那就请旅馆再开一个房间，让那对小情侣过二人世界，剩下的四个人住一个房间。当时我们都觉得这个要求应该有一些难度，但善解人意的旅馆工作人员还是满足了我们的要求，所以最后就变成：小情侣住一个房间，阿龙、老周、我还有一个东北姐们儿小青住一个房间。虽然大家都比较熟，但毕竟男女有别，所以我们四人就把房间一分为二，男女生各占一边。分配完毕，看起来是那样滴和谐、那样滴美好。

很快阿龙就想再开一个房间，给自己。

月色朦胧，星辰点点，摇曳的灯光映衬着两个佳人的桃花面，佳人对面坐着一个长相还算端正、身着睡衣的青年男子，整个房间都弥漫着——绝对不是粉红色的泡泡。

“你们上海男人有话都不直说，磨磨叽叽没一句痛快的!”

“你们东北女人太直白好伐！吵架不动嘴直接动手的呀!”

房间里正在开睡前辩论会，辩题：上海人VS东北人；

辩论双方：甲方——身为东北大妞的我和小青；乙方——上海男人阿龙；

见证人：正在呼呼大睡的老周。

事情的起因是晚餐时关于中日两国文化差异的讨论，我们认为日本人说话过于暧昧，好好一句话非得唱《山路十八弯》。正说笑着，不知谁说了一句“南方人说话也有这个感觉”，立刻就引起了来自上海的阿龙的不满，他认为这是细致体贴的表现；我们则认为凡事得有个度，过犹不及的言辞还不如该出手时就出手。随后就是激烈的辩论，一直持续到晚餐结束。中间因为茶话会中场休息，到临睡前话赶话竟然再度引起战火，辩题已经从南北差异具体到了上海与东北两地男人与自家老婆的相处方式。身为东北男人的老周不好偏帮任何一方，只能在一旁纯表情回帖（意味还不明），后来听不了几句就去会了周公，只剩下我们两个女生与隔着两米远的阿龙鏖战。论战从晚上十一点到凌晨三点，连续四个小时无间隔，中间老周醒来抽了一根烟，看我们依然像打了鸡血一样亢奋，唇枪舌剑、你来我往、不亦乐乎，挂了满脑门的黑线!

最后的结论：谁也没说服谁。阿龙坚持即使面对女盆友也要讲事实、摆道理，坚持“吾爱吾达令，吾更爱真理”；小青和我则认为，东北爷们儿对女朋友虽然有时候很粗犷，但也正因为如此，大部分都不会跟自己女人计较，觉得大老爷们儿跟个娘儿们计较实在太跌份儿，我们也认为这个很有男人气概，坚持“媳妇儿就是用来疼的，不是用来讲理的（当然我们也不会不讲理的）”。依照伏尔泰老爷子“我绝对不同意你的观点，但我誓死捍卫你说话的权利”这一原则指导下，双方在和平友好的气氛中（其实是困得不行了）确定了“求同存异共谋发展”的行动方针后，齐齐呼呼去也。也因为这次辩论太热烈（悲催的是还木有解决什么问题），第二天回程时候有四人脑子里是一坨糨糊，其中还包括被殃及的老周。

Ⅲ 有一种情感，叫作不舍

第二十六章

新年，新气象？

“哎，让我看看你那上面写的什么？”

“凭什么啊，那是我隐私！”

“隐私个屁，无非都是些吉祥话，你的我的有啥区别！”

“不给你看！”

“小气……”

“小点声！大半夜的想把鬼招来啊！”

今天是元旦，我们留学生有活动。中午一起吃了饭，然后玩了会儿台球。这也是我第一次玩台球，在汪童鞋和阿城等专业人士的现场教学下，倒也打进了几个球，不过这里面除了打进了几次白球，其他几次按照阿城的说法都是指东打西，就是我明明想打A球，结果最后却让B球进了网，不过好在没有乌龙，要不乐子更大了。

约好了晚上吃火锅后，我回了研究室。看了一会儿书，做了一些网上就职测试SPI，不知不觉迎来了夜幕降临。平时颇有人气的休息室今天格外冷清，只有一个日本学生在那里吃泡面，吸面条的声音在空旷的走廊里显得分外清晰。研究室里除了回家过年和外出聚会的人之外，只剩下零零星星两三人守着台灯和书本作战，鸦雀无声，安静得让我有些发麻。又强逼着自己看了会儿书，却觉得心烦意乱，索性把书一扔，站在窗边看着外面无尽的夜色和斑驳的树影。每逢佳节倍思亲，每到这个时候都会觉得这句话真实得让人想哭。即使让自己再忙碌，却还是忍不住想朋友、想爸妈、想家乡的雪花，这份浓郁的乡愁，久久徘徊在心底，挥散不去。

借用生物系研究楼的一个休息室开了一个火锅派对，算是一个迎接2013年的仪式吧。之后我们几个人去附近的神社参拜求签，往香火箱里投上一个硬币（面值大小自定，只要不怕老天爷怪你，投一日元都行），用力摇一摇上面的铃铛，拜一拜，许一个愿望。如果喜欢的话，再花上几百日元抽一个签，看一看今年的运势。其实拜神社这个事儿任何时候都可以拜，但是新年拜意义却大有不同，新年头一天嘛，都想拜一拜祛祛去年的晦气，抽一个好签、求一个好彩头。一般都会抽到不错的签——毕竟神社也需要生活嘛，看到签子上写的吉祥话，来参拜的人心情也会好。抽签最次也是个小吉，抽到大吉的几率较少，如果抽到的是大凶——别忙着害怕，先恭喜你，赶紧买彩票去吧，这个几率更低。签子上写的东西中心思想大多是一样的，反正我是没觉得今年抽的与去年有啥区别。事业上“坚持就会胜利”“相信一分耕耘一分收获”；爱情上“要紧紧把握住机会”“好好与对方相处，增进感情”等等。要我看来，说的全是废话，但都是好听的话，谁讨厌好听的话呢？抽到签子后可以带走留纪念，但据说如果留在神社的话愿望会成真。我以前没把这个新年参拜当回事，身为无产阶级共产主义接班人，咱从小受的是马克思主义的熏陶，是根正苗红的无神论者，这封建迷信的事咱必须坚决抵制（咳咳，星座那个不算，那个有科学依据的）！但是去年自从元旦之日起，连续三天小伤不断，先是剪指甲剪到了肉，后来做菜被溅出的油烫伤，再后来睡觉的时候腿上莫名其妙多了一块瘀青，心惊胆战的我立刻跑到最近的人气神社跟着一帮人扔了一枚香火钱，诚心诚意拜了几拜。说来也真是无巧不成书，拜完之后倒安生了不少——我可没宣传封建迷信啊，咱们要和谐！

提了火锅派对剩下的半袋鱼回家（汪童鞋他们说与其留给他们放着发臭，还不如让经常在家做饭的人再利用），看冰箱里还有些蔬菜，想着可以去超市买点年糕，来一个日式跨年乱炖。哪个国家过年都有年夜饭，食材那肯定是各种丰富，但无论再怎么丰富都有一个唱主角，中国年夜饭离不开饺子，日本年夜饭离不开面条和年糕。面条不用说，意思都明白，就如同中国人过生日要吃长寿面一样，日本人过年吃跨年面条也意味着长长久久。而且日本的跨年面条是荞麦面，荞麦面的发音同“身旁”是一样的，又更有一分情意绵绵。说起年糕，每年元旦前夕，各大超市除了食品特惠装之外，还有大袋的年糕出售；有时候店家也会在门口现场制作年糕，青壮汉子的吆喝声配合着打年糕的撞击声，显得分外有气势，吸引众多游人驻足观看。年糕雪白松软黏黏哒，真心能引起食欲。说起年糕的食用，日本人最常用的方法是放在锅里跟其他食材一起煮，煮得松松软软的蘸着调味料吃，除此之外还真没有其他的食用方法（还有就是从大到小依次叠起来，但一般只看不吃，作用怎么看都像祭祀祖先）。我曾经试过拿它来炒菜，但也许是准备程序有问题，做出来不仅粘锅，味道也很一般，看来要成为红案高手还有很长一段路要走啊。

“现在宣布考场秩序……”

2013年1月13日，英语托业考场。

几乎无论在哪里，英语都是第一外语，日本也一样；中国找工作要看你的英语水平，日本也一样。中国看的是四六级，高水平的看托福、雅思，日语看的是托业。

结果我特么要找工作了才发现我没有托业成绩！

好在托业隔两个月就会有考试，报名还来得及。学校是善解人意的，为了给我们更好地参与到如火如荼的求职活动中去，还给我们准备了模拟托业考试，可以让我们拿它来练练手。大学毕业后除了依靠美剧基本上没什么机会接触英语的我也去参加了一把，分数一出来我就哭了，一千分我才过五百，惨不忍睹啊！

擦干眼泪，为了求职必须要拼了！话说我的英语成绩本来就一般，四六级都是靠死记硬背过去的，口语神马的语音语调还是蛮好，至少比日本人要好吧（当年的英语老师：喂！你好意思这么比较吗）。

幸好学校学的底子还留了一些，索性拿出当年考四六级的劲头，从网上下载了资料，埋头复习它一个多月，准备参加来年1月份的考试。

参加过托业考试的人都知道，托业它是由易到难，名副其实的“笑着进去，哭着出来”。而且题量大，答不完卷的人绝不是少数，所以很多人最后都选择万能法宝——蒙，什么“三短一长选一长”之类的。我参加模拟考试时就没有答完卷，在那之后我在平时训练时在时间上做了严格控制，但也都是将将答完，比较危险。而且我平时还没有戴手表的习惯，更不容易控制时间，万幸的是考试那一天和我邻座的一个大叔经我请求愿意资源共享——把手表放在中间让我也能看到，这才解决了时间方面的问题。

考试开始！为了防止再次出现答题未完成的状况，我尽可能用最快的时间做前面的语法题，给后面的阅读题留下充足的时间，即使如此还是十分危险，几乎是最后一分钟答完最后一道题。这里面有一朵花要插一下，做阅读题后半部分的时候，我是做完一道题看一下手表，再做完一道题看一下手表。本来很紧张的事情却差点把我逗笑了，原因是那位资源共享的大叔也是这么做的，同样做完一道题看一下手表，频率、速度，包括头部倾斜幅度我们都极其相似。答题结束后我们望向彼此，不禁相视一笑。这么考验神经抗压程度的考试，有这么个插曲也算是调节气氛了。2月中下旬成绩公布，我考了六百多分，比模拟考试强，但也绝不算一个理想分数，要知道索尼等大型企业期望的人才需要托业分数八百以上，我这个“扔在人堆里再也找不到”的等级必然逃脱不了炮灰的命运。后来我也没有像他们一样去刷分数，因为觉得自己原本英语成绩就是中等，这个成绩也算是反映真实水平，考了一次拿一个不算看不过去的分数对我而言就是完成任务，也就没有太放在心上。现在想想，这也是为我“悲惨”的命运埋了一个伏笔吧。

第二十七章

妈妈来了！

“日本这破地方，下次再也不来了！”老妈抹了一把脸上的汗，满脸不高兴。我看看她，也是心有戚戚。

被签证官拒绝了三次的老妈终于来日本了！

其实老妈很早就想来日本看看，自从我来这里留学之后这种想法就更强烈，但申请了三次，都被拒绝了。后来别人告诉我，让亲属做担保人不如成为正式学生以后让教授做担保人，因为在日本教授就是教授，不是“叫兽”，社会地位高、信用好，受人尊敬（也有例外），请他们做担保人能很顺利通过签证官的考察。将这个记在心里，成为正规生后就劝说老妈再申请一次，冬天请S教授担保让老妈来日本过春节。手续什么的都办理得很顺利，教授也很好说话，除了个别极品的，一般教授都不会在这件事儿上难为学生，他们也不担心会有什么滞留问题，除非你这书不想念了。签证下来后，老妈就收拾行李准备赴日探亲，本来老爸也想来，但又怕家里老人无人照料，只能眼巴巴地看着老婆打点行装去日本看闺女。

自从得知老妈要来日本过年后，我整个人就处于亢奋状态。这边想着要带着老妈去哪里玩，都要吃些什么特色小吃，又想着哎哟这不正好赶上求职说明会扎堆的时候吗，时间可得安排好，既要找工作又要陪好老妈；那边又想着这日本冬天潮湿阴冷，别让老妈好不容易来一次日本还得一身病回去，对了，得再买个电褥子，要不晚上根本熬不住等等。所有都准备就绪后，就扳着指头过日子，可怜巴巴看着挂历希望时间过得快一点再快一点，甚至希望老爸直接把老妈打包空邮到东瀛。就这么盼呀盼呀，好不容易盼星星盼月亮盼到了老妈来日本那一天，兴冲冲跑到机场去接，却是左等右等都不见人影。正焦躁不安时，看到穿着绿色棉衣的老妈推着行李走出来，面沉似水。

我心里咯噔一下，还没来得及问怎么了，就听老妈说了一句让我都痛彻心扉的话："我辛辛苦苦给你带的干肠、红肠和牛肉干，全被扣下了！"

据老妈描述是这样的：因为心疼闺女，来日本之前她买了很多我爱吃的红肠、干肠之类，塞了半个箱子。因为我经常夹点"私货"回日本而平安无事，所以她也放心地带着这一个箱子来日本。到达日本机场后，机场警察先是用缉毒犬闻有无可疑气味，后来又逐个检查箱子，那这半箱肉自然不能幸免，全被海关收缴。老妈一边看着海关人员清点，一边心在流血，却也无法说什么。其实日本海关这么做无可厚非，人家是按规矩办事，只是当事人心里肯定不会舒服：试想辛辛苦苦给亲人给朋友带的东西就这么没了，一片心意就这么没了，无论是送的人还是本来要收的人心里都不只是失望那么简单。反正当时我是一直在哀悼我的肉，出来后老妈又看到几个飞机上认识的人，都是一脸懊恼：每个人都被收了有小半箱，谁也没跑了，言谈之余颇有同病相怜之感。

因为这个事儿，老妈对日本的印象指数一下子降到了负无穷，坐巴士回姬路的途中嘴巴就没闲着："日本也没好到哪里去啊，到处都是灰突突（那天是阴天啊）。""这就是大阪啊，跟咱们那儿也没啥区别，还没咱们那儿宽敞（城市发展不都一个模子吗老妈，再说日本多大点地方）"；到了之后更犀利了，四处搜寻可以贬低此次旅行目的地的地方，"你看，日本人也乱扔垃圾。""他们也闯红灯，谁说这个国家的人讲秩序来着。"巴拉巴拉说了一堆，对此我只能是无语。这里要插一朵花，以前媒体总报中国游客去国外旅行种种不文明现象，让人深感丢人丢到姥姥家了，但现实是随着文化素养水平不断提高（同时也怕挨罚），目前这种人不是没有，但已经少了很多且都是极品（比如说在金字塔刻字的熊孩子和在飞机上殴打别国空姐的更年期大婶），大部分中国人去国外都很守秩序，无论是过马路还是坐电车都堪称文明市民，比在自己家乡都规矩。比如我刚到日本的时候也是小心翼翼、谨小慎微很怕丢了国人的脸，结果发现过马路的时候很多本地人视信号灯为浮云，电车上好多年轻女孩大声说笑视旁人为空气后，立刻怀疑中国人那些骂名有没有替本地人背的黑锅。

不过平心而论，我们必须承认这个国家的国民素质确实很高。虽然也有电车上大声喧哗，但那是偶然情况，如果没有特殊情况，你极少会看到有人在车上打电话，吃东西更是少之又少；下雨的时候你可以放心把伞放到外面的伞架，因为不会有人动它；丢了东西也不必怕，因为会有人把它送到失物招领处的工作人员手里（一同学曾经丢过手机，老妈第二次来日本的时候把DV落在了新干线上，全都完璧归赵）；偶尔闯闯红灯，但受灾后领取救援物资时却是井然有序，哄抢神马的根本不会发生。相比之下，我们需要提高的方面真是太多太多。记得有一次，我们研究室几个留学生聚会，因为住的地方都很近，所以回家时候大家结伴而行。走了几步碰到红灯，我们就停下来等绿灯，说说笑笑间绿灯亮了，过马路的时候有人突然说道：刚才红灯时候根本没车啊，怎么没闯红灯呢？太丢人了！我们爆笑，笑完之后却有淡淡的无奈涌上心头，个中滋味，想必大家都能体会。

回到老妈来日本这个话题，虽然在海关有一点不愉快影响了心情，但在休息一晚上之后又原地满血复活，精神抖擞地让我领着她在家周围逛，主要要知道超市在哪儿，她要去买菜；后来干脆就把我甩到一边，一个人去逛大街，路线基本是直线往返，也不怕迷路。除了抱怨屋内不开电暖风冷得像冰窖、超市蔬菜种类太少之外，倒也渐渐适应了国外生活。比方说土木工程学科出身的她对日本的建筑施工方式大加赞赏：没有噪音、没有烟尘，安静得根本不像个建筑工地，无论是盖楼还是修路都是如此，而且修路过程中还鲜少见到交通堵塞的情况，比起国内一修路某个路段就出现车辆长龙来说不知道好了多少。我们所住的地方对面就是个施工场所，当时正在盖一栋新的公寓，如果不是堆积的建筑材料，都不会发现此地正在施工，这一点让老妈叹为观止。

“哇——哇——”

“大清早的，也不让人消停！”睡眼惺忪的老妈懊恼地说，对窗外那些噪音制造者表示了抗议，对此，噪音制造者们用更大分贝的叫声表示了不屑一顾的态度，丝毫没有扰人清梦的自觉。对于如此嚣张的家伙抗议者们却只能苦笑一声：任何一部法律都限制不了这些麻烦者，因为所有法律的主体都必须是人类；暴力也不能解决问题，除非你会飞。

没错，这些家伙，压根儿就不是人，它们俗称胖头鸟，还有美称是清道夫。通体漆黑是它们的特征，虽说长得不怎么样，出镜率却不低，尤其是尴尬冷场的时候，就会看到天空上这些货成群结队地飞过。

当然，它们还有更为人所知的名字：乌鸦。

无论在中国还是日本，乌鸦的寓意都不是很好（但是中国清朝却把它当作吉祥物，说是因为它救过他们的老祖宗），但其实这个家伙虽然外形不光鲜，但其实对环境大有益处，吃肉，智商还很高。在我的家乡从来没有见过乌鸦，所以当我第一次看到这些黑衣使者的时候心里还有一些小激动，立刻就联想到《美少女战士》中火星战士的那两只会变身的神乌鸦有木有?！这是所有“80”后女生的记忆有木有?！

但是现实很快就对满脑子YY的我发出一声嘲笑：这群黑压压的家伙跟那两只美女乌鸦精八竿子打不着，它们就是一群惹事儿精。

我对日本乌鸦的印象，那就用三个“大”字来形容：嗓门儿大，个头大，胆子大（废话，胆子不大能惹事儿吗）。

前两个不说，咱就单说第三个，说起日本的乌鸦，胆子大是出了名的，不仅不怕人，还经常对人“鸦视眈眈”，甚至还攻击行人。电视里就曾播放过乌鸦袭击行人的场面，动作那叫一个迅猛，让我立刻就有了希区柯克经典之作《鸟》的即视感。行人更冤：“没招过谁没惹过谁，就被迎面一大黑翅膀糊了一脸。”（咳咳，原话肯定不是这样，但意思对了就好了哈。）

很不走运，我一直没有跟这些货有什么亲密接触（这叫不走运吗），但我周边的人倒有几个跟它们打过交道，当然过程和结局都不怎么美好。据同一研究室妹子小朱讲，她放在门口的垃圾袋经常受到乌鸦的光顾，不仅里面的东西被倒腾得乱七八糟，还颇为艺术地用那些垃圾画了一个圈，让人哭笑不得。据一熟人阿亮口述，在一个风和日丽的下午，他一个人在街上散步，正在这时，一只乌鸦从头顶帅气地飞过，只听“啪”的一声，一坨白色的半固态不明物体就这么从乌鸦君身下以一道完美的弧线被甩在他脚边。早上刚擦得黑亮亮的皮鞋就这么被溅上零星几点，还带着一点异味，让人大倒胃口。据一姐们儿乐乐哭诉，有一次她骑自行车去超市买菜，回家途中觉得口渴就去便利店买水，买完水出来一看，顿时就炸了：她刚从超市买来的放在自行车车筐的一盒排骨被一只乌鸦给翻了出来，正在津津有味地啄食，保鲜膜已被抓破，盒子里的排骨撒了一地，其他东西更是杯具。见此情景，那姐们儿怒不可遏，一个瓶子就砸过去了，乌鸦是赶走了，但面对这一地狼藉也是喘了半天才让自己平复下来。

扰人清梦，招摇过市，肆意挑衅，时不时还恶作剧，你敢说它是好东西吗?!

如果事情到这儿就结束了，那勉强也能说得过去，毕竟人家乌鸦君也没吃几口就被强制遣返了，那姐们儿虽然一肚子气但也只能收拾收拾残局打道回府了。坑爹的是周围还有一群大爷大娘在围观，不说这姐们儿被乌鸦光顾有多倒霉，倒说乌鸦君孤零零觅食未果还被打跑有多可怜，可能还觉得这火不够旺，还有人在那里浇了一桶油："好可怜啊好可怜啊，你就给人家两块又怎样啊？"让那姐们儿好不容易平息的怒火又熊熊燃烧了起来，如果不是她一直在那边告诉自己"作为来自礼仪之邦的新时代女性要如何如何"努力做心理建设，早就爆了粗口：卧槽！排骨有多贵你造不?！我下多大狠心买这一盒你造不?！结果就被这鸟玩意儿给截和我的心情有多忧桑你造不?！你也拎了不少东西啊，你怎么不去喂？干脆你打包送到人家鸟窝得了，不只鸟爸鸟妈鸟孩子，它们祖宗三代都会感激你的你造不?！站着说话不腰疼的货！！

当时我听到这件事儿的时候真的是哭笑不得，很久之后（也不算很久，两年吧），我在一个很有名的微信群里看到一篇文章，里面讲了这么一个故事：笔者的一个女性朋友在大学期间被花心男友抛弃，后该男结婚生子，孩子却身患重病，急需大笔现金治疗，男子找到前女友，也就是这个女孩求助，希望她能雪中送炭，女孩断然拒绝。周围的人都说女孩凉薄不大度，在众人的指责声中女孩对着笔者痛哭，当该男子对她说了分手的那一晚，痛苦的她选择借酒消愁，直到把自己喝成酒精中毒险些丧命，那个时候这些道德君子又在哪里？笔者同时举了几个例子：说着"小偷也不容易值得同情不拉不拉"的人往往会在成为偷盗被害者时暴跳如雷；一个指责他人斤斤计较的人会把即使欠他一元钱的人记得比记爹妈都熟。该文章说：整天把善良挂在嘴边的人，其实跟善良也许根本没什么关系。他们有些是希望世界上有越来越多的不懂得防抗和据理力争的人，这样他们占便宜的时候会越顺利。另外一些，就是吃饱了撑的没事干想显示自己有多么高尚的"君子"——反正又不是他们的利益受到侵害。看到这里，我就不由自主想到那姐们儿讲的故事，想到大快朵颐的乌鸦和围观说着"好可怜啊好可怜啊"的老人们。

当然，人家说"好可怜啊"跟事不关己很可能也没什么关系，怎么说呢，虽然不顾世界动物保护主义者抗议而屡屡围捕鲸鱼，被明令禁止捕杀后七个不服八个不忿（据说以前还捕杀海豚），但日本还算一个人与自然能和谐相处的国家，大家对动物保护还是比较到位的（当然不像德川幕府五代将军德川纲吉“犬公方”那般颁布什么《生类怜悯令》，这种极品有一个就够了）。我就举一个例子大家就能明了，在中国流浪狗一直是困扰城市居民的一个不大不小的问题，在日本这根本不算问题，因为在日本街头根本看不见流浪狗，你只能看见各种颜色的野猫在四处游走，一到晚上就能听见它们的叫声，寂静的夜幕之中显得分外凄厉。因为猫是一种独立性很强的动物，到一定时候饲主是根本留不住它的；而狗狗不会，这种依赖性十足的大宝贝如果不是被遗弃是不会流浪的。说到这里大家应该也都明白为什么日本几乎不会出现流浪狗问题，想想《导盲犬小Q》和《我与狗狗的十个约定》这些催人泪下的电影都来自哪里，再想想东京那条赫赫有名被刻成纪念雕像的忠犬八公，那就更能了解原因何在了。除此之外，乌鸦、鸽子等鸟类如同逛大街般在城市游荡，它们需要怕的不是人类而是野猫（我就亲眼见过一只白鸽被野猫捕杀，凶案现场一片狼藉，白鸽勉强从野猫嘴里逃脱，但只挣扎了一会儿就了无声息，我见它暴尸荒野着实可怜就把它给掩藏在树丛中）；很多地方都有“熊出没”或者“猴子出没请注意”的牌子；野猪或鹿横穿马路旁若无人。我们学校因为在山上，就会碰到各种动物，尤其是野猪，经常有学生看到它们拖家带口优哉游哉散步，就像在逛自家后花园，一派养尊处优的大爷德行。我在后来，或者说是毕业前夕也跟这些“爷”有过一次亲密接触，那场景，记忆犹新啊。

注意了注意了！夜场故事时间到！请自觉把灯光调暗，挑选恐怖电影背景音乐！

那是一个月黑风高的晚上，时间已是接近十一点，我因为论文有些细节要修改，所以直到那个时候才回家。在昏暗的路灯下，我孤身一人，听着高筒靴在水泥地上发出清晰的脚步声，除此之外，周围什么声音也没有。就这样，我逐渐进入路灯的死角，一个黑暗的区域，阴风袭来，我一个战栗，突然耳听得前方垃圾场方向有响动，我下意识地停住脚步，抓紧提包，神经绷紧，警惕地向那边望去。

那是翻动垃圾的声音，还有，咀嚼的声音。

咀嚼?! 心中警报巨响。

马萨卡，我碰到了传说中的……野猪?!

似乎注意到了有人在看着它，正在大快朵颐的家伙也停了下来，抬起头，转过身，向我这边注视着。此时一阵邪风吹来，天上乌云散开，微弱的月光没了遮挡，正好照射在学校垃圾场，也让我看到了它的脸，还有，一对白色的獠牙。

我差点喊了出来，但理智告诉我绝对不可以，野猪的爆发力不是盖的，如果激怒了它就是被獠牙刺穿的命运；也不可以跑，因为肯定跑不过它，唯一能做的就是：以静制动。

我看着它，它也在看着我。

时间一分一秒过去，我觉得身上的血液已经快凝固了，四肢也快冻僵了，但除了静等之外我不知道还有什么方法，只能祈祷它快点离开。

可能是因为觉得对面的猎物实在不对胃口，也可能是因为吃饱了，野猪君低头翻动了一下脚下的垃圾，晃动着庞大的身躯，甩着尾巴，慢悠悠向山上走去。我依然保持着原来的姿势，直到再也听不到它的脚步声，这才一步步向那边挪了过去，又向四周看了看，确定它真的走了，然后——撒丫子开跑，途中还闯了一个红灯，直到家附近那个墓地才停下来歇口气。

听说逮到一头野猪能卖三十万日元呢，但当跟它face to face的时候……

我觉得吧，人还是知足一点比较好，金钱乃身外之物，嗯，就是这样。

如果你要问我：与老妈在日本一起过春节感觉如何？答案就是：倍儿爽!

不用想年夜饭做点啥，不用干巴巴地说“春节快乐”却没有一点欢乐的气氛，不用惨兮兮地对着越洋电话睹物思人，还有人包最喜欢的韭菜馅儿水饺，心情好得要飞起来。虽然不能像去年一样和朋友们在一起迎接新春佳节，但看到妈妈牌年夜饭，那一眯眯残念也变成了泡泡，转瞬即逝。从以前到现在哪怕后来我都是，而且一直会是一个恋家的人，高中时候我是放了学就回家，哪怕高三时期很多学生都在教室上自习。大学期间仗着家在本市，只要上完了一周的课我就提着包往家奔，有时候甚至一周能在家里住四天。如果周末学校有安排拦住了我的回家大计，我肯定暴走。好友栗子不禁打趣：这土豆家里得多温暖啊！什么都比不上回家重要。后来来日本留学，虽然渐渐习惯了一个人的生活，但还是数着星星盼放暑假，因为那样就可以回家看爸妈了。

回家，回家。日本很好，周围的人都很温和善良，空气清新干净，打工时薪也给得比较高，朋友们也很多，能见识到更多更有意思的事，可这儿不是家。我的家乡，冬天很冷，零下二十甚至三十几摄氏度，为了供暖每天都是黑灰迎面；经济水平落后，但那儿是我的家，因为那里，住着我爸妈。对我而言，爸妈在哪里，哪里就是家。

所以每次从国内回日本都会觉得不舍，所以老妈要回国时我会觉得难过。

从东京玩了一圈回来后，老妈就收拾行装准备回去了，因为放不下那边的工作。耳边听着老妈开朗的笑声，沉默地送她到机场，看着她进了安检大门，挥了挥手，直到看不见。转身那一瞬间，眼泪却流了下来。即使知道再过半年就是暑假，即使告诉自己已经不是那个拽着妈妈衣角哭泣的小姑娘。

果然啊，我一直都是，而且一直都会是那个恋家的人，从来没变过。

第二十八章

两头蜡烛

2013年的3月到12月，对我来说是留学期间最煎熬的时期。求职、论文，我被这两座大山来回碾轧得几乎成了一张皮影。这边埋头苦读从图书馆和其他大学传来的资料，那边还要研究简历怎么写，网络测试怎么答，那时候我成了两头烧的蜡烛，快被熬没了油。

如果油熬尽了还能有个结果，这自焚玩得也算值得。

可惜，没有。

论文一次次修改暂且不提，简历一次次被打回着实不停折磨着我紧绷的神经。虽然他们都说文科生投简历就要有大海淘沙的觉悟，但看着邮件里一次又一次出现“残念ですが（很遗憾）”“申し訳ございません（十分抱歉）”之类的话，心情的受煎熬指数也是越来越高，接近于临界点。好不容易允许参加的几个面试又因为没有经验被自己搞砸，更是心急如焚。听到周边人谁谁谁拿到了内定，看看自己依然一无所获，不亚于遭受十万伏电压冲击。“为什么我还没有拿到内定？”“我的问题出在哪里？”“应该再等等就会有了吧？”“如果到年底还拿不到怎么办”，这些问题每天不时在脑海里闪现，每出现一次就让我的焦虑又增添一分。而后来事情发展真的向最糟的方向一路向北，我真的到年底都还是两手空空。希望变成失望，失望又几近变成绝望，精神几度崩溃，不止一次对着越洋电话向父母和好友号哭不止。记得12月份的一天晚上，我一个人提着五公斤重的大米和一堆东西从超市往家走，天上下着雨，地上又湿又滑，从超市回家要经过不止一个坡路。我没有带伞，只能用棉服的帽子遮住头避免直接被淋湿，任凭雨水打湿我的衣服，身上越来越重，手上的东西越来越沉，手指已经失去了知觉。突然脚下一滑，我重重摔在了地上，便利袋也破了，里面的东西撒了一地，衣服裤子沾上了污泥，手上也划了口子，丝丝痛到心里。我跪坐在地上，呆呆地看着一地狼藉，又呆呆地仰头看着天上似乎总也下不完的雨，想着在商店街上人家小姑娘都是有人帮着搬大米，自己却只能苦哈哈地自己动手丰衣足食，在家里啥时候干过这事儿。又想着人家现在都是已经定好了将来，自己却还是一无所获，也许就这么一事无成直到走向坟墓等等。一件比一件难过，一件比一件凄凉，顿时悲从中来，精神再度崩溃，就这么在“淅沥沥哗啦啦纷纷扰扰的雨中”放声痛哭。道路两旁，幽暗的路灯在雨中更添了几分阴晦，偶尔几辆车从哭泣的我的身旁经过，闪烁的车灯却照不到我该走的方向。万籁俱寂，只有我的哭声伴随着雨水敲打屋檐的声音在夜幕中徘徊游荡，就这么飘散着，却找不到可以接纳它的地方。我又想起了刚来日本那个时候的心情：天大地大，怎么就没有我可以容身的地方呢?

直到后来，我才发现一个很重要的问题：我貌似，从一开始就搞错了。

刚来日本的时候，我的想法很简单：顺利拿到毕业证，然后麻溜利索打道回府。等到了修士一年级下学期，看到大家都要就职，想着那就一块就职吧，也参与到求职大潮中去了，就如同我大三准备司法考试，是我真心想考吗？我连这个专业都不是自己要去学的更何况资格证？我也没想到将来会用到它什么的，就想着大家都考所以我也考，或者就像前文说的，我仅仅就是要一个证明，一个所谓的能力证明，就好像英语四六级，好像日语N1，我要的就是一个证明。而求职也一样，我是真的那么热切地想留在日本吗？好吧，这里空气好，环境好，人也不错（仅限关西），薪水还高，但这些真的就那么让我想奉献自己的青春吗（虽说也没剩几年就立秋了）？我仔细想了一想，专业水平，一般；与日本的情感维系程度，一般；

可以一起或者想一起共同打拼的另一半（或潜在），没有；自己的家人和至交好友，在国内。综上所述，我没有一定要留在日本不可的理由。

那么我求职的理由是什么呢？一、因为大家都做了，我不想被撇下；二、国内找工作需要工作经验的，在日本混几年资历回国就职会相对容易一眯眯。至于是否要有个宏伟的蓝图，我要在几年内达到什么什么，那是超人之类人的想法，至于我，sorry，没有。

那么我想要啥？前文说过了，就是简单的生活，每天两点一线，按时上班，按时拿钱。做好工作之余，拿着茶杯乐呵呵地看窗外折射到屋内的风景。

所以后来我也一直在想这个问题，我在日本求职的一败涂地除了日语等级考试性格等等问题之外，最重要的就是，缺少一个让我铆足了劲去拼的理由，换句话说，没有足够功率的引擎。对我而言，在这里工作自然是好；但就算离开，除了脸面上不太好看之外，也真的没什么损失，我烦恼个什么劲呢？

可当时我没想到这一点，至少2013年的我没有想到这一点。何况，就算仅仅是脸面上过不去，但人活着有的时候不就是为了一张脸吗？我又让自己钻了牛角尖，然后在那里不停地纠结，一直在研究“如果我求职失败如何面对江东父老”这一命题，没有得出答案，反而让自己更无措。

似曾相识，是吧？我第一次院生考试落榜时就是这个状态，我正式成为院生跟不上学习节奏时也接近于这个状态。如今求职大潮，我再次将自己逼入死角。后来到底是怎么走出来的、怎么熬过去的，我全都不记得了，也许是认命了，也许是想着跟晚一年的学弟学妹们再拼一把，也许是做了“大不了就回国面对一张张或同情或失望或冷嘲热讽的嘴脸”这一决定，也许是朋友们的开解起了效果，也许……也许到现在，我还没有走出来一次次失败给我的阴影。幸不幸福自己说了才算，成功与否轮不到他人判断。这句话小学生都会念，但真的能做的这么潇洒吗？其实幸福和成功什么都是相对的，换句话说，都是比出来的。同理，失败和悲催也是会有参照物的。两者参照物有很大区别，前者参照物要比以往的自己牛，最好是高山仰止那一种，后者参照物肯定当年和自己差不多或者不如自己。前者参照物现在要比自己落魄，后者参照物如今压了自己一头，然后就是感到幸福的更幸福、悲催的更悲催。其实说到底，与其说幸福或挫败感，更准确地应该是平衡感：平衡了就很开森，不平衡就各种抑郁，而平衡与否除了自己是否努力之外，还要看参照物是否倒霉，说得暗黑一点，幸福不是比谁过得好，成功不是比谁更牛×，而是比谁过得更挫、更一塌糊涂。

有人说你这太阴暗了，就不能光明一点儿吗？就不能积极一点儿吗？就不能洒脱一点儿吗？好吧，我承认那个时候包括现在写这段的我因为各种原因郁闷了。我们应该更光明更积极地拥抱朝阳拥抱明天，但是要说洒脱，真正做到的又有几个？身为一种群居动物，在如今这个连佛门弟子都会四处走穴吸金的社会，没有人能真正做到笑看风起云落面不改色。我们每个人都在主动或情不自禁重复着比较和被比较的循环：别人过得怎么样，自己又有着怎样的生活，是怨天尤人、口出恶言还是积极改变，该怎么改变等等。所以从某种意义上来讲，“攀比”可以是刺激自身不断前行的源动力，但是在现实重压下，负面情绪不断累加其上，无奈、失望、疲惫、愤懑，源动力变成了超负荷重担，时时刻刻摧残着自己脆弱的神经，渐渐地，“我要变得跟他一样好”变成了“我为什么会落到这般地步”。原本积极的心态变得乌云密布，也实在不是一件多么稀奇，或者说多么令人鄙视的事情，甚至可以说，这是人之常情。而为了让自己觉得生活还有希望，我们最常做的，就是用各种方法避免人之常情变成常态从而让自己在压抑中变态，也就是我老爸老妈经常挂在嘴边的：调整自己的心态。几乎所有人都认为从某个意义上讲这是一件比较困难的事儿，后来发现其实一点儿也不难，方法其实很简单，用一只平底锅把所有理想、蓝图、抱负那些土掉渣的有的没的全都拍成饼吃了，以后就秉持一个信念：亲友聚会时自己不是需要接济的对象，再一次陷入“比较与被比较”循环时保证自己不是最惨的那一个，那样就会活得很轻松。

只是没有人会把这个当作信条，至少不会一开始就把这个当作信条。每个人年轻时都有自己的理想，每个人都曾有过一颗追梦的心。心宽体胖其实任何人都可以去做，但几乎没有人愿意去做。所有人都想活出一个精彩的自己，活出一个轰轰烈烈的人生，每一个人都不想敷衍一生虚度光阴。追梦，意味着更多的艰辛、更重的责任，意味着可能会无数次重复着“比较与被比较”的循环，意味着数不清的辛酸和无奈。即使如此，还是有很多人选择咬牙坚持，还是有很多人选择继续为可能在别人眼里几乎是海市蜃楼的梦想而奔波，只是因为不想以后回忆起往事时而后悔，只是因为自己的心还是跳的、血还是热的。就好像那个痛哭的我，最后也还是收拾了一地残局，忍着手上和腿上的伤痛，在风雨中一步一步踉踉跄跄踏上回家的路，思考该怎样去打下一场战役；就好像现在的我，即使啰啰唆唆发了一堆牢骚，最后也得琢磨为了将来现在应该怎么做。记得一个跟我学中文的男孩子说过这么一句话：李桑，其实在刚开始的时候我也很迷茫，找不到方向，但做了这份工作以后我才发觉这就是我想要的。所以，不要急，先试着走下去，肯定能找到属于你的路。

看来，我的心还没死，血还有温度。

看来，我还得继续纠结下去。

第二十九章

我们没有都教授，但我们有帅蜀黍！

2013年对我来说是纠结的一年，是忙碌的一年，是略带压抑感的一年，但是还是有一些可爱（或者诡异?）的事情发生，比如说，可以上帅哥教授的课。

在中国提起教授，小姑娘们会一脸花痴状想到都敏俊，年纪大一点会YY地位高、待遇好，更多的人则会一脸不屑地说两个字：叫兽。与此相比，日本的教授们虽然不能说是一张白纸（2014年曾有震惊世界的学术论文造假事件，当事人之一的教授以死谢罪），但也是单纯许多，含金量也高出许多（个人意见）。不能说他们眼里除了研究就没有其他东西（感兴趣的可以看看日剧《白色巨塔》），但是对于自己专业的热忱，私下认为真的是国内某些教授需要去学习的。比如我的导师S教授办公室里有两个大书架，上面摆满了各个法学专家学术著作，办公桌上也是学术资料堆成山，里面用彩色贴纸做了各种标记便于翻阅查找。去拜访前任导师K教授这个关西地区商法学界大BOSS的时候，即使老师允许你进去，你也进不了他的办公室：门口有一堆书当门神，如果贸然推门而入必然引起塌方。不是他的整洁度不高，而是他那里除了会客用空间，那巴掌大的地儿根本没有下脚的地方！映入眼帘除了书就是书还是书。那个时候突然想起国内拜访某些教授的场景，他们的办公室那可是货真价实的办公室，只有领导范，毫无学术派。相比之下反而是日本教授的作风更让我觉得亲切（个人意见，请勿拍砖）。

谈起K大法学研究科的教授们，真真是有很多风度翩翩或帅气个性的教授，在我心里足以秒杀都教授，不说别的，就凭人家是货真价实、如假包换的教授！我就非常幸运地与三个帅哥教授亲密接触——表想歪，学习他们的课程而已。其中一个是前任导师帅叔叔K教授，另外两个分别是商法学科I教授和民法学科的H教授。

I教授，东京大学和哈佛大学的双料精英，据说是法学研究科最帅气的教授，很年轻，很多女孩子都很迷他。我曾经在研究生期间上过他为大学生开的商法基础课程，旁边坐的一个妹子哈他哈得不行，一直在说这个老师有多么多么帅，多么多么有魅力，而且身材应该不错（人家一直西装革履，妹子你是怎么看出来的）。不过说实话，我一开始都没有注意他的脸，因为当时我上这个课是为了奠定日本商法基础，而且还为了日语教学的听力训练，语言障碍使我经常烦恼他的语速忒快而忽略他的颜值。后来成为正规生后，因为每个月都要在商法学会见他一次（还记得前文提到的帅哥主持人吗？就是他），才真正开始欣赏这张传说级别的容颜。与其说他是帅哥，更不如说是典型的日本式帅哥，白净，斯文，长相很秀气的单眼皮教授（应该是单眼皮吧，他眼睛比较小而且还戴了一副眼镜），从上到下都充满书卷气，西装、领带、皮鞋、黑皮包、金边眼镜（冬天还有深色呢子外套）一件不少，再加上梳理得一丝不苟的发型、来去匆匆带着风的步伐，教授的精英范儿被演绎了十成十，给人的感觉就是他的生活永远少不了线装书、笔记本电脑和高品级研磨咖啡，让人不得不由衷发出一声赞叹：教授！

没错，教授，尤其本学期听了他开设的论文写作之资料搜索这一课程后（S教授建议去听，为了写论文时在资料整理这一方面更有章法），这种印象尤为深刻。而与何时都是严谨风的I教授相比，下面要介绍的H教授就绝对是截然不同的style了。

H教授不是我们商法学科的，他是民法学的教授，主攻民事诉讼研究。我当时对日本的民事诉讼制度有些感兴趣，所以才将它作为选修课。结果第一天到课堂一看才发现，除了我之外，商法学科的学生组团来听课。既然都是熟人就聊聊天吧，聊着聊着就觉得不对劲了：怎么上课时间过去快二十分钟了我们连教授的影子都没见到？莫非今天停讲？大家都有些摸不着头脑，疑惑之余我决定去楼上的教务处问问情况。工作人员也是很奇怪，查了日程表，并没有今天该门课程休息的通知。工作人员当着我的面给H教授打了电话，意思是学生都在等您，希望您快点来，放下电话告诉我教授很快就到。回去后我把这个消息告诉了其他学生，大家就继续在教室坐等，不一会儿，一个穿得非常之休闲的人背着一个斜挎包就蹿了进来，把包放在桌上后对我们就今天的迟到表示歉意，然后说了一句让我印象极其深刻的话：今天是开学第一天，我没想到你们能来上课，所以……

你是有多低估我们的上进心啊教授？我们绝倒。

这就是H教授与我们第一次见面，初次亮相，就已惊爆眼球了。

来而不往非礼也，身为学生，收到教授这么一份“惊喜”，我们怎么能不予以回敬呢？

“民商法起源于德国，所以德语资料比较多，”H教授看看我们，“大家可以读德语吗？”

面面相觑，回答他的是一脸茫然。

“啊，确实如此呢。”他挠挠头，“那英文呢？”

再次面面相觑，“也不是不可以，但是……”听这语气！

“好吧，”教授秒懂，“那你们希望哪一种语言的资料？”

“日语！”我们回答整齐划一，教授一脸无奈。

后来才知道，这位教授在民商法即使不是第一也是相当之牛掰，年纪不大已是教授，发表论文诸多。之所以对他感兴趣，是因为这位仁兄在众多“先生”中着实是个奇葩，为嘛这么说捏？在我印象中，日本人身上跟不列颠国民有一些共性，那就是装13，学校的教授更是颇擅此道，可这位兄台却是不走寻常路大唱非主流，不信咱们来看看：

一般的教授：白衬衣+西装西裤+黑皮鞋+标准公文包；

H教授：休闲衫+休闲裤+旅游鞋（或胶底鞋）+鸭舌帽+斜挎包；

一般的教授：头发一根根梳理得倍儿整齐，发型一丝不苟；

H教授：板寸！就是板寸！简单即是王道！

一般的教授：步履沉稳，来得及就闲庭散步，来不及就加快步伐裤管生风。形象！关键是形象！

H教授：丫的形象！老子上课来不及了，奔跑吧！老咸肉！

一般的教授：稳重成熟才为学者风范；

H教授：实力比外在更重要，年轻就有资格任性！

什么，觉得夸张？我告诉您，我在校园偶遇这位教授多次，几乎从未见他走着去上课，一律火力全开加速度。如果此时跟他说老师好，他会措手不及，大眼睛里写满诧异，似乎没想到这时候会有人跟他打招呼，出于礼节他会停一下回应，也仅仅是一下，一下过后继续跑，遇到楼梯就两层两层大跨越，年轻活力四个字体现得一览无遗。

教授您这是要拉动上年纪教授的仇恨值是吗……

但正因如此他才得学生们的喜欢，在实力均等的条件下，一个不摆架子高唱青春之歌的教授更得年轻学生的欢迎。白白就很喜欢他，觉得他帅气又个性。我曾经说彼此都认识的人中有一个长得跟她的个性教授有些像，立刻被她狂损，理由为"那么挫的人你也拿出来跟教授比"。其实我觉得，除了以上几点原因之外，他受欢迎另外一点就是比较接地气，比较贴近生活，或者说，更懂得去享受生活。我说的享受不是无休止的挥霍，而是注重与家人相伴。平时我们接触的教授，几乎除了工作就是工作；而H教授却好像很会利用闲暇时间与家人增进关系。我们经常见到他带着两个儿子在校园中散步，都是小学生年级，淘气的好时节，大儿子骑着自行车，小儿子在后面追着哥哥，身边有时还会有一只毛茸茸的泰迪，气氛悠然自得。我们的教授大人跟在后面，手里拿着儿童用品，不时注意着两个孩子的动向，有时觉得两个小祖宗行为快超纲了，就会连声说：

“危ない！危ない！（危险！危险！）”

看的这个场景，就觉得心里暖融融的，无论平时多么厉害的人物，跟家人在一起时应该都会流露出最真实的一面吧。如同K教授休息时陪着夫人去逛超市，也要鞍前马后尽好跟班的义务，被自家学生看到了，还有点不好意思。

好吧，教授，看在你很帅、很个性又天然萌的份儿上，我就不计较你学期末成绩给我一个良（这个对评奖学金影响很大的啊啊啊啊啊），不是我不努力，能力有限啊，国内学习时候民商法就是一块短板……

第三十章

冲出亚洲，走向世界！

有人说：读万卷书，不如行万里。我要说：读万卷书，那是必须的；行万里路，也是不能少的。自从去年的国都之行激活了我体内的探险因子，我那颗本来就不太安分的心时不时都要躁动一下。趁着在日本的留学签证还没有到期，去国外旅游还容易一点，我想利用这段时间到处走走。话说我一直想去欧洲，最想去的地方是奥地利，这全托了以前每年元旦维也纳新年音乐会的福（只不过现在这个音乐会不花钱不能看了，我就是打死不花钱，大不了买盘CD自己回家听），觉得金色大厅，哎哟，那个梦幻哟！美泉宫，哎哟，那个漂亮哟！真的是粉想去粉想去啊！德国也不错，那日耳曼帅哥金发碧眼看着就养眼。当然作为一个大俗人，法兰西、意大利等时尚时尚贼时尚的国家也是一直心向往之。心里这么想着，就开始收集各个欧洲行的资料，看着看着心里就开始打怵：哎呀，这从来没有一个人去过国外啊，自己能行吗？英语国家还好，据说法国、意大利那边挺讨厌说英文，如果到那边语言不通，我这性格还容易紧张，到时候再出点啥问题，这个……

哎？我记得某人好像在美利坚啊，找山姆大叔练练手吧（路人甲：敢情上面说了那么多欧罗巴全是废话，我也是醉了）。

在美利坚的某人叫作老华，蒙古族，是我们K大走出去的学生，自然也是留学生了，曾经是我们圈子里的活跃分子，后来很牛地跑到美利坚读博士后（中间还有一点小曲折，坑爹的USA签证评审）。第一次见到他是在群里自己办的校园BBQ上，那是群里的众位同学第一次大规模聚会，很多人平时都是只见文字不见图像。我跟老华也是，只不过聚会结束后我就给他老人家发了一个QQ：老华，我能管你叫声哥吗？

那边：哈哈，行啊，不过为啥啊？

我：感觉你像。

其实有一句话我没敢说：因为我觉得你很慈祥。

说句公道话，老华不老，真的不老，他比熊熊还小一岁，只不过他悲催地跟超人童鞋带有同一种属性：那就是明明是幼齿的年纪却有着过于成熟的外表。超人的亮点是明明二十啷当岁却留着一个四十岁怪蜀黍的发型，而老华，只能说他以前待的地方实在不利于皮肤保养。

但是一个人的内涵很多时候不是通过外表来展现的（比如人家都说我是御姐其实本人就是一傻妮儿），老华的人缘很好，人也很好，这两个只差一个字本质却千差万别。熊熊曾经说老华：看谁都挺好。这能反映一个意思：这哥们儿心地淳朴善良，所以世界在他眼里、周围的人在他眼里清一色的真善美。熊熊还说了一个神评价：老华性格真好！如果他是女的我一定娶他！他刚说完就看到对面炯炯有神盯着他的本小姐，顿时汗了一下，因为那时我正用着一种“此处有情况”的眼神对他发射X光。

但正因为如此他才有个好人缘，再加上他本人还是个热心肠，经常为我们活动组织提供场地，更是提高了在群中的人气。这次把美利坚作为独自国外旅行的第一站，除了想锻炼自己的胆量之外，也想拜会拜会这个正在啃黄油面包的大哥。估摸着美国时间他还没睡，便用QQ骚扰了他，而我们的对话也切实证明了这个人有多实诚：我说要去美国去看他顺便旅游，只是我要订个宾馆。他说住什么宾馆啊？家里又不是没有空房间，大老远来就别见外了。我说要去美国怎么着得一周时间吧？他说一周不够，至少半个月，好不容易来一次就多玩几天。人家都是不太喜欢自己的生活被打扰，他则是“有朋自远方来，不亦乐乎”，真是个厚道人啊！

决定去美国之后我就开始办签证，过程很顺利，除了中间补交了一次材料之外半个月之内就拿到了，期限是一年，这也促使我在年末第二次飞往美利坚（纯粹不想让签证浪费）。但是后面发生了一些让我不太愉快的事情，美国机场转机的时候（忘了是洛杉矶还是旧金山）被对方给了一张红牌叫到一旁审查，一个亚裔工作人员牛气烘烘地像审犯人一样审我，我怕来不及上飞机就稍稍催促了一下，他斜眼看了我一眼：“你跟我说这些没有用，你态度最好好一点，否则我有权力把你随时遣返。”等他好不容易问完，我一路奔跑到安检，才发现根本没有必要着急，因为飞机延迟起飞了，至于什么时候起飞，sorry，不知道。然后我就在候机室等待，快要崩溃的时候终于等到了起飞通知。后来又转了一次飞机，折腾到最终目的地已经是将近夜间十一点，老华还有他的朋友在机场接我。幸亏我一路上谨记老华有关于时差问题的提醒，只要坐上飞机就开始睡，几乎是飞了一路我也睡了一路，这才不会让自己太疲惫，也有效避开了时差问题，而且到达老华家后沾上枕头没多久就睡着了。第二天清晨精神抖擞准备吃早餐，把老华看得一愣一愣的。

老华：睡得挺好？

一脸疑惑。

我：对啊！

开心地笑，开心地笑。

老华：年轻真好……

一脸“致我们逝去的青春”的感慨啊。

后来才知道，老华第一次去美国时，因为时差导致的生物钟混乱用了几天时间才调整过来。

老华住的地方属于爱荷华州首府得梅因，网上说是铁路交通枢纽和金融中心。但在我看来就是一个宁静的郊区，没有高楼大厦，清一色的小别墅一个一个紧挨在一起，如果不看门牌还以为是一家的。与日本一户建相比，这里的房子彼此空间隔得比较大（没办法，地方大就有资格任性），有的甚至中间都可以建一个花园。老华住的也是这样的房子，和另外一个留学生合租，上下两层小洋楼，宽敞的会客厅和厨房看得我口水哗哗的，让我不禁想到我租住的二十平方米仅用一个布帘隔断卧室和厨房的小屋子，然后就四十五度明媚忧伤了。

老华说他们这里属于学区，他家离学校就几分钟的路。学校很大，很漂亮，里面有一个静谧的湖泊，湖水清澄，倒映着周边如画的美景。湖边树木郁郁葱葱，环境清幽，有时还会有水鸟划过水面，与岸上读书的人相映成趣，人与自然在这里和谐统一。

在这段时间里，通过老华的介绍，我认识一些留美学生，都是奋发向上好青年，还帮其中一个妹子搬过家。经过交谈，我粗浅地了解了留美学生的生活状况，以下是我对留日和留美学生一点浅薄的比较，自家之言，非喜勿看。

在我看来，如果论吃苦耐劳方面，留日学生要胜过留美学生。别急，且听我慢慢道来。首先，USA留学不是你想去就去的，据说去那里留学的学生必须出具一份财产证明，证明家里有这个资金有这个条件供孩子在异国他乡攻读，如果没达到最低限额，嘿嘿，拜拜了您，攒够家底再敲美利坚的门吧。具体数字忘记了，但肯定是六位数，据说是在三十五到五十万之间，而且一般家庭要凑到这个数是有一定难度的。而日本留学则不需要这么多限制，所以即使是家境非常一般，只要豁得出去，日本那边也是“敞开怀抱等你”。其次，留美学生是不被允许打工赚取生活费的（除非教授介绍在学校打工，但竞争激烈），如果被抓住虽然不至于被遣返，但是签证也要下降N个档次，很多福利政策无法享有。什么？你说《中国合伙人》里面超叔曾洗过盘子？孩子你看清楚那是黑工。曾经就有一个妹子偷偷在中餐馆打工，结果被她教授逮个正着，好在教授是个厚道人，没有通报学校，但也警告她不许再有下一次。与此相比，日本就可爱多了，留学生到入管局办一个简单手续就可以得到一周二十八小时的勤工俭学许可，只要不是超过时间限额（一般也没有人去查）或者去娱乐场所打工（这个高风险），留学生们是可以靠这个鼓腰包的。再次，相比起留日学生来说，留美学生很难得到奖学金，得到奖学金的每年就那么屈指可数的几个人，而且奖金少得可怜。一小弟拼死拼活好不容易拿到了一次奖学金，一千刀，乐颠颠地给老妈寄去了八百刀，想证明一下她儿子很牛掰连老美的奖学金都能拿，结果被这位无敌阿姨一句话弄得吐血三升：怎么那么少?!你是不是都花了!!得知我们可以有很多奖学金可以选择甚至是几乎到了留学生人手一份的程度后，更是吐血N次方。

财产证明、无打工、无奖学金，这就要求留美学生家庭必须达到三个条件：一、有钱，二、有钱，三……还特么是有钱！不能说大富大贵，但也是称得上殷实之家。现在的父母哪怕只是一般工薪阶层也不舍得让唯一宝贝吃苦受累，更别说有钱人家的孩子了，生活的艰辛，比如前文提到的全家举债去留学的压力他根本就感受不到。穷人的孩子早当家，这并不仅仅是一句老话。相比起留美学生一切都由家里扛，为了给家里节省开支，留日学生要靠着自己的双手赚取房租和生活费，除了繁重的劳动、老板的训斥、客人的刁难和歧视，包括女孩子可能还会遇到变态客人性骚扰，为了生存都要打碎牙齿活血吞。比起留美学生，留日学生更懂得生活的艰辛和生存的不易。

但也正因为如此，留美学生的专业性水平要比留日学生要高，因为他们心无旁骛不用担心生计只管读书做研究就OK。试想一下，一个人大脑容量就这么多，一个是脑子里全部装的都是研究，一个是还要分出很多地方来盛放别的乱七八糟，哪个更容易出成绩？答案显而易见。奖学金虽然稀少，但却更加能证明拥有者的优秀，所以我要为那个拿到一千刀的小弟点一个赞（《生活大爆炸》那几个阿宅估计这玩意儿都拿到手软了）。呃，当然了，也肯定会有人心无旁骛不用担心生计只管做别的，最后不能通过考试顺利毕业就是他自己的事儿了。

在美国一共待了十五天，对我来说是非常难忘的愉快之旅，因为姑奶奶终于冲出亚洲走向世界了！哦呵呵呵！我去了北美最大的商城，看到了巨无霸乐高积木人；去了芝加哥，在那颗诡异的球体下感受了诡异的映象；拜访了芝加哥博物馆，见识了琳琅满目的藏品，十分之震撼。顺便说一下，美国的中餐馆做得还是蛮地道的，味道不错量还足。第一次在美利坚吃中餐是在机场等候转机的时候，那次已是晚上六七点，我拖着行李抱着大唱空城计的肚子四处搜寻，在那一瞬间看到了熟悉的影子，飞奔过去顿时心花怒放，用中文跟对方交流却只看到一脸茫然，原来在中餐馆工作的不仅仅是中国人，后来换上了一位会说中文的老伯才搞定。那位老伯真是实诚人，我说一句“多给盛点肉呗，我饿了”，他就真给我盛了两大勺，真的是两大勺，一勺蘑菇肉片、一勺烤鸡肉，外加满满一大坨白米饭。我端着微微发颤的餐盘哭笑不得，但还是很神勇地把这满满一盘食物消灭了，虽然很撑，但是味道真挺好，至少比日式中国菜强。后来跟老华他们出去吃中餐，觉得菜色齐全，分量也很够，对中国人的胃口，而且中国人在中餐馆知道该点什么菜，美国人貌似大部分都只知道宫保鸡丁……

什么？你说为嘛不吃点美国特色。亲，这个不用跨洋过海到美国来，国内满大街都是，上校爷爷的头像看得你可能都快吐了。木错，美国特色就是：各种快餐！汉堡、卷饼、比萨、帕斯塔，一个不少。那次从得梅因开车到芝加哥，往返吃了一路麦当劳。其实我挺喜欢在美国吃美式快餐，虽然这玩意儿被称为是打工仔专用餐，但是分量实在太喜人了！汉堡比国内大了一圈，SubWay卷饼也要比日本版的多了三分之一，薯条也要更实惠，可乐的size貌似也不一样，吃起来幸福满满，大口满足！

什么？你说十五天就干了这么点儿事儿？就去了这么点儿地方？呃，是的，因为第一次独自国外旅行，有些晕头转向（后来想想跟去北京也没什么区别，应该是自己吓唬自己），而且再加上依赖症发作和胆量退缩，老华问我想去哪里，我一头雾水：想去的地方不少，但貌似离你这里都比较远哎，我一个人去真的呆胶布？老华，组织相信你的向导能力，你带我去哪儿我就去哪儿！老华当时就石化了：我哪有那个美国时间想你这个啊?！你来之前都干吗了?！即使如此，他和他的朋友还是尽最大可能安排我的美国之行，开车带着我去这里去那里。没错，开车，学生开车在这里并不是一件稀有的事儿，但不是你想象的香艳的跑车。老华的朋友都是勤勤恳恳的学生，不会把精力都耗费在发泄力比多上，所谓的车就是经济适用车，基本都是二手，有的甚至三手或四手。后来看到《生活大爆炸》中佩妮驾驶的那辆引擎警报车，就莫名其妙感到亲切。当然也有经济状况好一些的“土豪”会买好一些的，但也绝不是超跑。比如某哥们儿有次看电视里雷克萨斯的广告，嘀咕着“要不要动用一下家里给的储备资金再自己攒一些钱买一辆呢”，仅此而已，也还是为了使用。

话说两三年过去了，那哥们儿到底买没买啊?

这次的美国之行被爸妈骂个狗血喷头，我也挺后悔的，因为战前计划安排得太垃圾了，十五天啊！就去了两个地方，剩下的时间都在乖乖看天；而且身为女人，路过真正的奥特莱斯竟然没为自己买点啥?！太给女性同胞丢人了！！所以后来为了不浪费签证，将拉斯维加斯作为目的地，再次奔向山姆大叔的怀抱时，我在网上查阅了当地景点介绍和网友友情提供的各种攻略，还询问了去过那里的同学，下载了当地奥特莱斯的优惠券，再次跨入美利坚国境，四天赌城游，总算是一雪前耻了。只是就如同老妈觉得跟日本八字不合一样，我跟美国貌似也有些犯冲：第一次因为首次入境，被审问，好吧，很正常；可第二次仅仅因为带的行李太少就怀疑我有移民倾向实在太扯了，我差点儿拍了桌子，幸亏一位亚裔而且会说中文的工作人员打圆场并做了沟通才阻止了我的冲动行为。后来想想真的很害怕，因为如果我真的发了火，是真的有可能被遣返的。还是图样图森破了，不够冷静，我森森地反省。

既然话题跟旅行有关就多说两句，送给在日本并喜欢海外旅行的盆友。大家都知道，旅行有自助游和团体游两种，在日本并有日本签证基本都可以实现自助游。自助游的话很方便，如果你通晓当地的语言自助游是最好的，因为没有时间限制，没有景点压缩，没有强制购物，没有不合理的餐饮消费，可以自由安排时间和经费。我后来去台湾就是自助游，搞清楚路线和景点，拿着地图就大踏步前行。但是如果你觉得有些担心，比如说住宿问题不太好解决，当地语言一窍不通，那就通过旅行社报团体吧。日本的团体游很有意思，除了普通意义上的导游一路随行的团体游之外，还有一种“freetime”团体游，我叫它“自助团体游”，怎么解释呢？以我后来去拉斯维加斯为例，程序如下：首先在旅行社资料上选好旅行套餐（比如拉斯维加斯四日游），申请报名，旅行社审查资料是否齐备，费用是否交付，一切齐备后，如果人数达到最低限额，旅行团就成立了。游客自行到达机场乘飞机，到达目的地之前谁都不认识谁。到达拉斯维加斯之后，有旅行社当地分社的工作人员在机场迎接。人员到齐后，乘上接送用的面包车前往旅馆，路上讲解当地的风土人情及注意事项。到达旅馆后跟工作人员沟通安排旅客入住。然后，就没他什么事儿了，这四天你就自己安排吧，想去哪里去哪里，想干吗干吗。你可以今天看看旅馆周边：哇，好多老虎机啊！明天去看看其他特色酒店：矮油，这家自助餐好好吃，奶酪蛋糕吃了好多会长胖的啊！后天去中心区看看话剧，参观M&M工厂。大后天去奥特莱斯血拼，时间完全自由。而旅行社做的仅是：安排旅行天数和住宿，当地人员负责接送和归国乘机事宜，就这么简单。这解决了游客的一些烦恼，也给予了充分的自由时间，而且这种团体游价格都很便宜——因为没导游嘛。后来发现，其实日本其他团体游也不是导游全程陪同，总会给予一天或半天的自由活动时间。

自助游和团体游各有各的好，但是如果你要参加团体游，那有一个问题就必须要考虑。前文说过，我最想去的地方是欧洲，只是有些地方第一外语不是英语，比如法国、意大利本地人还很讨厌说英语，这些地方貌似只有团体游更合适，只是到现在还没有去成，为什么呢？就一个问题：签证。中国人报当地团体游，必须要解决签证问题（日本人是免签的），即使比国内快捷了很多也得需要半个多月时间。要申请签证你得知道你住哪里，只是旅行团很多都不会马上定下你住哪里，虽然知道肯定会住备选几个的一个，但具体哪个不知道，你得等旅行团定下之后才行。只是要等结果得一周多，那个时候再申请就赶不上旅行团了。如果没有住宿地就没有办法申请签证，这实在是个两难问题。其实办法还是有的，但仅限于那些在目的地国家有熟人的人，可以先把住宿地写在他们家，审查后拿下签证，然后再申请旅行团。当然如果你是自助游就没必要了，随时随地都可以背上行囊高唱“向前向前向前”！

第三十一章

毕业季的“猿粪”!

当看到S教授发给我的邮件时，还在老家过暑假的我觉得这个世界真的很诡异。

邮件大意是这样的：由于他老人家眼疾发作，需要做手术，从客观条件上无法做我们的老师了，所以他已经跟另外一位大教授说好了，正好他手下目前没有学生，可以我们新指导教授的身份来辅导我们的研究学习和毕业论文。

这位大教授是：K教授。

我回想了一下我的指导教授变幻录：入学阶段——K教授，因为研究无法带学生——转到S教授名下，由于眼疾无法带学生——变回K教授学生……

两位教授你们是组团来搞笑的吗？K教授我跟您之间的“猿粪”真的是好大一坨，开始和结尾都是您呢！

但是K教授并没有回应我激动（诡异）的心情，当我再次踏入K教授办公室大门时，不出意外地仅得到了一句：“来了？请坐。”

两位教授风格，截然不同。如果S教授是和风细雨，K教授就是雷厉风行。S教授可以督促自己的学生去上日语课；K教授则认为成年人应该有自己的判断，不需提醒就该明白做什么。S教授会询问学生目前状况，比如就职是否顺利等等。K教授从来不在办公室问与研究无关的问题。找S教授签材料时，他会请你坐下，当着你的面撰写，时不时还会和你聊几句天；找K教授签材料，他会说：半个小时后再来拿，然后将你请出办公室。等半个小时后找他时，他会把签署好的材料交给你，然后问你一句：还有其他事吗？潜台词：没事儿就闪吧！老子很忙！

所以某前S教授学生表示不适应，对于我来讲，虽然对比感觉着实强烈，但也见怪不怪了。而且性格上的迥异并不影响两位在我心中都是好老师的印象。

自从2013年10月份开始，修士二年级学生逐渐进入毕业季，论文提交进入倒计时，学校生活也从研究转为跟论文死磕。估计到留学生的语言问题，学校为每个进入毕业季的留学生安排了一名tutor，跟刚入学时那名tutor的作用不同，前者是让留学生熟悉环境更好地融入学习生活，而后者是为了帮助留学生写论文快快离开学校（呃？）或升入高年级（修士变博士）。留学生没有选择接受的权利，要也得要、不要也得要。事实证明学校的做法是英明的，即使日语说得再好的外国人他也不是日本人，书写时候肯定会有这样或那样的错误，就连大嘴师兄这种把日语讲得跟母语似的也得找他的论文tutor修改论文，更别说像我这种半吊子了。拿着论文请K教授指点，结果教授帮我改了一段话的语法后给我发了一封邮件：你去先找你tutor改改先！

除了tutor之外，毕业生上讨论课发表的内容不再特别指定，一律变成毕业论文分章节演练。学生将论文拿出来跟老师和同学们探讨，好处是知道自己还很糟烂，坏处是让大家知道你自己有多么糟烂。我就拿着要提交的毕业论文在S教授的讨论课上被“自愿”狂虐，好在老师知道我的水平什么德行，更重要的是好在我已经被虐习惯了。这年头，能抗压才是硬道理啊。

其实我的论文完成得很早，我指的完成不是最终定稿，而仅仅是个雏形。在S教授还是我导师的时候我就已经交了初稿，让同门师姐妹白白很是郁闷，因为当时她刚刚列出个大纲。但我觉得她郁闷得很没有必要，因为跟我这个比起来她那个更是需要真功夫。同样都是修士毕业论文，我是为了顺利圆润出校园，她则是要向女博士这种生物进化。一般的修士毕业论文达到三万字，A4纸二十五页到三十页吧，而她的呢？据说S教授曾经很淡定地告诉她：怎么着也得一百页吧。选择的不同意味着难度的不同，教授们不会为难毕业流，但肯定对升学流高要求。这种情况，慢工出细活才是真理。速度从来不等于质量，比如那时的我，对着tutor给我修改的论文真是无语问苍天。

tutor不一定只跟一个留学生结对子，但我的tutor据我所知好像是我专属。这个叫铃木的萌妹子在留学生中有很高的人气，因为她是个热心肠。对我来说，她确实是一位非常负责任的tutor，在自己手上有研究，还要给自己教授义务打工的情况下，把我几万字的论文逐字逐句进行语法修改，然后再对我提出的问题进行讲解（语法问题）。在铃木妹子给我修改之前，我虽然知道自己的日语一般，但从来没意识到有多么一般，当看到红色圈圈叉叉布满整个屏幕的时候，我突然悲哀地想到被我爸那些集邮迷一直疯狂想要的一张绝版邮票：《祖国江山一片红》。

不过正因为如此，铃木妹子也成了我那时候的义务日语老师，不仅仅是毕业论文，还包括日语等级考试和求职材料书写修正，tutor的职责被我无限扩大。这里面我插一朵花，前文我说过我在第一次报考K大院生之前考过日语二级，因为顺利通过，所以成为正式院生后就积极准备日语一级考试，打算也像往常一样一把过。结果没有想到，这个坑爹的考试足足折腾了我三次。第一次，差几分；擦擦眼泪再试第二次，差得更多！一气之下休了一个学期打算缓缓再考一次，趁着这个机会总结经验教训，发现是真题训练不够，就花银子买了两套真题，在网上又搜集了一些资料决定发奋图强。正好这时候有个日本萌妹子当tutor，如果不好好发挥一下她的潜能是不是有些对不起她？答案必须是肯定的。这里面有一件好玩的事，有一次铃木妹子在回答我一级日语问题时选了跟我一样的选项，而我的答案是错误的！铃木也是晕了一会儿才知道正确答案是什么。

由此可知日语一级已经变态到了连本国公民都会答错的程度了。

在萌妹子tutor的帮助下，我不仅在后来顺利提交了论文，而且终于通过了日语一级。为了表示感谢，我想请tutor吃饭聊表心意，对方同意了，在自助餐、烤肉和回转寿司中，我们选择了烤肉。席间谈天说地，也算是愉快。依照日本人的习俗，我决定来个二次会，就问tutor是否方便，她说没问题；我问是希望去唱K还是喝咖啡，她说都可以。所以我愉快地决定：

“那我们去喝咖啡吃点心吧。”

“嗯，也好。”她眨眨眼睛，“虽然咖啡什么时候都可以喝……”

“……确实如此呢，还是唱K好一些呢。”

“是啊，我正好有优惠券呢。”微笑微笑。

我汗了一下：tutor，你想去唱K就直说嘛，为嘛还非得拐个弯？你这委婉得有意义吗？

有话不直说，似乎是日本人的文化标签。其实哪个国家都会玩一点语言艺术，不仅仅是把语义暧昧当优雅的日本，比如中国的“还行”不知绕晕了多少外国人，西方国家的“It’s intereting”也是颇有深意。但什么都要有个度，像日本这种什么都要委婉一下、什么都要拐几个弯才能说话就没什么意思了。据我经验，日本人言辞里最常出现的即转折词，类似于中国的“但是”，比如说诸如“ですが”“けれども”“だけど”这样的词曝光率极高，几乎到了没有它们就不成句子的赶脚。用他们的解释，这样能表示一种谦虚的态度，潜台词就是：我虽是这么想的，但详情也不是很清楚，您可以自己想想的，不要因为我言辞上的失误误导了您哦。很体贴是不是？可在我耳朵里却听到另外一层意思：这话虽是我说的，但老子又不是神！事实是不是这样我也不敢保证，错了不怪我啊，谁让你那么听话。

好吧，我承认我又阴暗了，但是说句话还要玩弯道谁能听了不头疼哦。关于这一点，经典推理日剧《相棒》某一集中有精彩的表现：

男主角杉下右京某天应警察次长的邀请前去该次长的办公室（现在还不知道这个次长属于啥级别，反正是个大官），该人的儿子阿亨是右京的第三任搭档，父子关系极差。落座后次长大人让右京把桌子上的一盒点心拿走，说是下属送给他这个领导的生日礼物，原来那天是他老人家生辰。右京表示了感谢（其间右京还问次长：你这是不是让我转告你儿子让他来给您庆祝生日啊？看到这儿我差点儿乐爆了，不愧是右京桑！也就只有你能这么直白地问这种问题。只是你让人家怎么回答？就算有这个想法也不能说是啊，次长大人多丢份儿啊）。寒暄一两句，右京起身告辞，这时次长大人突然说了一句话：

“啊，你平常去的那家居酒屋，是叫花之里吧。”次长大人说，“真是一家不错的店啊。”

“是挺不错的。”右京点点头，“那我告辞了。”

就在右京关上房门的一瞬间，刚才还笑容亲切的次长立刻晴转阴，面部肌肉不停地抽搐。看到这儿我就有些纳闷：啊咧？莫非右京桑你又惹什么事儿了？不然你搭档他老爸玩什么面部乾坤大挪移啊？不仅是作为观众的我，将“いつも細かなことに気になりますが、これは僕の悪い癖（总是注意细小的问题，这确实是我的坏习惯）”当作口头禅的右京自然也略微感知到了些许违和感，但是从来不在乎他人眼光，从来都将人情世故当作一团异味废气处理的右京毫不意外地将这件事很快抛到脑后（真不给次长面子）。直到晚上在花之里看到搭档阿亨才又想起来这么一档子事，便向他询问，自家搭档也不知道自己老子搞什么鬼。这时被右京捡来的一个萝莉版御姐一语道破天机（后来证明这孩子就是个幽灵，本人在几年前已经去世了。一直想看的幽灵就在眼前右京桑竟然没有发现，为他撒一把泪先），因为她实在无法再冷眼旁观了，只见她用一种看脑残的眼神看着这两个二货尤其是右京：那人是让你邀请他到花之里喝一杯度过这一天，猪头！就你这德行还要不要升职啊（原话无“猪头”二字，笔者友情提供）?!

电视里右京和阿亨哭笑不得；电视外，我只觉得膝盖中了一箭，真心给这个萝莉姐姐跪了，顺便也拜拜次长。欧亚吉（日语大叔音译），不想一个人惨兮兮吹蜡烛就直说嘛，何必拐弯抹角？那个时候你跟右京桑就算不是挚友也不是基友也算很熟了有木有！是，年纪一大把了还说“我很怕寂寞”确实很丢人，但也可以这么说嘛：那家店不错哦，老板娘的料理很有新意，今晚正好有空就再去领教一下她的手艺吧。搜卡！你也去是吧，正好，同去！然后到那里右京肯定会告诉女店长今天是您老人家生日，如花似玉的女老板肯定会特意为您免费做几道拿手菜，然后谈笑风生、宾主尽欢不是很好吗？你还非得玩深沉，最后还得一个人惨兮兮吹蜡烛，怪谁啊？怪不得连你儿子都懒得跟你说话……

事实证明只有日本人或在日本生活了五年以上的人才能明白次长大人的想法，我拿这个事儿问同研究室，已经在岛国生活了六年的老木，人家刚听完次长大人的话，秒懂：这不就是想让人请他吃饭嘛。我当时差点儿给他也跪了：人才啊！像我只会想到次长跟老板娘是不是有一些不能说的秘密……好吧我又阴暗了。

因为太熟悉他们的说话风格，以至于即使真的难得有那么几个直率的岛国公民出现我都会想歪。比如后来我在工作中认识一位前辈，某天中午午休时间给他去了一封邮件说工作上的事，后来他回了一封，上面写道让我注意午间要抓紧时间好好休息。我当时心里就在想：是不是这位前辈提醒我不要打扰他休息时间？惴惴不安地问了与他共事快十年的大前辈，他摇摇头：孩子，你想多了，他的本意就是邮件字面意思，纯粹就是让你不要浪费午休时间。

那个……我真的不是故意阴暗的啊。

总而言之，我和tutor那天就去唱K了，还是蛮愉快的。tutor妹子可以唱高音但有时候不在调上，我是几乎都在调上但挑不上高音。我们经常同唱一首歌，我负责着调，她负责飙高音，效果也是挺不错（gǎo xiào）的。

第三十二章

你的生命，不是只属于你自己

“今天教务处发邮件，说是哪天留学生开会有要事通知，”我咬了一口面包，“应该是驿老师离职，新的留学担当继任的事儿吧。不过这也没必要特意召集通知，发个邮件不就好喽?”

“你是真不知道啊，”正在喝汤的白白显然差点没被呛到，只见她用一种不可思议的表情看着我，“驿老师，自杀了。”

“嗞——”一个激灵醒来，抬头看看窗外，夜幕降临，我乘坐的巴士已到了东京。前几天跟在东京就职的小湘联系，这位湘妹子邀请我到东京去玩儿。因为求职依然不顺利，这段时间比较压抑，为了舒缓情绪，我打算去外面走走。

到了车站，小湘已在那里等我，时间已是接近晚十点，而她却刚刚下班。我已经忘了在她那里住了几天，应该不超过三天，每次她都在加班。回头看看灯火通明的东京站，又看看那条通往皇宫、霓虹闪烁的繁华街道，东京，这不是我第一次来到这里，却是感受最深的一次。

提起东京，既熟识又陌生。说它熟识，是因为即使足不出户它也让我们印象深刻，喜欢日剧的人第一个会想到《东京爱情故事》，想到小田和正那首极具磁性的《突如其来的爱情》。喜欢动漫的人那就更多了，几乎每部日漫都会画到它，我在来日本前就一直想看看CLAMP笔下那个纸醉金迷的颓废之都是什么样子，想看看是不是在某个阴暗角落里真的有红如血的樱花。喜欢购物的人肯定会想到银座这个花钱的好地方。有小孩的人必定会想到迪斯尼。说他陌生，是我们只知道它的繁华，却从未见到它的压抑与匆忙。当天乘地铁去小湘家里的时候已经十一点，而车厢却被众多回家的上班族挤成个沙丁鱼罐头，对于工作在这里的人而言，现在才是他们的下班高峰。看着他们或听音乐或刷手机，面无疲惫之色，似乎已经适应了这种高压的生活状态。想到神户那悠闲的生活方式，再看看面前明明已接近第二天的凌晨却还精神抖擞的人，不禁打了一个寒战。

我是一个懒人，所以，我并不喜欢东京。感时花溅泪，恨别鸟惊心。可能因为当时情绪实在不佳，我觉得那几天东京的天空是灰蒙蒙的，看着鳞次栉比的高楼大厦，看着大街上脚步匆匆熙熙攘攘的人群，看着涩谷那条有名的五岔口人行横道，我觉得有种说不出的窒息感。人越多越显得自己寂寞，城市越繁华越显得自己渺小。从浅草寺回来，手里拿着已经变凉变硬的人形烧，眼看着不远处矗立的高楼，突然想了这么一个问题：在这栋建筑楼前冰冷的地面上，是不是也有生命陨落？

虽然提起日本就会不自觉想起将剖腹视为忠义的武士道，但一直没心没肺地过日子，从来没有想过，结束自己生命这样的行为，竟也可以发生在离自己这么近的地方。直到听说同一个研究室的同学自杀时，我反应是：哎？不会吧。

他是一个典型的日本学生，跟我并没有太深的交往。后来我仔细想想，跟他加起来说了不到三句话，分别是："吃午饭了吗"，"今天天气不错"，和"拜托你了"，但我一直记得他戴着眼镜文质彬彬的样子，安静内向，懂礼貌。最后一次见到他是在研究室大扫除的时候，他拿着抹布很认真地擦拭玻璃，温和地与旁人说笑。两天后却传出他已经自杀身亡的消息，我还以为是当事人弄错了。他只是一个普通学生，平时就是默默无闻。我们对这则消息虽然感到意外，但也仅仅是意外，如同平静的水面上落下一片破败的叶子，只有那看不到的波纹无声无息地消失在转瞬之间。可是另外一个人，不能不让我们觉得惊涛骇浪了。

他是我们留学生的担当老师，我们还上他所教授的课程，在我们印象中他是一个开朗活泼的爷们儿，出去旅游时还会给我们留学生带礼物，我曾收到过他从泰国带来的咖喱鸡肉罐头，味道很独特。平时大家与他说说笑笑，还经常一起吃饭，突然在一个安静的下午，他被人发现在办公室中自缢。消息传来，所有人都觉得不可思议，学校的领导没有透露自杀的原因，但告诉我们其实他一直患有抑郁症。我们仔细回想与他交往的点点滴滴，根本找不到一丝一毫抑郁的蛛丝马迹。

“是不是从咱们学校离职但还没有找到接收他的地方，所以想不开就……”大家这么猜测着。

开会的那一天，气氛压抑，与会的所有学生都是他当留学生担当时期负责的，大家心里都很难过，谈及他对留学生的帮助，很多女孩子流泪啜泣。谁也没想到他会有抑郁症，谁也没想到他会走上绝路。

抑郁症，似乎已经成了威胁日本国民身心健康的一个高危险系数杀手，日本曾经就此做过不少专题报道，据说就职不顺和职场压力是现今造成抑郁症的主要原因。电视里出现的那些患者曾经也曾意气风发想要做出一番事业，遭受挫败之后精神变得萎靡不振。从没有工作欲望到没有外出欲望，别说生活技能，就连最基本与人交流的技巧都忘得一干二净，到最后也只能靠父母出外打工或退休金生活，自己除了每天围着电脑打转之外，顶多就是帮忙做做家事。看到他们的状态，我突然想到曾经在街上遇到的一些人，跟在父母后面，岁数都不小，块头都很大，但不是结实的肌肉而是油脂满溢的肥肉，从感官上就像农村过年待宰的某种动物，说头脸愚蠢有些尖刻，但确实感觉很糟糕。可是听他们跟旁人说话交流也还算正常，衣服不修边幅，头发不知多久没打理，大多都有络腮胡，夏天时穿着凉拖缓慢地在父母身后拖沓，好像从流浪汉堆里被发现的，看似精神异常但除了些许颓废之外还属于正常范围。想想他们，看看电视里那些心理亚健康人种，总有一些似曾相识的感觉。

还记得当时我看到电视里的抑郁症患者心里除了讶异之外还有一些轻视：我擦，就因为一个工作屁大点的事就把自己郁闷成一个犀利哥，你是猪吗?！心理素质这么差还敢出来混赶紧回去洗洗睡吧！等到了我也在求职那一天，我发现，其实我也好不到哪里去。

2013年年末开始又一轮求职热潮，我也想再试试。与应届毕业生一起竞争，意味着我的希望更加渺茫。虽然吸取了上一回的经验教训，虽然这次要比上一回好一些，面试的机会要更多一些，但也仅仅是一些而已，到头来还是无数次的“残念”。那时的我彻底陷入混沌的黑色迷雾中，虽然我并不指望奇迹会发生，但当它真的很听话躲得连影子都找不到的时候，真是已经接近绝望了。没有动力，没有方向，面前只是一团抹不开的黑色浓雾，找寻不到光亮。

后来我才知道，真的是很久以后的后来，我最致命的缺点就是不懂得站在他人角度看问题，比如说求职服装，日本有固定的要求，衣服款式、颜色，包括裙子的长短都是规定好的，不是想怎么穿就怎么穿。而我却偏偏特立独行，制服裙子短了一寸，觉得这样子比较显示身材优势，让面试官赏心悦目。可后来才知道恰恰是这个裙子给我惹了大麻烦，从面试官的角度而言，身为人事部职员的他们要保证他们为公司引荐的人员不会带来麻烦，而特立独行的人会使他们觉得很难管教（好听点讲叫很难管教，不好听点叫不良青年赶脚满满哒），所以直接出局。还有工作内容，我觉得凭学历做普通的文职工作应该是小意思，可为什么用人单位不要呢？从企业角度而言，这一份工作，我找研究生是做，大学生也是做，大学生我给的工资还低呢，那我为什么要多花钱用你呢？除非你说你能创造更大的价值。但是看你应聘的职位跟普通大学生也没什么两样，抱歉，你再去其他地方试试吧。那个时候我觉得，己所不欲，勿施于人的另一层含意，就是我之蜜糖未必不是他人之砒霜。不把自己不喜欢的东西强加于人，但自己想给予的就一定是对方想要的吗？

为什么我现在才深刻理解这个道理呢？

“我将来还能干什么啊？”一个人游荡在东京站地下商店街，刚刚被一家拉面店客气地赶走的我觉得疲惫不堪。

“我只是想歇歇脚而已……”嘴里嘟囔着，看着那家拉面馆门口那几个专门供给食客等待的座位，无限怨念，“你现在又没人……”

找到一个墙角依靠，转转已经僵硬的脚腕，我木然地看着川流不息的人群，看着他们行色匆匆奔向下一个地点，脚步声响在耳边，显得格外清晰。

还真是，有干劲啊。我不禁苦笑。

将来的我，是像他们一样成为奔波族的一员，还是像现在这样浑浑噩噩，试图在迷雾中找寻自己的方向？

也许正因为受不了这种迷茫，所以才有人选择让自己彻底解脱。说实话，我有点理解他们了，这滋味，真特么难熬。

可是即使如此，我也没想过哪天我也“解脱”一下，也朗诵一首《面朝大海，春暖花开》。

因为我总觉得，虽然仅仅是“觉得”，明天，应该会好，即使没有面朝大海，我也知道花朵会应时节开放。

也许还记得高中老师在高考前夕给我们加油打气时说的那句：想死的人我从来不会阻拦；也许心底还有一份希望；也许是感受到浅草寺前那座大楼玻璃折射的夕阳，暖暖的让人想哭，反正，我觉得，人，还是要惜命的。

为了给你生命的父母，为了好多事情想要做的自己，为了那个根本不可预知的未来。

那天，被折射的夕阳刺痛得差点流下眼泪，我却强硬地将它吞下。因为人生的战场上眼泪从来都是不被相信的，不仅仅限于莫斯科（不懂这句话的请问自己的老爸老妈）。

第三十三章

宝岛台湾，你妈叫你回家吃饭！

“老板，我要一份卤肉饭。”

“好，你先在那边坐一下哦，马上就好。”

看到“卤肉饭”三个字，我想很多人都会想到咱们祖国的宝岛，宾果！我现在就在台北逛夜市。

2013年末到2014年初是我旅游比较密集的时间段，因为马上就要毕业了，就想趁着签证还没有到期到处走走。算了一下时间，马上就要提交论文了，一周旅行有点点长，两三天的倒还可以。又核算了一下性价比，看看地图，嗯，貌似韩国思密达的可以，但据说在国内走也是很轻松的，价格也不贵，特意从东瀛往那边跑有点不太值。目光向下移，嗯？我国的宝岛台湾哎！而且朋友说那里不错哦，机票也超级便宜！欧了！就是你了！

大致定好了时间，我就给祖国台湾在日本的办事处打电话，接电话的工作人员听声音应该是一位蜀黍，我向他询问需要准备什么材料，只听那边的蜀黍这样说道：需要准备的材料呢，你听我跟你讲一下哦，你要有什么什么。当时我就拜倒了：比起以往国内那些硬邦邦的机械式回复好温暖好贴心有木有！一项一项，慢条斯理，语义清晰，而且很有耐心。当天晚上我就一脸花痴状给老妈打越洋电话：

“妈咪哦，人家觉得，台湾男生也蛮不错的哎，你看你看他们都是这样子说话的，慢慢的，好懂礼节的样子，我一学姐也曾说过那里的男孩子好好的，斯斯文文的而且好温柔的哦……”

“给我好好说话!”

“啊，我的意思是一方水土养一方人。”我正襟危坐。

我这边虽然被老娘一嗓子把山寨偶像剧吼回伦理剧，但也奠定了“宝岛男生还是不错的”这样一个印象基础，再加上后来与向前辈的来往，更是不断加分。

向前辈来自台湾，据我所知他应该是法学研究科年纪最大的前辈了，跟老木同岁或者比他要大一点。忽略掉他下巴那一缕个性的胡子，其实他长了一张娃娃脸，或者说看着比实际岁数要年轻许多。个子很高，身形比较魁梧，跟传统印象中南方书生那个弱不禁风的形象相去甚远。我跟向前辈第一次碰面是在休息室，旁边还有大嘴师兄领着一群人开茶话会。他那个时候要准备提交论文，修改装订忙得不可开交。我那时还没有成为正式学生，又不想让自己闲着，便去问他需不需要帮忙，他一边绑论文（没错，是绑，至于为什么后面会跟大家解释）一边笑着说不用。自那一天就很少碰面，因为我们虽然同属法学研究科，但不属于一个研究楼，分属不同的研究室，平时也几乎没什么交流的机会。直到我成为正规生，在新生欢迎会上跟向前辈坐了邻座，才开始认识起来。那时候网络有一个台湾知名主持人在某节目中嘲笑大陆按摩店特殊服务的视频，我觉得很莫名其妙，有木有搞错，相比起这个你们那里的槟榔西施也是艳名远播好伐?! 当我一脸愤青状说起这个话题的时候，向前辈只是淡淡微笑，静静听我说完，然后说了一句：其实，现在的槟榔西施很多都是从大陆过去的。

我：……

随后我们就聊了起来，因为我对宝岛一直很好奇，所以话题大多围绕于此。很难说坐在我面前的这个宝岛男人是蓝色还是绿色，但是留学前一直奋战在媒体第一线，记者出身的向前辈看问题会更加客观也更加全面，真实性也会比国内媒体更高一些。当天大家相谈甚欢，之后在校园也是偶遇数次，但由于双方在不同研究楼，专业还不一样，交流机会少，遇到后顶多就是点头微笑寒暄几句。但即使如此也算是混了一个脸熟，这次我想去台湾转转，除了网上驴友发布的攻略，一个当地人的推荐和意见会更加有效。考虑到毕竟不是特别熟，突然打扰有失礼貌，我就先从浩哥哥那里要来了向前辈的邮箱，给他发了一封邮件，做了一简短的自我介绍，并说明拜访的理由。很快我就得到了他的回信，当时我就被镇住了：格式完整不说，还在信中对台湾旅行景点做了一个大概介绍，范围包括台北、台中、台南、台东，内容包括衣、食、住、行，十分详尽，花了很大一个篇幅。除此之外还在信的结尾告诉我他在研究室可以拜访的时间，提示我去的话最好带一份台湾旅行地图，这样说明会更直观。给人的感觉就是很暖心，也让我有点过意不去，因为大家都很忙嘛。大致定了一个拜访时间，就在办理通行证的时候领了一堆的资料回来打算取经。

不知道在国内是不是一样，但是在日本办理中国台湾通行证的时候需要提前预约，因为日本前往中国台湾旅行的人特别多，预约的人可能都会排到一个月以后，所以就必须提前排。我就挑了一个最靠前的日子，大早上出门九点多就到了那里，办事处还没有开门。不过顺道正好去附近马上要去面试的地方转了一圈认认门，时间差不多的时候再回去。材料递交得很顺利，也不需要补交什么，这时我看到有人拿到了通行证，原来就是一张纸，上面印着年限和相关信息，在那边拿了几乎所有能拿的资料，带着它们就去找了向前辈。说来惭愧，虽然向前辈建议我找到台湾的旅行地图，最好详细地标示出线路的那种，但我找了很久都没有翻到。网上虽然有，但是不太好打印，出图的仅仅是一部分。总而言之，就是资料搜集了一堆，但有用的可能就那么零星几个。更让我觉得不好意思的是，那天向前辈身体状况不佳，受了风寒，可即使如此还是准时赴约。为了表示我内心的歉疚，我给他带了一袋子苹果，水果之王，败火解毒。

呃，如果是为了这个功效我应该提一袋子绿豆过去，那会是个多么和谐的场景啊。

其实不用绿豆君出马，现在就已经很和谐了，看着我找的一堆有的没的，前辈表示累觉无爱。

没有合适的地图，就只能靠记忆来表述了。根据办事处提供的旅行资料，问清了我主要想去的地方和旅行大概天数，向前辈开始跟我讲述台湾旅行的主要交通线路和注意事项。比如去台北故宫，那就坐捷运几号线到哪里下车，然后该怎么走；诚品书屋在台湾不只有一个，分别是在哪里哪里；嗯？还要去鼎泰丰吃小笼包吗？呃，好吧，那你应该在这里下车；想要逛夜市的话，某些很有名的夜市最好避开，那是给观光客准备的，老台湾人基本上不去的；如果还有时间想去台南的话，那边倒有很多值得一去的地方，根据时间来看我给你推荐一条路线……除此之外，甚至包括凤梨酥哪个牌子的最好吃，一些知名夜市的招牌菜是什么，价格大概多少，珍珠奶茶哪家比较正宗，某家有名的水果刨冰店要怎么去，到达某个景点出了站台口要向哪个方向拐，这个时候台湾还有蚊子要注意防虫等等，事无巨细全都介绍得非常清楚，我边听边两眼冒小星星：哇——台湾男生心都这么细吗？真的好有感觉哦！

打扰了向前辈数次后，我的通行证也下来了，带着一肚皮的旅游真经和满满的期待，我乘坐了飞往台北的班机。说起从日本向中国台湾出发，如果是单人旅行的背包客，一般都会选择昵称为小P的航空公司，因为价格超级便宜，往返可能也就一万日元多一点点，就好比某个航空飞往上海，价格绝对是跌破人的眼镜。不过这个价位不包括托运行李的费用，飞机上也不会给餐饮，如果想要饮料的话，价格是市价的两倍，而且座位前后距离很小，时间久了就会觉得非常不舒服，所以该航班只适合短途，行李可携带，并且还自带食物（或者吃饱了）的驴友。孟夫子说过：鱼和熊掌不可兼得。是要经济还是要舒适，那就全靠你决定喽。

既然说到航空了，这里面我要插一朵花。提起空乘服务员，大家都会想到靓丽青春的空姐空哥，但如果在国外你就会惊奇：原来不只有哥儿和姐儿（怎么有一种《红楼梦》的赶脚），还有“叔”

和“姨”！美国航空是这样，日本航空也是这样，很多都是妈妈级别的，虽然青春不再，但比起年轻一代，经验更加丰富的他们更会处理紧急事件，而且有的空乘叔叔真的好帅啊（无限极YY中）！

到了台湾桃园机场后，首先就被空港巴士司机大叔的一嗓子给吓到了，原因是前面的人没有按他的要求摆放行李。我捂住吓得乱颤的小心肝，边放行李边反思我对台湾男人的印象是不是该调整一下？

巴士的终点就是台北站，离我预订的旅店步行不足十分钟，只是因为它隐藏在一家咖啡馆里面，我一人冒着淋淋细雨险些错过，幸亏店家时刻守在门前，看到不停徘徊的我。店家应该是一对情侣（没有细问，因为看到是一男一女所以自行推测），来自马来，很热心，男主人帮我把行李提上楼，给我介绍房间设施：房间不算大，但一个人住够了，有床，没有书桌，有一个很小的梳妆台，洗浴用品整齐地摆放在床上；卫生间和浴室都是公用的，卫生条件很好，但经常开窗，所以蚊子会时常来饱餐一顿。总体来说，还是可以的，一个人去旅行，住处什么的都是可以将就的。

正式开始观光的前一天，我啃着从楼下买来的号称是来自东北的特色卷饼（所谓特色就是全部都是大头菜？）安排我接下来两天的行程。日程安排得都很满，但也不像旅行团那么折磨人，而且台北特色地方和想吃的特色小吃都被我吃遍了，也是很充实的。时间隔得太远，现在有些记不清了，如果没记错的话，我记得两天是这样安排的：第一天，诚品书店——鼎泰丰——台北故宫——宁夏夜市；第二天，加贺屋——101——创意艺术品中心。看似很拥挤，其实只要安排好线路，把握好时间就能做到面面俱到，而且台北一方面捷运地铁很方便，另一方面也不是个大面积城市，站与站之间距离较短，也就无形中缩短了时间。

这里面随便一个都可以去问度娘，我也就不再赘述，而且类似说明文的片段我想很多人也会看着打瞌睡，我就说说我的真实感受。

诚品书店，可以说是台湾的文化标志了。我去的地方貌似是诚品在台湾的总店，几层楼忘记了，但是很大。说心里话，要论起藏书量，也许跟大陆很多书店都没什么差别，但是对我来说，最吸引人的不是它的数量，而是氛围。诚品书店与其说是个书店，更像一个分类详细的图书馆，书刊销售只不过是顺便而已，无论是空间的色调和灯光都非常柔和，除了优美舒缓的背景音乐和人们轻快的脚步声，没有一丝喧嚣。在这里经常会看到手捧书本聚精会神享受精神世界的人，好像与周边的世界处于两个不同的次元。工作人员也很注意保护读者的阅读环境，我曾经想拍几张照片留念，这时就有一位工作者来到我身边，轻声跟我说：对不起，这里不可以拍照。我连忙将手机收起，向对方表示歉意。除了环境氛围舒适之外，诚品还有很多特色书刊和小纪念品，比较出名的是立体贺卡，我曾经在圣诞节收到来自台湾朋友的大本钟立体贺卡，新奇有趣。我很喜欢那里的纪念记事本，设计美观大方，质量上乘，让人有一种如果你不能写一手好字都不敢往上涂抹的赶脚（所以我现在都没敢用），除了价格贵一点，咳咳。

诚品书店二十四小时营业，所以当天我很早就出发，逛完后正好跑去鼎泰丰吃早（午？）餐，两地离得非常近，步行足矣（如果没记错）。我对鼎泰丰感兴趣是因为我非常喜欢国内某个昵称为一种水果的电台的人气综艺节目，有一次他们把天津狗不理和台湾鼎泰丰组在一起打擂。狗不理我知道，那味道真是回味无穷啊（喂！擦擦口水！注意形象）；但鼎泰丰是什么味道呢？看着主持人们一个个赞不绝口，身为吃货的我也不禁对这个小笼包产生了好奇（后来我才知道其实他们这种表现也没什么，有一次这个节目介绍大东北美女美食，那才叫风卷残云旁若无人呢，身为东北人我与荣有焉）。所以这次去台湾，我特地把一站留给了鼎泰丰，把当时给我介绍的向前辈也吓了一跳，看他那表情明显是：莫非大陆没这玩意儿所以要特意飞到台湾去吃？

那我是不是应该庆幸我当时没说想品尝一下台湾的茶叶蛋或方便面……

鼎泰丰十点开门，我是第一个到达那里的顾客，不过也是，谁会那么有病大周末早上冒雨去吃在当地人看来都贵得离谱的包子？只有外地游客才会不辞辛苦去尝鲜。我对鼎泰丰的印象是：味道尚可，服务上乘。可能是因为也是属于景点的关系，鼎泰丰的餐饮价格偏高，巴掌大的一盘醉鸡，上面屈指可数几块肉也要将近五十台币，更别说他们的招牌小笼包了。价格虽然很高，但也许是身为一个北方人的关系，我并没有觉得它们的味道可以好吃到让我觉得“此物只应天上有”，比一般好一点但也看得见。相比之下，我更喜欢狗不理包子和开封灌汤包，那真是拿上筷子就是“根本停不下来”的节奏，让人忘记形象忘记减肥忘记合理膳食的美味啊（鼎泰丰粉丝和台湾同胞请表拍我）！但我要点赞的是他们的软件，服务真的是非常好，从我踏入他们店门的一刻起就有一种回到日本的感觉，全程微笑服务，周到细致。除了鼎泰丰，台北很多地方的服务质量都是如此，有人说这是因为曾经长时间身为日本殖民地的缘故，我觉得也不尽然，因为我的老家也曾经在膏药旗的统治下挣扎十数年，但作风依旧粗犷，有时候就会让我不适应那么一下。有一次我过马路，看到正好有一辆私家车也要过去，开车的是一位大哥，他冲我点点头，示意我先过，我当时还惊奇了一下：矮油，没想到老家人民如此谦让啊，这是大东北吗？根据长时间在日本的习惯，我也反射性地谦让了一下，结果那位大哥把车窗一摇，大吼一声：

“让你过你就过呗！磨叽啥啊！”

当时我差点儿没坐到地上去，带着满面的宽面条泪仓皇跑过：我擦！这才是正常开启模式啊！

可见，有些东西是融在血液里改也改不掉的。日式服务与南方文人骨子里的细腻是一拍即合，而长在黑土地上豪迈的东北爷们儿和大妞却不吃这一套：别整那花里胡哨的，来点干货！菜码足才是王道，服务员！多搁点儿肉！

品尝完鼎泰丰，我直奔车站打算飞奔到台北故宫。虽然之前已经查好线路，下了地铁后该如何走，奈何天公不作美，那天雨下得着实不小，甚至到了撑伞都坚持不住的地步。看着已经被雨水浸泡的旅游鞋，为了健康考虑，决定叫一台出租车。上车之后与司机师傅闲聊，谈起台湾的天气。

“这雨下得好大哦。”我说，“每年这个时候台湾都是这样吗？”

“不是哦，今年比较奇怪而已。”司机师傅很淡定。

“呵呵。”我嘴角抽搐一下，看着窗外阴雨连绵。

老天爷，还能不能一起愉快地玩耍了！！！

事实证明，这不是第一次也不是最后一次，只要我去外面旅行，不是旅程中的某一天就是全部，肯定有阴雨天，这简直就是可与萧敬腾叫板的节奏啊！！

到达台北故宫对面，下车的我并没有直接去，而是转向了对面的美术馆。那是一个很安静的美术馆，里面客人寥寥，但却干净明亮，整洁温暖，工作人员脸上都带着和煦的笑容。里面的作品除了台湾近现代画家的风俗画，还有海峡两岸的小朋友所画的作品，那充满童真的画风和绚烂的色彩，让人不由得微笑。一位戴着眼镜的阿姨接待我，给我讲解所见到的画作，画作大部分都是讲解台湾各个时代的风土人情，包括农民劳作、学生的学校生活，还有普通人家的婚丧嫁娶等（我终于知道台湾女孩出嫁的时候为什么要向后面丢扇子）。除了欣赏栩栩如生的作品之外，还能学到台湾的风物文化，这是很难得的（而且还免门票！棒棒哒）。

与亲切的工作人员告别，我奔向了我向往已久的台北故宫。向前辈曾经告诉我：一定要避开周末，无数观光团会让你苦不堪言！但是时间有限的我真心无法避开这一坑爹的时间段，只能咬牙去闯人海。台北故宫前面有一个很长很高的台阶，要爬上去才能真正进入博物院。博物院人山人海，参观费有一些小贵（好像要将近两百台币吧），但全是全馆通票，不用单独购票看喜欢的东西。有人说台北故宫要胜过北京故宫，在我看来其实两家各有特色。北京故宫是气势恢弘，台北故宫是藏品丰富。那为什么大家更欣赏台北故宫呢？我认为可能有以下几点：

一、在展览方式上，台北故宫更加时尚新颖。大家都知道台北故宫大量使用动画的现代科技手段让游客的参观之旅更加妙趣横生。比如说乾隆专厅就是各种高科技，让人耳目一新；多媒体休息室（或者阅览室）备有电子触屏仪器，点击之后会有可爱的动画人物（我看到了五阿哥、小燕子在那里）向游客以小故事的形式讲解馆中部分文物的历史含意，这比较有利于游客，尤其是小朋友学习历史文化。相比之下，北京故宫博物院确实逊色很多了。

二、在设备等其他措施上，台北故宫更加高大上。除了我上面提到的科技手段，就说一点，北京故宫和台北故宫在安保措施上差了不止一个层面。大家都知道参观文物尤其是丝绸书画之类的展品的时候是不能拍照的，因为闪光灯会对文物造成损坏。我在参观北京故宫的时候，有些游人将门口禁止拍照的告示当作浮云，不说亮起的白光有多么刺眼，就说他站在那里玩自拍有多么耽误别人吧。而更让我觉得惊诧的是，这些人拍照就当着工作人员的面。而且馆内设施，怎么说呢，真的有一种历经沧桑的感觉，昏暗的灯光与模糊的玻璃展柜，与管理人员漫不经心的表情“相映成趣”，让游人产生一种“这里面不会都是赝品吧”这样的感觉。而台北故宫就做得很到位，游客在这里会想：“不愧是博物馆啊！藏品都被保护得这么好！咱们可要好好保护。”游客在某些热点展品排起长龙时（比如翡翠白菜、肉形石、毛公鼎），会有工作人员维持秩序。打个最简单的比喻，几乎没有人会往干净得一尘不染的地上扔垃圾，但如果已经一片狼藉了，那也就怪不得人家了。

三、比起巍峨恢弘的宫殿建筑，游人们更喜欢欣赏琳琅满目的藏品。北京故宫真的很大，我对它的印象就是两字儿：辉煌！不愧是三朝都城，不愧是万岁爷住的地儿。如果只是作为纯建筑文化，那它当之无愧绝对可以称霸全球；但是它还有博物院的职能，那除了欣赏它的建筑艺术之外，游人们会更倾向于从做工精良的展品中回味当时工匠高超的技艺，藏品的数量和丰富程度就成了关键。比起鼻烟壶都能独自撑起一个不小展厅的台北故宫，北京故宫真的是稍逊一筹。但这个真的实属无奈，在那个烽烟四起的年代，这些文物只是隔海相望而不是毁于一旦，就已经值得感激涕零了。只是中正童鞋，您老人家品位真心不错，但造成现在这个局面你不觉得你应该承担很大责任吗喂！

虽然我在上面说了一堆，但作为一个中国人，在我眼里，无论是北京故宫还是台北故宫，都是中华瑰宝的骄傲，都是咱们大中国的无法舍弃也不能舍弃的宝藏。所以，宝岛台湾！你妈叫你回来吃团圆饭！！！

呃，说起吃饭，大家还记不记得我前面提到的卤肉饭？对，就是那碗夜市上的卤肉饭。

身为一个吃货，对于据说美味遍地的台北夜市，我一直都很向往。所以那天我特意留了肚子准备开始我的晚间饕餮盛宴。向前辈曾经提过，大名鼎鼎的士林夜市是为观光客准备的，食物不少，但价钱也偏高。老台湾人会去另外一个地方享用美餐，名叫宁夏夜市。可能老天爷也到了用晚膳的时间，那个时候雨渐渐停了，去的时候更加方便。我到达那里刚过五点，很多小吃摊都还没有开张，六点过后，人渐渐多了起来。我先享用了一份大名鼎鼎的蚵仔煎，在我看来就是好大的鸡蛋饼上面浇上一层海鲜，味道有些咸，还有些甜，说不出的感觉。后来又找到最想吃的卤肉饭，拳头大的小碗装了两三口饭，上面浇了一层红烧肉，哦不，切碎的红烧肉，或者说红烧肉做好后剩下的肉渣汤更贴切。就这么一碗东西，二十五台币，味道虽然还不错，但两口就见了底，实在让我觉得肉疼，后来还是靠一杯香蕉牛奶缓解了我一天的疲惫。身为一个东北人，一个喜欢吃肉的东北人，如果要用最简单的语言总结包括第二天珍珠奶茶（实在没觉得味道差在哪里）的台湾美食之旅，那就借用我老爸老妈经常说的一句话：也就那么回事儿吧。

如果有个长年在日本学习工作的人告诉你：他在非日本的地方吃了日本料理。你可能会觉他是有钱任性的土豪；

如果有个长年在日本学习工作的人告诉你：他在非日本的地方不仅吃了日本料理，还享受了日本特色——温泉。你肯定会觉得他脑子里能让一百辆航空母舰并排行进还有富余。

虽然我喜欢旅行，但我不是土豪；虽然我经常犯二，但摇头晃脑时也不会听到水波翻涌的声音。

某家据说是日本最好的温泉旅馆在台北附近有分店，而且坐地铁也不远，在日本都没什么机会前去的我该不该去感受一下？

答案必须是肯定的。

旅游不是出差，它是一个让身心都完全放松、心无旁骛尽情享受的活动，所以没有必要让自己那么苦逼。在力所能及的范围内，想吃什么就吃，想去哪里就去，想买什么……我看看钱包再说。

总而言之：快乐至上。

对于在日本生活三年多的我，温泉实在不是个稀有物种。日本这个鬼地方有火山，多地震，温泉不能说是遍地开花也是比比皆是。我泡温泉次数不算少，印象最深的是箱根温泉、有马温泉和北海道小樽温泉。

箱根温泉，凡是学过标准日本语的朋友对它都不陌生，课文中主人公小李听朋友的话喝了一口温泉水，得出结论是味道实在不怎么着。我并没有去验证主人公李美眉的味觉，因为那玩意儿即使是活水也是洗澡水，这又不是在拍《心花路放》……

箱根温泉是我目前为止最喜欢的温泉，原因除了占地面积大，娱乐设施多，还有就是“汤”的种类非常多，这里的汤，就是指温泉啦。恕我知识浅薄，在此之前我只知道牛奶是可以用来泡澡的，到这儿之后才发现除了牛奶，红酒、烧酒、茶包括巧克力都是可以往热水里扔的！中国人是什么都敢吃，日本人是什么都敢用来泡澡。虽然让人脑洞大开，但却新奇有趣。只是那天我有一个遗憾，前几天还好好的，就在要泡温泉那一天，那个每个月“你想与不想，它都会来”的亲戚突然拜访，可怜兮兮的我只好眼睁睁地坐在池边，眼巴巴看着老妈她们在水里玩得哈皮，眼睛都快出血了。

为了弥补这次遗憾，等到去有马温泉的时候，我在里面几乎待了一天。

有马温泉在神户周边，是日本很有名的温泉之一，也曾在标日中闪亮登场。只是到现在我还不确定有马温泉究竟是指哪里，因为在我印象中那一条街全是温泉浴，为了避免混乱就暂时把它定位在那个温泉旅馆吧。相比起箱根温泉，有马温泉没有那么多花样，但也是性价比很高的。我喜欢它里面那几个大桶，正好可以让一个人进去享受，私密性相对较好，有一种穿越回古代，在红纱幔的另一边，轻轻吹拂水面上蔷薇花瓣的感觉。

北海道温泉更是闻名遐迩，一部《非诚勿扰》更是炒红了小樽这个东北小城。我陪着老妈去北海道旅游的时候正是4月末5月初，虽说其他地方已是四月芳菲尽，但北海道却还是春寒料峭。我对小樽感兴趣是因为我曾是《正大综艺》的粉丝，里面曾介绍它那里有一个八音盒博物馆，里面各种八音盒精致漂亮。到了以后发现其实比我想象要大得多，而且分为两个展区，展品琳琅满目，想到的、想不到的都可以拿来做八音盒的造型（包括寿司），游客也可以自己动手做八音盒。我曾经想踌躇满志地一展身手，结果一看价格，决定还是哪儿凉快哪儿待着去。展品也可以用来出售，价格都不便宜，最贵的售价二十多万日元，在我眼里就是一个长方形实木盒子，还不如几千日元一个彩蛋八音盒，真没觉得好看到哪里去（还被栗子嘲笑为盛放那啥的……咳咳）。

跑题了，继续说北海道温泉。其实各地的温泉都是大同小异，北海道小樽也一样。我对它印象深刻是因为它是露天的，就在我们住的房间的外面，泡澡的时候可以看着对面山上的风景，白天可以听到鹧鸪叫（应该是鹧鸪吧，那叫声怎么听都像“行不得也哥哥”），夜间可以看丛林深处那一闪一闪的幽光（只是我从来没有敢待太久）。

我蛮喜欢泡温泉，因为每次泡完都觉得皮肤顺滑气色好。只是女孩子要注意一点，泡温泉时一定要把贵金属项链摘下来，因为温泉中的硫黄成分会让它产生物理变化，颜色会变黄。

现在可以说说台湾温泉了，我去的那家据说是全日本最好的温泉旅馆在中国台湾的分社，与其说是温泉，倒更像一个高级洗浴会所（表想歪，很纯洁的洗浴会所）。要说特点，没有，与其他温泉旅馆没什么区别。因为是日式温泉旅馆，所以服务也是纯日式，九十度鞠躬的工作人员到处都是。我购买的是洗浴加午餐的优惠券，所以中午会有美美的午餐——自然也是日式的。设施齐备，膳食味道也不错，加上周到细致的服务，这也是它价格要比周边其他温泉旅馆高的原因吧。

那天泡完温泉后，就拿着一杯号称绝对正宗珍珠奶茶去逛了附近的创意艺术中心，之后也就完成了台湾之旅。整体上讲这次旅行还是很哈皮的——除了天气，来时小雨淅沥，去时烟雨蒙蒙，倒也算是别有一番诗情画意。

第三十四章

研究室VS医院

在研究室学习的前期工作一共分几步？

第一步，走进研究室；第二步，检查自己方位那个灯有没有打开；第三步，打开空调或调整空调温度；第四步，走到自己座位上。

我爱我的研究室，不是因为热爱学习（我自己都不信），而是有更阴暗的原因。

夏天和冬天，是我在日本最讨厌的两个季节。

夏天之恶一：蚊子。

我讨厌蚊子，因为我非常容易招惹这玩意儿，无论在哪里，有我在就不会咬别人，比蚊香还好用。后来到了日本才知道，跟日本的蚊子一比，中国的蚊子其实已经很温柔了。为嘛呢？在我老家有这么一个说法，入秋的蚊子是最毒的，一咬一大包；而日本的蚊子甭管什么时候都是毒性强的物种，咬过之后当时也许没异常，一个晚上之后，又红又肿又痒又痛而且硬邦邦，你就只能看着这个大馒头百爪挠心——滋味太难受了！！！慢慢消肿的时候会形成一片类似烫伤一样的红色圆形印记，特征明显。我曾经深受其苦，家里点电蚊香，阳台还挂了防蚊网（蛮有效），出门时候必备一瓶防蚊喷雾，学校研究室也放了半瓶Six God时刻准备着。

顺便一说，这瓶SG我在大学时期就使用，不仅是我一个人在用，它是服务于整个寝室的女生。每个夏天的夜晚就见我们寝室的几朵花互相传递这个玻璃瓶，一人倒出来一点涂抹在床杆上，弄得整个房间香气扑鼻，让每一个到我们寝室做客的姐妹都有一种逛香水店的感觉——廉价的那一种。在一个微风沉醉的夜晚，睡在我对面的室友兼发小例行涂抹后不经意看了一下产品生产日期，当即暴走。

“你说！你这什么时候买的?!”看她那表情，如果不是已经爬上了床都能冲下来撕了我。

挠头，“不记得了，高中时候吧。”我很无辜。

“过期一年多了知不知道?!!!”发小崩溃。

“有用不就行了吗?”我做小媳妇状。

“……”发小表情龟裂ing。

就是这瓶SG，大学四年都没用完，后来又随我远渡重洋来到东瀛，在异国他乡继续发光发热。虽说已经过期了（真的过期很久了），但效果我认为还是有的，除了味道冲一点、持久性差一点，不输给防蚊喷雾（谁说国货靠不住来着）。

但即使全方位武装，也难保有漏网之鱼，依然时不时被咬上一口而痛苦难当。面对大包，刚开始我用了来自老娘的土办法——抹牙膏，不能说没有效果，但晚上涂抹后你要等它风干，否则会蹭到床单上；而且身上莫名其妙出现白色的几块，也影响美观。后来白白看不下去了，把我带到药店让我知道日本有一种东西专门治这个，不大，五十毫升，上面有深蓝色的球状体用于涂抹，液体清清凉，带着醒脑的薄荷味，不仅不有碍观瞻还能很快地消炎止痒，十分有效。从此，这个小瓶就成了我夏天随身携带必备品。后来有人告诉我一种很牛的办法来防蚊，那就是：自己给自己吃药。每天两粒维生素D，时间久了身上会有一种人类感觉不到但蚊子极其厌恶的味道，被空中小姐（吸血的都是雌蚊子）虐怕了的我立刻采用了该方法，从此之后我的身上便很少有这些家伙的光顾。

夏天之恶二&冬天之恶：天气。

不知道大家还记不记得，我在前文中提到日本的夏天就是纯粹的桑拿天，闷热无比；冬天阴冷潮湿，房间里不开暖风就是个冰窖。

不知道大家还记不记得，我在前文也提到，我的房子，是个阴面。两两相加，意味着我的房间夏天更热冬天更冷。夏天还可以将就，大不了就当减肥呗；冬天就真的让人难以忍受了，如果不开空调，房间就是冰窖的N次方，不用多长时间就会看到口中呼出的哈气，手指关节已经趋于麻痹状态，沾上凉水还会变红，就算戴上手套也会感到双手渐渐失去知觉。这么说吧，除了做菜时燃气灶的火焰，淋浴时莲花头喷出的热水，和睡觉时开启的电热毯，房间里每一个角落都散发着冷气。

如果不开空调就是个死，但是空调是个大功率家电，好像就是树同学吧，冬天开了空调暖风，一个月的电费直接开到五千日元！看得人心惊胆战，对一个精打细算过日子的人来说，几千元的电费真的有些吃不消。但是不开空调却又真的很冷，肿么办？

等一下，身为一个还在学校读书的人，我是不是忘了什么重要的事情……

研究室！研究室里是有空调的啊！！！

我真傻，真的，在学校待了那么久，过了那么长时间的艰苦日子，我竟然没有充分利用学校资源，我真是太对不起K大的各位领导了。

从此以后，我每天早早去，晚上晚晚归，尽最大可能蹭研究室的空调——当然也是利用这段时间好好学习的。夏天蹭冷气，冬天蹭暖风，冬天的时候在以前还会晚上回家做个晚饭，但后来发现这样太容易长肉（因为吃晚饭没过多久就直接睡觉了），而且依然很冷，干脆就把做饭时间挪到中午（每天两个来回上下坡也可以减肥）。早上出门时预定好煮饭时间，中午炒个菜就可以吃饭，晚上就在研究室啃面包和水果，慢慢地，我过起了每天朝七晚十的生活：即早上七点以前出门，晚上十点以后回家，我租住的小屋除了早上早饭、中午午饭、晚上洗漱睡觉再无其他作用。也多亏我们那里治安好得很，除了野猫之外再无可疑生物出没。

其实我也知道，这样占学校的便宜很不好。而且有时候研究室只有我一个人，就算只开一侧的空调也是对资源的浪费，而且我怕冷，我会经常去将温度调整比平时室温高出四五度；而且大家都知道，空调那里面有氟利昂，破坏臭氧层，对温室效应的扩大有推波助澜的作用。

作为一个新时代有知识、有涵养、爱护环境、五讲四美、立志要为社会做贡献的热血青年，面对全球环境恶化和个人健康受损，我该选择哪一个呢？

我义不容辞地——将研究室空调又调高了两度，主席曾教导我们：身体是革命的本钱。

果然，环保、道德这些东西，跟尊严是一样的，必须建立在满足自身基本需求基础之上。

也许老天爷看不下去我这么肆无忌惮地蹭资本主义空调，所以他决定给我一点小惩罚。

"呲——疼啊！"

捂着隐隐作痛的腰，我一步步向家门口的医院走去。

不知道是不是着凉了，我的腰部有了些许异常，坐的时间久了站起时会感到疼，而且用手还能摸到脊柱（应该是脊柱吧）上有一个明显的突起。忍了几天虽然没有扩大，但也没有变小，担心的我因此想到了腰椎间盘突出、股骨头坏死、高位截瘫等种种可怕情况。在自己吓唬自己N天之后，我决定去医院，求医生给我一个说法。

网上前一段时间流传过一篇文章，写的是王石（是学者王石，不是商人王石）在日本做心脏搭桥手术的经历，文中对日本的医疗服务态度赞得那叫一个天上有地上无。对于文中所写与现实是否百分百符合，笔者也不敢确定，因为我还没有到造一座桥的条件和年龄，但是我可以说说我对日本医疗服务系统的粗浅认识。

与中国一样，日本的医疗服务系统也大致分为两类，综合医院与个人门诊。综合医院被称为"病院"，里面包括儿科内科等等；个人门诊就是专科，一般都是主治医生&门诊所有人的姓氏+擅长的领域，比如一个叫小野的牙科大夫想开一个诊所，那就是小野牙科，这一点与中国没什么不同。幸运的是，这两种医疗系统在日本我都体验过（路人某：你确定这是幸运）。在这之前，我曾经因为皮肤过敏看了车站附近的皮肤专科门诊。在国内，只要一提到个人诊所，大家的眉头就会打结，因为除了极个别以外，百分之九十都是挂羊头卖狗肉，所以即使跑远路多花钱也要选择大医院就诊。但是在日本，个人诊所和综合医院几乎可以分庭抗礼（我觉得是），居民们可以针对自身情况选择专门诊所就医，可以想象医疗水平应该是不差的，医疗事故什么的，不能说绝对没有，但我真是没什么印象——日本是个在新闻中可以播放某个小地方的某个住宅楼因为火灾有一名受害者这种事情的奇妙国家，要是有医疗事故肯定早就报道了。

王石教授点赞的是日本医疗系统服务，我想说的是，关于这一点无论是综合医院还是个人诊所都是很好的（日本的服务指数之高已经不想再重复了），只不过综合医院人来人往比较密集，医护接待人员很难照顾全面。相对而言，小诊所因为患者相对较少，可以被照顾得细致一些，比如说等候室会有很多杂志可供翻阅，座椅比较舒适，环境也很安静。但综合医院比较全面，设施齐备，即使噪声指数要比小诊所稍微高上那么几点（偌大的医院里面一点声音也没有你不觉得吓人吗），但比起国内好比菜市场的等候大厅也不知道好了多少，忙碌但又亲切的工作人员也绝对称得上白衣天使了。

无论在哪里，求医问药的第一步都是挂号。在日本，不管是综合医院还是个人诊所，对于第一次来访的患者都要填一份详细的表格，里面询问了以往病史等情况，然后会给患者做一张类似会员卡的东西（?），下次如果再次拜访时就没必要重复登录信息了。比如这次，接待小姐问了我的病情，交给我一张印有我个人信息的很有质感的天蓝色卡片后，告诉我拿着表格交到二楼接待处。二楼的接待护士看我挂的是骨科，简单问了一下我的情况，让我先去拍个片子，然后拿着片子和资料交给接待护士，等待医生叫号。

王石教授说：他在接受心脏搭桥之前，主治医生非常详细生动地给他讲述他的病情，让本来忧心忡忡的他顿时有了莫大的希望。对我来说，详细与否不太清楚，但日本医生不会刻意夸张病情是真的。比如给我看病的这位骨科医生，在检查了我的脊柱状况和我的片子之后，他开始跟我说明我的状况。具体说的是什么，由于一大堆专业名词和我的半吊子日语水平我没有记得太清楚。但是大意归纳如下：你的脊柱和骨骼都没有什么异常，也没有什么病变，你不需要太多担心。腰痛可能有很多原因，通过药膏或者按摩可以更快消除这种不适，但你如果就打算随它去也无所谓，它也会慢慢变好。你的选择是什么呢？

我很开心地告诉他：回家。

说起药，就想到医药费；说起医药费，就想到一个敏感词汇，医患关系。日本的医患关系非常融洽，纠纷、医闹什么的几乎不存在（反正我没见过），除了技术水平和服务质量上乘之外，医疗保障也是比较到位的。医药费用除了第一次拜访的患者会有初诊费，药品基本都是可以使用医疗保险。有人说了这没啥稀奇，中国也有医疗保险，这里我稍稍介绍一下日本的医保制度。

首先，医保费用虽然都是跟个人收入挂钩，不同的是中国是一家人各付各的，日本则是基本上以家庭来计算，即夫妻双方的收入合在一起。这也跟两国的文化环境差异有关，中国一般都是双职工，否则养不起四个老人一个娃。日本则是女性结婚之后基本都会选择相夫教子，男方会拿到政府给的补贴（非常丰厚，据说近乎工资额了），女方为了避免让自己闲出病来就去外面打打工赚赚零花，因为零工收入基本上到不了纳税那一栏，养家的基本都是户主即丈夫，所以也就一家合一块儿了。不过安倍内阁前一段时间想要进行税收改革，促使女性走出家庭去职场拼搏，这样也能为增加国家GDP做贡献（不过很多人反对就是了）。

在中国，个人医保的话大约是月薪的百分之九，日本的医疗保险费用也是约合薪水的百分之八多一点，跟中国的支付水平差不多，但使用医保支付医疗费用的话，支付金额仅是总额的百分之三十。

比如我去个人开的皮肤诊所看病，医药费用合计三千，实际支付九百日元，看着相当激动了。从我个人而言，很难说哪一种更好。如果是在日本，我喜欢中国的支付方式。因为由于日本气候宜人，我基本不生病，连感冒的次数都很少，不舒服的话好好休息多多喝水，吃几粒从中国带来的药就行。至于最难受的鼻塞，从药妆店买一瓶喷雾就可以解决一切，没几天就好了。如果在国内，一般是抗病毒清热+抗生素+清咽润喉含片，然后连续折腾一周多才差不多将病菌击退。因此在日本每月返钱更有利。但是如果在国内，日本的医保方式更优惠，每个月一百元左右，可能也就只能支付几盒药钱，然后还是要靠自己的薪水来修复自己的健康，一旦有个什么病什么灾，估算一下，那个数字绝对让人心惊肉跳。作为一个普通人，我没有权利选择什么样的医保方法，我能做的就是：如在日本，多赚钱；如在国内，少生病。

但谁都有老的时候，年纪一大什么毛病就都不请自来，这时候日本医保的优势就显现出来了。其实在我眼里，无论年纪大小，对于任何一个长时间（十年以上）生活在日本的人来讲，日本医保的优势都挺明显的，为嘛子捏？因为这里太干净了，导致长时间生活在这里的人抵抗病菌侵害的能力如同蹦极——下去上不来的那一种：春天花粉症了，冷暖交接感个冒了，总得生个病娱乐一下。然后医保就很有用了，而且医疗费只花百分之三十，医疗保障体系比较健全，患者们怨言少，自然也为医患关系的和谐发展做了巨大贡献。

其实我认为，除了医疗保障之外，日本医生的开药方式也是避免医患纠纷的重要因素之一。在国内，医生们开药都是极其豪爽，患者们取药也是极其心塞，好几盒不算什么，十几盒甚至几十盒也是屡见不鲜，身处非医学专业人士的患者们只能为了健康打碎牙齿活血吞，眼睁睁看着银子如流水为国内的医药开发事业添砖加瓦。奇志大兵曾经有一个相声，讲的是一个二百五大夫给患者开了一个比裹脚布都长的药物列单，有用的、没用的药全是论斤开，最后还开了一台摩托车，理由是这么多药你一个人怎么提得动呢，让你用摩托车开回去吧！故事细节自然是夸张的，但医院滥开药尤其是高价药的事情也是时有发生的。

忘了大学哪一年了，有一段时间我因为感冒引发剧烈的咳嗽，那真是翻来覆去地咳，撕心裂肺地咳，惊天动地地咳，而且咽喉红肿疼痛，只能吃一些流食来充饥。最后好友猫猫和栗子实在看不下去了，强行押解我去医院。我本人而言，其实也是有些担心的，因为我小时候因为肺炎住过两次医院，也是怕旧病复发，但因为除了咳嗽也没有发烧等其他症状，怕花钱所以就一直拖着。直到已经严重影响我的学习生活质量了，我才“被自愿”去看医生。

到了医院以后，毫无新意的人山人海，挤进人群排了一个内科专家号（自己也是很害怕），在两位好友的陪伴下去找专家。到了医生办公室，前面还有两位患者等候诊查。

前前一位，肺炎，较严重，需住院；

前一位，肺癌，很严重，需……也不知道该需要什么了。

我咽了口干沫，手心有些发凉，与身边的姐妹面面相觑。

轮到我了，张嘴让医生检查，就看医生大大气定神闲，淡淡扫了一眼后，说了三字儿：哦，咽炎。

哦，原来是咽炎，那应该怎么治……等会儿，咽炎?!

提心吊胆那么久就得出了这么个结论?!

崩溃的不只我一人，出了医院大门栗子就开始狂吐槽：尼玛！老娘替你担心那么长时间，结果连气管都特么没进去，就咽炎?!

难道你还希望严重一点?

总而言之就是小毛病，大夫也没有当回事儿：“小毛病，吃点消炎药含点含片就行，我给你开点儿……”

就在他老人家要提笔开处方的时候，兴奋的我插了一句：“大夫，我家里有××消炎药和××含片，我用它就行吧?”

我记得非常清楚，那位医生大叔的手在半空中停了那么几秒，然后淡定地放下笔，说了句：“也行——下一个!”

其实我要说，这个医生其实挺够意思，他没有昧着良心说我说的那两种药不行然后让我买他开的药，而且医术还不错，已经是个很好的医生了，毕竟医院医生和医代们都有一些说不清道不明剪不断理还乱的关系，这个是无论在哪里都存在的事实。

对，无论哪里，包括美国，包括日本，日本也有医药代表，也会在医院向医生们推销，女医代们用的方法也很雷同，估计有小朋友，这里就不介绍了（感兴趣请看经典日剧《白色巨塔》）。那日本的医生们是如何给病人开处方呢？

日本的药物管理比较严格，很多药都必须医生开处方，不像国内去药店就可以买那么方便，但这也提高了医药的安全系数。日本医生会针对患者的病情，一个阶段一个阶段开药，也就是说每次开的药量都很少，不会一股脑儿填鸭式地灌药。有人说了，那至少也得一盒吧？嘿嘿，小子，你想多了，一盒？告诉你，人家那是论片给你开药的！比如说我去皮肤科，医生给开了一瓶软膏和八片药，并且告诉我软膏要酌情减轻涂抹次数，因为它有依赖性；药剂有缓解皮肤瘙痒的效果，但要尽量少吃，因为也有一定的副作用。然后我拿着医生的处方去到楼下的药局去派对开药，从未有过拎着袋子装药的患者，一般都是药局的小纸袋里面放着医生开的药。我去的那个皮肤科诊所同一栋楼还有牙科等其他个人诊所，大家都集中在一个药局来领药。日本的医生在开药时非常谨慎，如果觉得没有必要，是不会给患者开处方的。据在日本生活了很久的一个前辈讲，如果你是因为普通感冒去了医院，医生是极有可能不会给你开任何药的，因为他们觉得不到那个地步。在我看来，这种处方方式不仅减轻了患者的经济负担，也极大程度避免了医疗事故或药物过敏情况的发生，而且还从另一个角度增加了医院诊所的收入：人家医生是分阶段开的，每次药那么少，你下次肯定还得来吧，那一来不就得，嘿嘿！

反正那次我去看骨科是没有开任何处方的，帅哥医生也说了（好可惜我那天没有好好整理形象），开药好得快，不开药也照样好。所以我就只支付了一个初诊费和拍片子的费用，自然也是百分之三十，然后乐颠颠回去吃午饭了。说来也巧，自从知道我没什么事儿以后，腰就不疼了，脊柱上的小包没几天就神奇地消失了。跟大学时期那个咽炎事件一样，没几天又可以没心没肺地荼毒人间了，再次印证“病由心生”这个亘古不变的真理。

第三十五章

最后一抖索

行了妹子，休息时间到此结束，你还有临门一脚要射出去呢。

“这样这样，我拿着它们，你帮我拍一张照，我要给我爸妈秀一下！”

“OK。茄子——”

2014年1月份，毕业生们陆陆续续进入论文提交阶段。在经历了无数次修改填充下，我终于得到了K教授的同意，可以将论文提交。虽不能说是洋洋洒洒，但也是历经一年有余，花费五十多页A4纸，数十万字的“大作”！在这之前也就大学毕业论文这么认真过。很多理工科的童鞋对我们文科生的毕业论文深感钦佩，认为这是一件很了不起的事情，毕竟这是用他国语言写成的一本“书”。相比而言他们的论文貌似简单很多：除了必要的文字说明，主体是由数据、表格和实验成果组成，而且不要求一次性提交，而是数次成果发表的累积——他们管毕业发表以前的都叫作中期发表。当然我说的“简单”是我一家之言，作为纯纯文科生一枚，也许无法理解理科生那水深火热的日子。

既然说到论文提交，肯定要涉及打印。一般来讲，毕业生要打印三份论文，对应三位面试老师。按一篇论文三十页来算，三份论文也要将近一百页，不能不说也是很庞大的，所以每到这个阶段，研究室打印机都是最受大家喜爱和欢迎的。但有句话叫累觉无爱，人是这样，打印机也是如此，卡纸、没墨这类问题如果可以很快求教务处派人来解决，系统出现问题那就真的很坑爹了。曾经就有一位学姐因为遭到过度疲劳的打印机的罢工，差点儿没有交上论文，幸亏教授很厚道，跟教务处那边取得了联系，让学姐顺利毕业。虽然没有出什么大事，但听闻此事的我还是心有戚戚焉。那时候我就想，论文一定要尽早打印尽早交，省得跟别人撞车，否则如果真的因为这个毕不了业跟谁说理去？

毕业论文都是很重要的，既然是如此重要的论文，格式包装神马的要求统一也就不奇怪了。论文纸虽没有硬性规定，但洁白如雪肯定要的。那位看官问了：这还有不是洁白如雪的打印纸吗？有啊，利用废旧材料做成的再生纸就有一些泛黄，研究室和休息室这样的纸很多，虽然质量稍微差一点，但是价格便宜量又足，我们一直用它。除了打印纸之外，装订论文要用学校规定的硬纸板夹，不知道大家还记不记得小学时候装订作业本用的道具？我记得我小时候学校会发作业夹，硬纸板做的，一般都是黑色，很厚，分为前后两片，上面各有两个小孔，安装时先要把作业本用锥子比着那个小孔穿两个洞，用纸板夹夹上，用跟鞋带一样的东西将这共计六个小孔穿起来系紧，最后再在上面贴上纸片，上面写：某某小学几年几班某某某。院生毕业论文的装订夹也就是这玩意儿，所以拿着它感觉老怀念了！只不过小学作业是竖着翻的，院生论文是横着翻的；作业夹是每片各两个孔，论文夹是每片各四个孔；小学钻孔使用锥子，长大成人的我们有了高科技——打孔机。以上道具（包括鞋带），学校楼下超市均有销售，欢迎踊跃购买。

作为一个奉行“能早做就早做”的人，我很早就把论文交了出去，因为总觉得它是一个定时炸弹，还是早早扔出去荼毒他人比较好。此后的时间里我就在继续求职+等待面试中煎熬。虽然有一个不成文的规定：导师同意学生交论文就等于同意他毕业。但我还是很担心，因为这毕竟是留学生涯最后一场战役，即使大约知道结果也要做得漂亮一点，还是那句话：不能给老师丢人。

第三十六章

毕业前的最后一个春节

人是铁，饭是钢，一顿不吃饿得慌。即使再忙，饭也是要吃的，年，也是要过的。

2014年的春节，也是留学期间最后一个春节。这一年的春节，我是跟同一个奖学金的同学一起度过的。

准确点说，那天并不是大年初一，可能是初二或初三吧，记不得了。

获得这个奖学金是2013年4月份的事情，那个时候，因为上个学期获得的学习奖励费到期了，打工较少的我必须要争取拿到新的奖学金才能缓解经济压力。刚把材料报上去没有多久，留学生中心一个电话让我心跳加速到一百八十迈：你已经被某某奖学金选中了，记得准备好资料在规定时间内参加面试哦。

面试那天，我们那一轮五个学生，面对五个面试官，问的问题都很常规，比如说“为什么来日本啊？”“专业是什么啊？”“你的研究方向有什么特点啊？”等等，虽然我自觉已经做好准备，回答得也算可以，但是与我同一时间面试的两个人说的日语那叫一个行云流水，听得我亚历山大啊！忐忑不安地回去等结果，几天后被告知：你可以领取奖学金了！

哈哈哈哈哈哈哈！

天助我也。

这个奖学金是由关西地区一个知名小商品企业赞助的，长时间资助该地区留学生。该奖学金一大特点就是重视民族多元化，留学生中自然还是中国人占了大头，其次是东南亚国家留学生，中国人中蒙古族和维吾尔族兄弟姐妹占了很大一部分。另外一个特点就是活动多，春天赏樱（主要针对往届毕业生），夏天赏花，秋季去宝家看歌舞剧或去大阪知名主题游乐园，冬季有保龄球大赛，新年参拜和聚餐，总之就是用尽一切方法增加大家交流的机会。当然，每个人都关心一个问题，就是一个月给多少钱，嘿嘿，保密！但是可以这么说，虽然不是最多的，但也是很丰厚的。无论从哪一方面来讲，都是留学生在日学习生活的巨大支持，老师们也很和气，跟大家相处都很好，久而久之也就成了朋友。这不，今年春节，其中一个女孩小西号召大家去他们两口子住的宿舍楼包饺子吃团圆饭。讽刺的是，当时在群里女孩子们讨论得极其热闹，每个人都说要做几个拿手菜，看对话内容个个都是大师级人物啊！结果咧，显示是：除了小西住在那里之外，那天说得热火朝天的丫头们几乎全部因为有事儿晚到——包括我，我去参加求职说明会了——真正撑起餐桌完成大家伙肠胃大计的反而是众位爷们儿！擀皮儿、和馅儿、下饺子、颠大勺忙得不亦乐乎，而且还挺好吃！羞煞在场众位英雄们。我因为晚到觉得很不好意思，就连忙帮着包饺子，结果被小西拿着我的杰作狠狠嘲笑一番。怎么说呢，用我妈的话讲，我包的饺子是餐厅饭店最喜欢的——馅儿少，而且形状独特——又小又扁，不用盖章也知道那是我包的。

当时在场的还有两位日本老师，看着我们在那边忙乎他们则在喝茶，当时我们还好奇：身为外国人，难道他们不想体会一下异国文化？后来我猜测，可能一是因为以前也见过（因为这个奖学金中国人多嘛），二是因为不想给别人添麻烦。

日本人确实有这么一个特点，他们从小受的就是这么一个教育，即不给他人增添负担。而且还会因此来要求别人。我老娘第一次来日本时候曾经托舅舅办了一张短期健身房会员卡，拿着它可以去游泳池运动。游泳池分为四个泳道，依次是步行者泳道、单程泳道、往返泳道和学习者泳道。单程泳道适合只能短距离的初学者，即游二十五米就要歇一下的人；往返泳道适合可以来回运动的人；学习者泳道主要为在健身房上游泳课的学员准备；而步行者泳道——可能很多人都不明白这是个什么玩意儿，游泳还能步行？你练的是啥？狗刨？哎，这你就不懂了吧，步行者泳道，针对老年人在水中步行运动和游泳之前的热身运动。游泳的时候最好不要进错泳道，否则即使别人不会说什么也会在心里鄙视你。我老娘就在步行者泳道里游了几米，我也没有当回事儿——因为当时几乎没人嘛，泳道很空，可能除了我们之外也就一两个人吧。结果就有一位在旁边休息的老爷爷出来管了：你们进错泳道了，这里不可以游泳，只能步行。这样会打扰到别人哦。他说得很客气，但其实这是一句很重的话，潜台词是：你们给别人带来了困扰。后来我在日企工作，翻译产品说明书，厂方讲述该产品的优势中有这么一点：即使在安静的环境中也可以尽情欣赏，而不会给他人带来困扰。我翻译的时候就根据中心思想换成：即使在安静的环境中也可以尽情欣赏，而不会给他人带来困扰从而给自己带来纠纷。这才符合国情。

因此，当时那两位老师作壁上观极有可能不是没眼色，而是因为觉得帮上忙的可能性不大，帮倒忙的可能性倒不小。尤其是平时处得还不错，老师们与留学生完全打成一片，万圣节期间去主题公园玩，正赶上僵尸大游行，他们还在旁边起哄吓唬我们来着（这个……）。我猜测心理活动大致如下：你们那里一片喧嚣急三火四，我们完全搞不清楚状况，去了也是添乱，还不如把场地让给你们去折腾，我们还是继续喝茶吧，精神上支持你们哦亲！话说今天天气真好啊哦呵呵……

当天宾主尽欢觥筹交错。聚餐结束后，我们少数几人还去了小西家里喝茶开座谈会，直到很晚才回家。当天晚上，我走在回家的路上，不禁抬起头看向漫天的星辰，心里突然有些萧索。

来年的春节，我会在哪里呢？

来年的春节，今天相聚的人又会在哪里呢？

尾声

该来的总会来。

如果我没有记错，论文答辩那天是个浪漫的日子，2月14日，情人节。

我穿着标准纯黑色制服，坐在冰冷的椅子上，面对着以K教授为首的三位面试官，经历了院生入学考试一样的过程。除了被其中一位老师指出参考文献的书写格式有些问题之外，一切都是按部就班。从教室走出来那一刹那，我的耳边似乎响起了离校倒计时。那一刻有些怅然，同样是考试，两年前的我是为了成为学校的一员，两年后的我却是为了离开。坐在书桌前，麻木地将东西整理到行李箱，突然不知道哪些是需要的哪些是不要的。每一页资料都是自己搜寻打印的，每一页发表即使再垃圾都是自己一字一字打上去的，现在却变得这么可有可无了。作为一个知名学府，K大从来不会有青黄不接的问题，毕业生走了一拨，马上就会有活力满满的新生来顶替他们的位子，我的书桌过不了多久也会署上别人的名字。眼睛酸酸胀胀，很想哭。曾经那么盼着毕业，可到毕业的日子越来越近的时候，我却恋恋难舍。K大，这个我生活了四十二个月的地方，这个分享我欢笑与泪水的地方，这个见证我一点点成长的地方，这个当初让我挠墙现在却恨不得时间停驻的地方，还是到了跟它说再见的时候。

毕业论文成绩发布，我是良。没有拿到优，我很遗憾。

论文通过，我，真的毕业了。

曾经一起约好要穿着旗袍参加毕业典礼大秀东方美的姐妹们，真正到场的也许就我一个。

从教务处拿到毕业证时，我没有哭；把行李打包邮回舅舅家，将这个陪伴自己两年的小屋打扫一新，看着空空荡荡的房间，我没有哭；房东爷爷开车把我送到车站，跟我说加油的时候，我强忍住依然没有哭；可是现在敲击这些文字的时候，我哭了。曾经那些认为不重要的东西，其实却埋在心里最深处的地方，时刻等待着你去回味。

如果我没记错，毕业典礼那天，是个阴雨天。

如果我没记错，那天，好像有一缕阳光透过厚厚的云层，穿破压抑窒息的灰，映射在我提包的金属扣上，就如同那时我在东京看到的那一抹折射在玻璃上的夕阳余晖，亮得刺眼，亮得让人想哭。

过去的终将过去，而人生，还要继续。

（完）

后记

完成这本书到现在已有近一年时间，记得当初曾立下豪言壮语，要写下最符合日本当下的作品，可直到真正工作之后才知道，以前所接触的不过是皮毛。

我了解日本吗？我知道日本人的性格特点吗?我知道日本人的做事风格吗？一切都不知道。象牙塔里的我所看到的都是日本最平易近人的一面，而真实的生活，往往是在接触社会以后才初见端倪。直到现在，我也不能说我了解这个国家，就像我现在依然不知道我想要选择走怎样的路，选择怎样的人生，只能继续摸索，探求，重复着挫败和奋起，重复着迷茫与醒悟。这是我们这一代真实的写照，还是，我仅仅是一个特例？也许有一天，我会真的知道这是什么样的国家，这是怎样的民族；也许，我在没有了解前，已经离开这里，重回故里。不管怎样，现在的我，还在摸索中，也许很快就会知道答案，或者，已经有了答案，只是我不知道而已。

那么，看完这本书的你，会是怎样的心情？是跟我一样在迷茫中踯躅，还是付之一笑，潇洒前行?

无论怎样，生活都将继续。

四月芳菲

图书在版编目（CIP）数据

留日小记 / 四月芳菲 著. -- 北京：作家出版社，2016. 8
ISBN 978-7-5063-8835-1

Ⅰ. ①留… Ⅱ. ①四… Ⅲ. ①长篇小说 - 中国 - 当代
Ⅳ. ①I247.5

中国版本图书馆CIP数据核字（2016）第062068号

留日小记

作　　者：四月芳菲
责任编辑：翟婧婧
装帧设计：百丰艺术
出版发行：作家出版社
社　　址：北京农展馆南里10号　　**邮　　编：**100125
电话传真：86-10-65930756（出版发行部）
86-10-65004079（总编室）
86-10-65015116（邮购部）
E-mail:zuojia@zuojia.net.cn
http://www.haozuojia.com（作家在线）
印　　刷：三河市紫恒印装有限公司
成品尺寸：152×230
字　　数：240千
印　　张：18.5
版　　次：2016年8月第1版
印　　次：2016年8月第1次印刷
ISBN 978-7-5063-8835-1
定　　价：33.00元
